巨漩

司馬中原 著

國家圖書館出版品預行編目資料

巨 漩／司馬中原著.— 初版 —
臺北市：風雲時代，2012.09
面；　　公分

ISBN 978-986-146-936-2 (平裝)

857.63　　　　　　　　　101019005

巨 漩

作　　者：司馬中原
出 版 者：風雲時代出版股份有限公司
出 版 所：風雲時代出版股份有限公司
地　　址：105台北市民生東路五段178號7樓之3
風雲書網：http://www.eastbooks.com.tw
官方部落格：http://eastbooks.pixnet.net/blog
信　　箱：h7560949@ms15.hinet.net
服務專線：(02)27560949
郵撥帳號：12043291
執行主編：朱墨菲
美術編輯：許惠芳

法律顧問：永然法律事務所　李永然律師
　　　　　北辰著作權事務所　蕭雄淋律師
版權授權：司馬中原
初版日期：2012年12月

ISBN：978-986-146-936-2

總 經 銷：成信文化事業股份有限公司
地　　址：台北縣新店市中正路四維巷二弄2號4樓
電　　話：(02)2219-2080

行政院新聞局局版台業字第3595號
營利事業統一編號22759935

定 價：220元

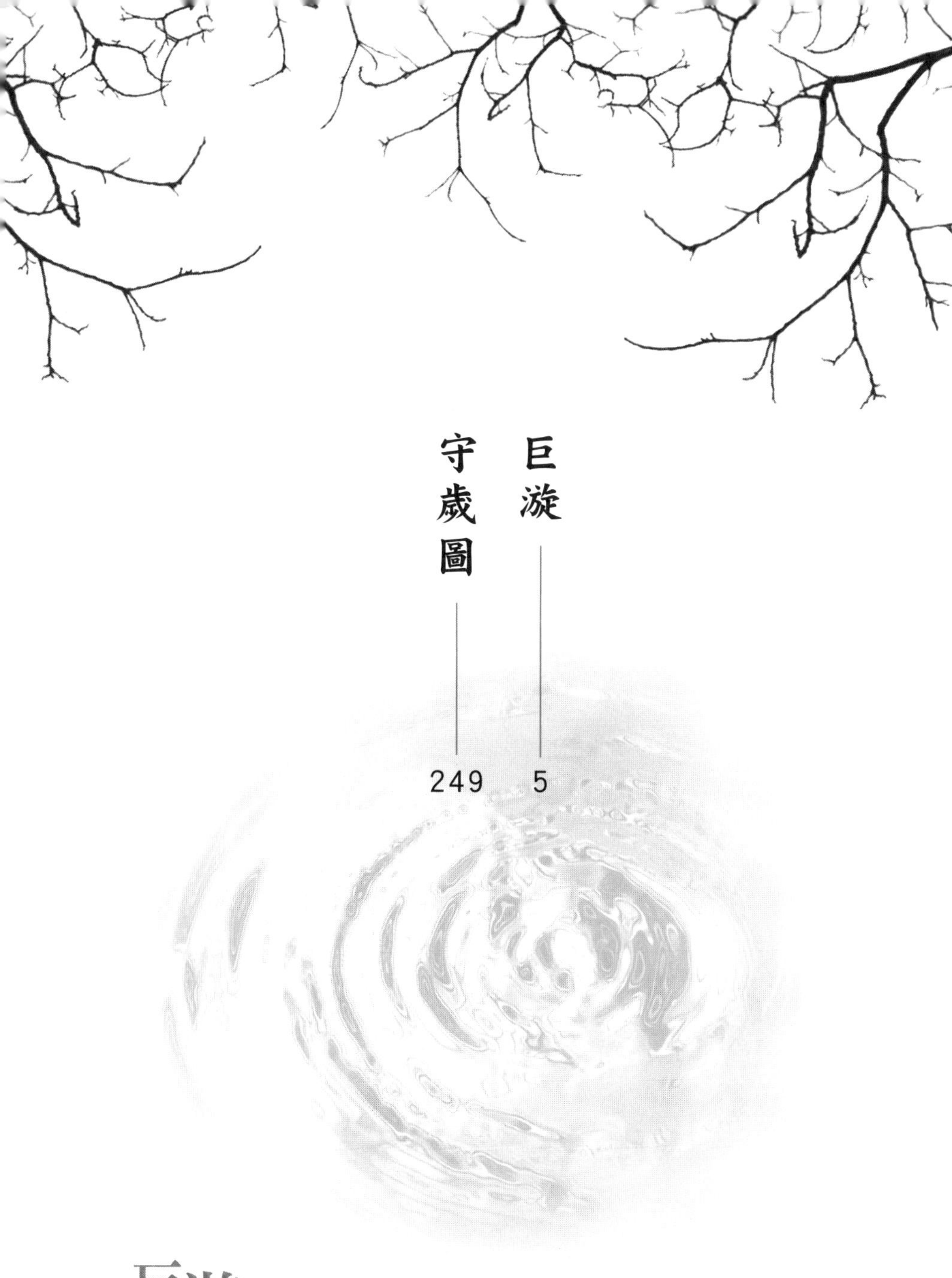

巨漩

目錄

巨漩

一

一個半大不小的城鎮，多少年來沒改變過它古老的面貌；正街的兩面，間植著鳳凰木和尤加利，偶爾也有幾棵胖胖的大王椰和瘦瘦的檳榔，在分外澄藍的穹窿下面搖著葉子；尤其在春夏季節，鳳凰木的紅花燒起一街迆邐的大火，儘管用尤加利流碧的葉子猛潑也潑不熄它，有一份躍動的力量，從古老的房舍的黝暗中騰迸出來。那些發自自然的綠樹的生命力，把這城鎮和城鎮裏的居民們搖撼著，更為他們塗上一些春意，一些詩情。

有了那些綠樹的掩映，反而使得原本狹窄的街道在人們的感覺裏變得寬闊了；樹蔭罩覆著兩列低矮的紅瓦屋脊，日久年深的瓦面，蓋著深深淺淺的絨苔，安詳，又有些寂寞，街，就在這種氣氛裏朝前鋪展著，當街的房舍，有一半以上是以院落圍成的住戶人家，參差的院牆上，放著零零落落的盆栽，石斛蘭、變色草、單瓣的非洲菊、山野氣很濃的望月草，各種草藥、萬年青和仙人掌……盆身和盆面上，也都印滿了雨跡，爬遍了苔痕，它們在不為人經意的時間裏，靠著雨水和樹隙篩落的陽光生長著，自然的葳蕤茂密起來，越發的顯彰了那種安詳和寂寞。

一戶戶常年緊閉的大門，總關不住那些好奇的庭園植物，聖誕紅、木瓜樹、夾竹桃，纏在木窗框上的細弱的蔦蘿松，頑皮的愛爬牆的紫藤，頸子伸得比在獄中瞻望歲月的囚人還長，探出牆頭，朝街心窺視著。

而那似乎是白費一番力氣，街心和庭院裏同樣的寂寞。幾輛總停在街口待客的三輪，破舊的坐墊上，落了很多鳳凰木的紅花和魚形的葉莖，幾個車伕，若不是張起頂篷來，歪在車上假寐，就是圍到樹蔭下面的破蓆上去賭那種賭起來也很生膩的車馬炮。

一群嘀嘀咕咕的火雞，彼此炫耀著牠們扇形的尾羽，幾隻覓食的雞，在街心的太陽下面踱步。

派出所的門前，有一個三角形的小庭園，周邊種著五色的草花，中間有個小小的月牙形的石砌水池，假山上獨自站著一個維納斯型的石雕裸女，彷彿不甘於這樣當街裸立，便掩面哭泣著，日夜流滾出涓涓點點的眼淚來，只有一棵自作多情的楊柳樹，帶一副憔悴的樣子，垂下枝條來，摸著那裸女微俯的頭顱。

紅臉孔的值班警員同樣閒得無聊，在換了幾種不同的坐姿，打了幾回楞登之後，終於戴起他看來很威嚴的帽子走出來，巡視他的三角形的花園，當遠處響起載貨卡車的聲音時，他就大聲的叱開那些阻在街心的雞鴨，以熟練的交通警打旗的手勢，揮舞著他的帽子，更用他們那一行習用的慣語，向那些雞鴨喊叫說：

「快滾開去，不要攔著街口，妨礙交通！」

儘管這條綠蔭掩映的街道，兩端銜接著縱貫公路，在白天，車輛簡直很少，有時遇上軍事演習，才會有大量綠色的軍車經過，那些車輛似乎不願意用它們機械的面貌來驚擾這條滿具自然風情的城鎮，車身上披了方格形的僞裝網，網眼裏滿插相思樹和馬尾松的嫩枝，表示它們極愛跟大自然親近。

商店當然是有的，店面沒有新的裝飾，太陽在古老得泛油光的櫃台外面徘徊著，像一隻枯守著鼠穴的笨貓，黑沉沉的光線真像地穴，幾乎很難照得清貨架上堆積的物品，遇有顧客上門購買東西，舖主取下貨品來，總要先吹吹浮灰，或是用禿禿的雞毛帚狠狠的敲打一番——這已經變成好些商店主人共有的習慣動作。至於懶貓伏在櫃台面上，瞇著眼打鼾，或是店主跟棋友整天在棋盤上作楚漢之爭，而不怕有顧客來打擾他的酣戰，更是稀鬆平常的事情了。

溫暖的春夏季節裏的那份安詳寂寞，一到秋冬，就變得有些肅殺蕭條，花開如火的鳳凰木最不禁寒，略受秋風一剪，便絮絮叨叨的落起細葉子來，滿街都是那種透明的薑黃色的葉雨，一層疊著一層的紛紛。

大街上這樣冷寂，僻街小巷更是靜寂得可怕，這城鎮的背後，有一塊滿是林木的空地，無數大樹排列在一條白石舖成的道路兩面，白石長而直，每隔十來丈地，就有幾級上升和下降的石級，順著地勢的起伏，直通到日據時期留下的木質建築——神社那兒去。白石路兩側，樹蔭下面排列著許多日本風味很濃的方形石燈，當年的莊嚴肅穆的氣氛，已經被悠遠歲月的鑿刀鑿空了，只留下一些當年侵略者空幻的雄圖，印落在這片風景裏面，成爲一絲霸業成空的夢影。

淪陷五十多年的日子，不能成爲一個時代；它只是一段長長黑黑的夢魘，在夢魘來時，人們掙扎過，反抗過，從眾多的傳說裏，繼起者聽熟了唐景崧、邱逢甲、劉永福……許許多多的人的名字以及他們英勇抗敵的事蹟，但夢魘已經過去，這城鎮上原有的神社，也已正名爲「公園」。

靠著公園入口，一座狹長古舊的紅磚屋裏，阿財那小小子，就是在神社更名的那一年出世的。早他一年出世的哥哥，名叫管光復，他呢？當然該叫管正名了。

紅磚屋雖很古舊，外表上毫無特出的地方，但紅磚屋的主人的名字，在鎮上卻沒有幾個人不熟悉的，他是個走江湖賣野藥的壯漢，每一年裏，總有八九個月到外埠去跑碼頭賣藥，其餘的時刻，買藥材，曬藥草，在家按方配製，熬煉各種膏丸丹散；紅磚屋是他的本舖，門前正中，放著一塊三四百斤的方形大石頭，石面當中鑿了一個深而圓的孔穴，穴裏插著一柄生鐵鑄成的長柄大刀，刀背彎曲如卷雲，戴著一只酒杯大的鐵鈴鐺，刀面兩邊，各用白色油漆寫著一行歪斜的大字：

「**大刀號管阿牛本舖**」

這位被人通稱爲大刀管阿牛的壯漢，就是阿財的父親了。鎮上的人們，大都知道管家值得使人尊敬的家史，管阿牛的祖上，是粵籍移民，臺灣淪陷初期，管阿牛的祖父效命於劉永福的黑虎軍，就是用這柄生鐵鑄成的大刀衝鋒陷陣，拚殺日軍的。

義軍們以血肉之軀和這樣原始的武器拚殺來犯的日軍，直至一切有形的抵抗被犀利的砲火撕裂，管阿牛的祖父受了重傷，幸虧得到鄉民的協助，把他竟夜抬離戰場，才免遭殘暴的俘戮，不過，他並沒活上多久就因傷辭世了，這柄鐵鑄的大刀傳到管阿牛他父親的手上。

管阿牛的父親一生活在長長黑黑的噩夢裏，他靠了祖傳的行業，開設了熬煉膏丸丹散的舖子，也替人治傷接骨，在那些年裏，管家的龍鳳膏藥，各種丸散賣出了名，單凡是中氣損傷，久年風濕，轉筋折骨，無名腫毒，一經他瞧看，沒有不見奇效的。……平靜日子不很長，管阿牛的父親被日警搜捕了，在囚獄裏受盡楚毒，出獄後雙腿斷折，變成了廢人。

輪到管阿牛行醫煉藥，殘廢的老人也去世了，臨終前，他爲管阿牛留下那柄窖藏起來的大刀，又跟兒子說：

「日本人不會長把這兒佔著，只要人心不死，終有那一天，我們不再爲他們做牛做馬……。」

年輕的管阿牛生得黝黑壯碩，自幼跟他父親動練拳腳，打熬筋骨，使他真的賽過一頭野牛，他一手撐住了祖上留下的老藥舖，更揹了藥箱到處跑碼頭，管家的字號老；丸藥好，碼頭很容易闖得開，不幾年工夫，倒也積蓄了不少的錢，但管阿牛始終鬱悶著，他爹臨終時跟他所說的言語，窩在心裏變成一塊洗不盡的黑斑，……做馬做牛的日子還該忍受多久呢？

那柄窖藏在屋角的大刀，已經生了鏽了！

太平洋戰爭末期，管阿牛卅九歲。不滿四十歲的人，居然滿嘴的落腮鬍子，滿額的平板皺摺，使他看上去比實際的年歲蒼老得多。他不但人顯得老，心也蒼老得多，不再南北奔跑，整天閒坐在黯沉沉的老舖子裏，跟人走走象棋，悶起來，就到小攤子上啃蟹子，喝米酒，把個結實的身子，弄得鬆鬆胖胖的。

「我說阿牛哥，人講你是個怪物，你果真是個怪物！」有一天，管阿牛跟對街輾米廠的柯老闆在一條長凳上走棋，柯老闆忽然想起什麼似的，跟他說了這話。

「什麼地方怪？」

「快四十了，還不娶老婆。」

管阿牛一面敲打著被吃掉的那疊棋子，沉沉的嘆了一口氣說：

「老人兩腿教打成殘廢，窩在舖上死的，管家收起那柄大刀來，做牛做馬，過了兩代日子，我還肯早娶親，生下兒子跟東洋人做牛馬，再吃日警的鞭子？」

「惡狗仔沒有幾天好神氣的了。」柯老闆壓低嗓子說：「聽說他們在沖繩、菲律賓，……到處吃敗仗，大和兵艦都教炸沉了。」

「哦，」管阿牛差點兒蹦跳起來，翹著落腮鬍子說：「到東洋人垮臺那一天，我真該生個孩子慶祝慶祝，那時候，孩子有家有國，再不是牛馬啦！」

娶親生子的念頭，就在下這盤棋的時刻決定的，不久之後，盟機轟炸，這城鎮陷入混亂，管阿牛就精神勃勃的剃掉了那把鬍子。

說是四十，還沒到四十，娶妻生子也不能算太晚罷？柯老闆講得不錯，盟機把東洋人炸得亂哄哄的，一點神氣勁兒也沒有了！有一天，神社附近落了炸彈，管阿牛打一處殘牆下面救出一個瘦小孱弱，滿身是血的女人。

她就成了阿牛嫂。

這瘦小的年輕女人很使管阿牛開心，彷彿一切的好運都是她帶來的。廣島的一顆原子彈一炸，東洋人就變成了俘虜，管阿牛頭一件事，就是刨出那柄窖了多年的、生了鏽的大刀，把它磨亮了，塗上油膏，在老藥舖門前豎立起來，又請通曉漢字的老先生，寫了新的舖號。

這柄喝過東洋番仔鮮血的大刀，如今就用它旺家罷。「大刀號管阿牛本舖」，聽起來真夠舒服，如今，又有了國，又有了家，我管阿牛該正正經經的創業了，醫病，活人，原就是管家祖代相傳的精神。

大刀號算是新開張，管阿牛感慨的跟阿牛嫂說：

「我再強，再壯，也是上四十的人了，就算能把大刀號創出名聲來，也得有人接手，這如今，我們倖什麼不缺，單缺一個兒子，我得向妳討個兒子了！」

阿牛嫂雖然蒼白孱弱，但當丈夫像攫雞似的攫她上床，牛耕著他的希望時，她臉上也泛起一絲頗為羞澀的潮紅……也許這段日子，管阿牛耕耘得夠殷勤，阿牛嫂真的有了身孕。

頭一個兒子光復，一點也沒誤時間，而且比光復節還早來兩天。兒子雖然有了，管阿牛的希望卻不夠滿足；也許這孩子傳他母親的代，生下來就瘦小孱弱，比巴掌大不了好多，脊背上的胎毛密密的，比老鼠毛更長。

喜歡是喜歡，但日後大刀號卻沒法子傳交給他。

阿牛嫂抱著孩子餵奶時，也有同樣的想法；她越看光復這孩子，越覺得他長大了，定是個文雅白淨的人，瘦小個子，只怕還不及他爹那寬闊的肩膀。她知道幹賣藥耍戲這種行業，一定得要一副粗壯結實的身材，洪亮的大喉嚨，能講，能唱，至少要能掌起石擔子，揹得動大藥箱，還得能像他爹那樣，把那柄傳家之寶的長柄大刀，舞得霍霍生風。

孩子越是像她，她心裏的歉疚也就越深。

她知道，她丈夫阿牛是個粗豪直爽的人，想什麼，就說想什麼，要什麼，就說要什麼；照理說，憑他謀生的本領，積蓄的錢財，強壯的體格，他該能娶到比自己好上十倍的女人；他把自己從血泊裏拖救出來，當他明白一個弱女已經家破人亡無可投奔時，他只說了一句：

「跟我罷，要是妳不嫌這屋裏藥味。」

後來，他又真心感嘆的說：

「東洋人的氣數盡了，我忍苦半輩子，如今才敢想著要個家。」

她被他說話時那股真情感動了，她一點兒也不嫌大刀號舖子裏的藥味，她就那麼愛上了他，愛得那樣深，那樣熾熱，那柄生鐵熔鑄的大刀，是他跟她朝前存活的共同標誌，那特具的強烈的標誌，刻著他們未來輝煌的夢。

阿牛人極粗豪，愛也愛得莽撞，他滿頰短硬的青黑的鬍渣兒，像棕刷似的，常刺疼她的耳鬢和頸項；他寬厚的肩胛，飽滿沉實的胸膛帶給她無限的熱力，強有力的抱擁，沛然的灌注，使她融化成點點滴滴的溫柔。

但她懷抱裏的這個孩子，顯然很孱弱，不能如阿牛他所想的，日後能繼承他的衣缽，歉疚之餘，她想到再生一個強壯些的孩子。

大刀管阿牛也有這個想法，不過，他只把這念頭鬱在心裏，從沒對他纖弱的妻子提過半句，生怕使她傷心。因爲他帶著徒弟阿虎出去打場子賣藥耍戲時，掄一趟單刀，耍一套石鎖之後，再不像當年那般的輕鬆寫意了，人，就算身體再強健，也禁不住歲月剝蝕消磨，血肉之軀終竟比不得鋼鐵，頭一個孩子身體弱，真盼再生個胖實些的，將來好接這家舖子，那時刻，我管阿牛日落黃昏了，而大刀號仍會光輝燦爛的。

兩個人有志一同，第二年，阿財就呱呱的到世上來了。從一落地時洪亮的哭聲，大刀管阿牛就判定了這孩子是個身體強壯的小傢伙，阿牛嫂立即知道他日後是個中氣十足的大嗓門兒……。

除了給這個孩子的乳名叫做阿財之外，大刀管阿牛也請懂得漢文的老先生，替他取個學名，叫做管正名，——完全是神社正名爲公園時得來的靈感。

阿財來得正是時候，那時大刀號管阿牛本舖正是極盛時期，紅磚屋背後那座高高的水塔頂上，不知從哪兒飛來成千上萬隻燕子，在那兒築巢，迷信的阿牛嫂相信這是由孩子帶來的好運，便買了滿籃子香燭，到對街的大廟裏去燒。

大刀管阿牛心裏明白，這好運全是由光復帶來的，東洋人禁鎖民眾的鐵箍斷落了，不論是都會、城鎮和鄉村，只要賣藥的鑼聲一響，一片黑壓壓的人頭便從四方浪聚過來，早昔那種呆滯的眼，重新注進了活潑潑的煥發的光采，大刀號膏丸丹散的行銷量，也飛快的增加著。

管阿牛對於他的大刀號，一向具有信心，他要的是真功夫，賣的是真東西，不怕沒有主，俗說：真金不怕火來燒，這可是錯不了的。

賣藥的生意再好，大刀管阿牛也時時顧念著家，顧念著纖柔孱弱的阿牛嫂，以及他那兩個兒子。他常愛把兩個孩子抱在粗壯的臂彎裏，一隻胳膊一個人，像獵人架鷹似的，到公園的綠蔭裏去踱步。整個城鎮是那樣的靜謐安詳，多數參天的老樹，常年的綠著，白石路的路面上，有著飄不盡的落葉，而新葉更不斷的生長；一直到如今，他才有這份閒情來愛這根生的小城鎮。從遠遠海上吹來的風，暖暖黏黏的，空氣也被浸染得很溫濕，很柔軟，這一片濃郁綠意繞著人，使人難以分別年年輪遞的春秋……

這些樹木活得很安然，它們常用如水的空藍洗濯，以朝霞和晚霞塗亮它們的容顏，那種安然，也只有常棲在林木深處的雀鳥們才能唱得出來。

大刀管阿牛抱著孩子，在傍晚的炊煙升起時踱到這兒來，靜謐湧匯在心窩裏，有一股耐得品嘗的甜味，甜裏也間夾著些許人到中年時常會無端興起的蒼涼……晚霞落在西邊市街的屋脊上，濃濃的樹影和參差的屋脊是看熟了的，就像東邊的山和西邊的山的稜線一樣，晚霞變幻著，幾十年的日子像默默的流水，轉瞬過去了。如今，自己也像是一棵老樹，胳膊上的兩個孩子，就是兩片新芽。

就讓日子這樣過去罷，風暖暖的，雲淡淡的，人逢著順遂的時刻就有些懶散，只願意回想過去，懶得再想著將來了。夢魘的日子，委屈的日子，都已經過去，將來還會有什麼變化呢?大刀管阿牛認真的想過，再變，這城鎮的面貌也總變不了的。

說是散閒?不能說怎樣散閒，逢到晴朗天氣的上午，照例要就近覓個空場子，敲鑼打鼓的出攤子賣藥，若論「大刀號」的名氣，出不出攤子是無所謂的，用不著再頂著大太陽，賣盡力氣喊啞喉嚨去招徠顧客，即使出攤子，徒弟阿虎也是個熟手，用不著自己親自張羅的。但大刀管阿牛不該在四十歲就認老的，一來藉機活動活動筋骨，兩個小孩，也總該看著學著點兒，——大刀號藥舖的男孩，日後若不懂這一套，那該是宗天大的笑話。

想當年，自己就是光著屁股學起的。

自己如此，兒子自然也該當這樣了……。

然而，有許多事情，是大刀管阿牛想不到的。

民國卅七、八兩年，從空中和海上來了許多整訓的部隊，也來了更多生面孔的逃難的人，突然膨脹的人口，使得這多年一直安詳寂寞的小城鎮，頓形熱鬧起來，老住戶們一面興奮於鎮市的繁榮，一面又深含著不可解的迷茫的隱憂。

大刀管阿牛是個粗人，他只覺得有些焦灼不安；他不希望古老的城鎮變樣子，希望儘管是希望，事實終究是事實，這事實像一陣無可抗拒的巨漩，把整個城鎮牽動起來，連人心也被牽動起來了。

逃難來的人越變越多，他們暫時佔用了靠近公路兩邊的甘蔗田，或是靠近崗坡的墳場，搭蓋起極爲簡陋的竹棚和茅屋來，不多久，那些地方便變成了雜亂的村落或是襤褸的街道了。

一向寂靜的大街上，那些黯沉沉的商店可忙壞了，甚至一天裏面就賣光了堆積多年的陳貨，尋人的、問路的、急事求人幫忙的、語言不通找人通譯的，全都湧進了派出所，使那位閒來驅雞趕鴨的警員先生忙得滿頭大汗，不時的搥腰捏腿，這位好性情的警員並不抱怨突來的忙碌，只是抱怨他辛苦播種的草花，全教人潮踐踏掉了。

「人可多啦，可多啊！」

大刀管阿牛的藥舖裏也擠了不少的人，有的是登船時被摔傷了腿，有的是光頭受不住太陽曬，起了一頭的膿泡，忙得他連跟對街柯老闆走一盤棋的工夫全沒有了。

更使他懊悶的是，有成千的人擠進這城鎮所有的廟宇，成百的人佔了新改不久的公園，他們把那些大樹鋸倒了去造木屋，做床鋪；做板凳、桌椅，把那塊地方的鳥雀都嚇飛了，使他享受不到一個被鳥聲催亮的清晨，更不用說抱著孩子去安閒踱步了。

「人可多啊，可亂啊！」他跟柯老闆說。

「可多可熱鬧！」柯老闆約莫親自碾過米，滿頭滿臉全是白白的米屑兒，卻笑露出他那兩顆變黃的金牙說：「朝後去，生意也可好做啦！這幾天，碾米機沒停過，輾多少，就賣了多少！營房裏紛紛來定米，也怕從早到黑的忙著也不夠送的呢！」

「嗨，我們的象棋可走不成啦！」

「那東西又不能當飯吃，等忙過這段時間，有空再講罷。」

大刀管阿牛不知爲什麼，心裏總覺得有些迷迷茫茫的，他決計要到各處去看看走走，這一回他沒有再抱孩子，繞著城鎭走了一圈，他覺得往昔寬闊的大街，一下子變狹了，軍車和貨運卡開起來呼呼嗚嗚的像刮颱風，常把載貨的牛車逼得沒路走，往昔那些熟悉的愛聊天的街坊，一個個都在忙著，連打招呼也都顯得急匆匆的。

還算他扯著福建籍的何警員，問他：人怎樣來得這樣多？何警員告訴他：

「大陸上，到處都在打仗，這些人是逃難呀！」

大刀管阿牛不知道詳細情形，他卻能想到光復前，光是盟機轟炸，都那樣的混亂，何況打仗？自己是賣藥的人，不必追究那麼多，只要憑良心賣藥，不貪逃難人的錢就夠了。

他實在是這樣的人，只要一打定主意，過後絕不變更，這把生鐵的殺過東洋入侵者的大刀，是祖上流傳下來的，如今自己用它做了管家藥舖的招牌，自己行事爲人，就得真誠實在，對得起體面的先人。

在初起的巨漩裏，這念頭使他穩穩的站住了，——就像那柄挺豎在門前巨石上的大刀一樣。

二

巨漩繼續的急轉著，這城鎮時刻都在改變。

前五年裏面，改變得比較緩慢些，那些新來的闖入者努力於建造他們的房舍，尋覓他們各自能夠自立謀生的行業，打燒餅，炸油條，挑蔥賣菜，擺地攤兒，開雜貨舖，去碼頭上當扛伕，賣獎券，拉板車……單凡是無需太多資本的苦行業，全都迅速的發展著，在時間裏扎下了根鬚，有了棚屋的住戶，都紛紛離開了廟宇，連絡上親友的住戶，也都遷移到他處去了。

五年的時間，在感覺上不算長，實際上卻又不算短，大刀管阿牛這個粗人，也能看得出許多的轉變來，就孵豆芽、磨豆腐、炸油條、做麵食來說罷，當初本地人壓根兒不會這些行當，初看著驚奇，慢慢也就學會了。語言的隔閡也逐漸的減少，雙方有講不通的地方，彼此用手勢幫忙，就算各學了一個新詞兒。

若說商業上有衝突，這倒是很少的，有了這股新來的力量的衝激，老住戶們反而把習慣了的閒暇懶散，一股腦兒收拾起來，大夥忙著做生意。

柯老闆說得不錯：

「有生意總不能不做啊！誰存心不想走象棋來？」

新的商店不斷的開張，不論是什麼樣的店舖；開開門，準有生意做，人們光景是看透了這一點，都不願再閒著讓銅錢生鏽，尤其是早先那些擁有田地的地主們，平均地權一實施，他們就把大量的錢轉用到城鎮上來，起樓房，開大百貨行，開酒家，開這那的做生意，甚至於，在這城鎮近郊的荒地上，新的菠蘿廠、繩網廠、磚瓦廠、造紙和小型紡織廠、冷凍廠……紛紛建立起來，朝天豎立起它們比樹木更高的煙筒。

一般說來，城鎮上的商業發展，開初還是很單純的，無論市場也好，商舖也好，大都爭做週末和禮拜天的生意，逢著阿兵哥放假，就是生意鼎盛的時刻，那些傻乎乎的軍人，雖說收入不多，跟他們做交易卻爽快得很，你多討，他多給，而且從不挑剔貨色，只有大刀管阿牛不願意貪軍人的便宜，遇上跳傘折骨或是演習受傷的來求診，他悉心治療，絕不收錢，磨來磨去，最多收下一些藥材費，要不然打發不走他們。

慢慢的，有人把腦筋動到歪處邪處去，變出花樣賺阿兵哥的錢：電影院、彈子房、乒乓檯子、綠燈戶、私娼寮，一切都拿年輕的女人朝前，理髮師、賣菜賣肉的、百貨行、影院帶票小姐、彈子房計分小姐、窯子裏編了號頭的小姐……年輕的，俊俏的，包了金牙愛笑的，都成了各行各業的西施了，什麼百貨西施、計分西施、豆腐西施、市場西施、後街西施、都在一本萬利的算盤珠下撥跳出來，一陣風接著一陣風，一個浪連著一個浪，就彷彿是一塊曠地遇著春天，禾苗長出來，雜草也長出來；喬木發了芽，灌木也發了芽，拿茶室來說，最早只有幾家掛著奕棋會友牌子的露天茶座，一塊錢一杯苦茗，五毛錢一包瓜子花生，大樹的蔭涼下面，設有寬敞的茶座、籐坐椅，竹躺椅軟軟涼涼的，你頭枕著靠背假寐也好，喝茶談天也好，把一盞濃茶沖泡成白水，或是把朵朵茉莉和菊花泡沉，也沒人來攆你，要走棋，象棋、圍棋免費供應著，從早下到晚也只一塊錢茶資。

大刀管阿牛也常到那兒閒坐過，而且還結識了幾個軍官棋友，他們奕道高明，棋品斯文，不像柯老闆那樣，常走回頭子兒，贏了棋說話尖酸刻薄，輸了棋就狠敲棋盤，或是粗頸子窮出怨聲。

那樣高雅舒適的茶座，也吃不得一陣邪風吹刮的，不知是誰先動的腦筋，在大街熱鬧處的空地上，搭起竹棚，開設了什麼音樂茶室來，同樣一杯苦茗，茶葉差得簡直不是味道，卻要漲到五塊錢，只因爲那兒有能嘈聾人耳朵的音樂，乞丐似的魔術師，旗袍衩兒開到大腿上，扯著肥屁股的歌女，有淫靡冶蕩的櫻桃樹下，四季花開和媽媽要我嫁……。

緊跟著，打著公共招牌的花茶室開遍了各處的街巷，紅紅綠綠的壓克力門窗，嘈嘈切切的音樂，小燈泡、高背椅和一些掩掩遮遮的棕櫚，覆著許多雖沒看著卻能想得到的男歡女愛，可惜這種「豆腐茶」的價格，跟那些載硬帽的薄荷包不成比例，雖不至望門卻步，掐指一算，卻也倒了胃口。

在大刀管阿牛的眼裏，這城市原是個健美樸實的村姑，如今，受不住這股邪風的招引，逐漸學會了搽胭脂抹粉，變得虛僞浮華了，他是個從苦裏滾過半輩子的古板人，固執起來，真像是一頭牛，雖說事不干己，看在眼裏卻不順眼，不順眼就不歡喜，不歡喜就憋了一肚的悶氣。

一個雙手能折彎四號鋼筋的漢子，遇著這些不順眼的事情，只有憋悶氣的份兒，他覺得當地居民的爭利心太重，幾乎把兩眼的焦點全聚攏在滾滾而來的鈔票上，才會造成這種浮而不實的畸形繁榮，想是想得到，可說不出什麼道理來，抱怨時，也是幾句粗野不文的話：

「幹……娘的，人心可壞！」

大夥兒忙著賺錢了，流動戶口不斷朝城鎮裏硬塡硬塞，辦遷入登記的，申報流動戶口的，辦出生登記和婚姻登記的，在原就狹窄的鎮公所大排長龍，那種熱鬧勁兒，連電影院也自嘆不如。

人是塞滿了，市政怎樣呢？約莫那些管理鎮務的先生們，都叫論麻包裝的戶籍冊，論牛車載的報表壓成近視眼、彎脊梁、滿臉皺紋的排骨，哪還有精神管到方桌外頭去？

一切都是草率的，臨時的，權宜的，換句話說就是「違章」的，你不容來台的難胞在空地上搭屋？誰能安排出地方給他們遮風擋雨?!你能限制得了鄉村人口朝城鎮遷移？法律上根本沒有那一條！……管阿牛倒沒注意過這些，他只看到這裏那裏，到處都是滾滾的人頭，鎮上的空房空屋都擠滿了，後來的人，只有在巷角、牆角、河渠上、水溝邊，到處搭建大大小小，奇形怪狀的違章建築。有的用竹和泥，有的是半磚半竹，有的用破木箱、油皮紙，有的用罐頭盒和廢棄的帆布，這使得原有一體紅磚紅瓦建築的城鎮，打上了很多塊五顏六色的補靪。

那些臨時的街道亂七八糟的自由發展著，很快就滾成團兒，變成諸葛亮的八陣圖，旁人不必說，連管區警員也弄不清哪兒是進口；哪兒是出路？抬眼看上去，所有的矮簷下面，狹巷半空，招展著內衣褲、乳罩和尿布的旌旗——大離亂之後喘息著的生命的旌旗。

正街呢？看上去光艷了不少，各色招牌疊出不均勻的顏彩，有些古老的安靜的院落，也掛出「代織毛衣」、「代繡學號」、「車花邊」、「來亨雞出售」、「某某助產士」、「修改軍衣帶補襪底」……等等的白漆牌子，似乎不甘寂寞，要跟左右的撞球場、乒乓室、花茶館爭勝。儘管人多了，車密了，養著火雞、土雞和鵝鴨的人家，仍然理直氣壯的把牠們朝門外攆，好像誰都懂得「推人及畜」，不願剝奪牠們在街心昂首闊步的自由，擔上虐待動物的罪名。

好在一切「違章」，牠們即使拉下些違章糞便，沾污了過往行人的鞋底，他們也不致跟禽畜認真，告到警局去派人來取締的……如此類推的心理，使污水溝變成兒童便所，無處可流的污水，便寧冒違章之議，公然橫流到街心，好像要請人評理，哭訴大便違章在先，我污水只有違章在後等因。

其實人也滿眼看慣了這些，到處的垃圾培養嗡嗡的蒼蠅，陰暗的竹屋製造出無數的蚊蚋，牠們分享著人們吃剩的果殼瓜皮之後，歌之舞之，好像願跟這些鎮民同存同榮，合組一個無分人和蟲豕的大同世界——至少人們聽著那種不知分寸的嗡嗡裏，有著這麼一種嘲弄什麼似的快樂。

巨漩在急速的旋轉著……

而這些外在的變化，並沒有把陷身其中的大刀管阿牛牽引進去。那柄塗了油的生鐵大刀，威風凜凜的豎立在公園的入口，那條只有幾戶人家的短街，變成了阿牛叔的日益縮小的世界。

鬱悶是鬱悶了一些，大刀管阿牛卻沒有消沉，他日常的生活，比早年更顯得有規律，每天天剛亮就起床，先拿著竹掃帚掃街，把這段短街掃清爽了，再教兩個孩子做八段錦，孩子揹了書包上學校，他才寬鬆些，坐下來喝他的苦茶。他是巨漩當中的一塊岩石，四周湧起洶洶的浪花；這些浪花並沒有把大刀管阿牛淹沒，至少，在各種爭競的新興行業當中，一時還沒有誰能奪得了大刀號管阿牛本舖的生意，更影響不了管阿牛治病和接骨的、歷史性的聲名……。

但時間會磨蝕浪中的岩石，這巨漩也正逐漸的磨蝕了古老的城鎮上的一切，——大刀號管阿牛本舖，當然也不會例外。

最先遭到厄運的，是正街兩面的行樹。

「阿牛叔，街上在鋸樹啦！」這消息是米廠小夥計阿柱帶來的，大刀管阿牛聽了，幾乎還不敢相信呢！

「吃飽飯沒事幹了？好好的鋸樹幹嘛？」

「聽說街窄，對面錯不開汽車，」那小夥計說：「前天橋頭那兒，有一輛汽車爬樹，跌死一個運貨工，鎮公所開會，說要提前鋸，拓寬街道，沒想到今天就鋸開了。街上沒有樹，光禿禿的，簡直不像一條街了。」

大刀管阿牛搖搖頭，他沒有法子同意這個道理。樹不是一天長成的，老早就長在那裏的，若說汽車爬樹摔死運貨工，那只怪開汽車的不該讓汽車去爬樹！鎮上的人不怪汽車橫衝直闖開得太快，反而怪到不會動的樹木頭上，那就太不通情了。

一條沒有樹木的街，還成個什麼樣子？烈烘烘的太陽，炭火似的直烤在人頭上，到處找不到一塊巴掌大的蔭涼，夏秋兩季，地都會變成烘爐，教那些推車賣愛玉冰和青草茶的孩子，拉板車拖三輪的苦力躲到哪兒去？……當街住戶也習慣地離不了蔭涼，炎熱的正午心，太陽地上燒得死螞蟻，滿積苔蘚的紅瓦屋也成了蒸籠，只有樹蔭下面夠涼爽，拖張竹椅，撿隻木凳，或者是攤開一床破蓆，人朝那兒一坐、一躺，可就有了精神；假如把樹給鋸掉了，街就成了脫掉帽子的癩痢頭——瘡疤全露出來啦！

「您要上街去瞧瞧嗎？」徒弟阿虎說。

「免講了！」管阿牛冒火說：「鎮公所光想著汽車要走路，他們就沒想滿街的人要不要乘涼？……動腦筋鋸樹的傢伙，一定是開洋傘店的，再不，他家裏就是賣斗笠的，鋸了樹，他才好做生意。」

但他的議論阻止不了樹木的厄運，非但街道上的樹木被割鋸光了，連「公園」裏的樹木，也受到了波及。

這一回，鎮公所和警局都主張保護公園的樹木，但他們擋不住大量人群的入侵和蠶蝕，不多久，公園就變了樣兒，不再成爲公園啦！

家在公園入口處，大刀管阿牛看得最清楚，歸根究底，毛病還是出在鋸掉街兩邊的行樹上，按照這鎮市的老習慣，大市場裏只設固定的攤位，那些從鄉村來趕早市的流動攤位，都設在街兩面的樹蔭底下，只要留出白線打成的一條狹窄的快車道就不算違法，至於行人，只好將就點兒，膽子大的佔用快車道，膽子小的，只好在菜擔子中間連擠帶跨，好像孩子們玩「蓋房子」遊戲一樣。

正因鋸掉街兩邊的行樹，蔭涼沒有了，那些流動攤位吃不住太陽曬，便直瀉到公園裏面來，最先是利用樹蔭，後來乾脆把樹給鋸掉，張白布篷，搭蓆棚，然後逐步升級，又蓋起好幾百戶違建來了。

違章建築這玩意，不開頭則已，一開了頭，轉瞬間就如大火燎原。那些睡火車站的，佔走廊的，想弄個片瓦存身的舖位做小買賣的，受夠了風雨和太陽荼毒的……誰不願意搶佔一席地，搭個一勞永逸的棚棚遮風擋雨？先蓋的幾戶沒能拆得，後蓋的便連夜趕工，幾天之內，便扎就了生活的營盤，等警察知道，報告管區主管，主管再等因奉此轉報分局，分局再開會討論，公園已經蓋滿了！變成一座滿熱鬧的克難市場，若說公園是這城鎮賴以呼吸的肺葉，那麼，這些違建就是結核桿菌，初期沒能及時醫治，等發現問題嚴重，已經是肺病第三期。

「幹……娘的，違建戶將了鎮公所一軍！」管阿牛跟柯老闆說：「拆除隊雖是馬後炮，也用不上啦。」

鎮公所逼於形勢如此，只好轉報上級，修改都市計畫，把公園廢棄，再度正名，改成「第二市場」了事。這一來，管區的警察先生額手稱慶，因爲他們不必再劍拔弩張的強制執行那種使人頭疼的拆除工作，不必去嘗大便淋頭的滋味了。

有好些站穩腳跟的違建戶，到大刀號來串門子聊天，一致誇讚鎮長的決定很明智，一個估衣攤位的老頭兒說：

「對嘛，鎮長該替咱們想想，飄洋渡海來這兒，總得暫時自立謀生，咱們的心，還留在大陸，不定哪天，打回去的時刻，咱們跑在前頭，誰還在乎這間破棚棚兒？他不能把城鎮中間的好地方，留著長樹長草，栽花養鳥，讓咱們住在鎮郊公墓上，那只能跟鬼做買賣了！」

道理不能說它不是道理，大刀管阿牛一時也說不出所以然來，只覺得一切變得太快，太突然，事實上造成了一片傒誰也整頓不了的混亂，他不喜歡這種混亂，但卻也怪不了誰，他聽說地方自治要實行了，總覺得這些混亂，會在一段很短的時間裏清澄下來。

事實上，剛剛實行的地方自治，治得很糟，新當選的鎮長連開會程序也弄不清楚，那些自以爲做了官的議員，永遠只會那一套長達三小時的辭不達意的空頭講演。沒有人透察的指得出這城鎮混亂污穢的多種原因，以及未來建設發展的方向……

管阿牛倒沒替這種現象擔憂，當初自己初學走棋，不也是這個樣子？總算自己當了主人，慢慢的朝前摸罷！——總不能走一輩子蹩腿馬的。

競選時留下一街的爆竹屑兒還沒掃完了呢，能說自己的一票投錯了人？選誰都一樣，誰都沒做過官，搞過行政，鎮長原先只會培蘭和養鳥。

正因爲一般地方行政的經驗不足，這股巨漩越旋越急，而且逐漸的下沉了。

鎮梢一座頹圮的城樓下面，有一座小小窄窄的街道，鎮民們因爲那條街道上有七八戶集中在一起的鐵匠舖兒，就把它稱爲打鐵街。

大刀管阿牛經常經過那條鐵舖聚集的小街，它窄成那種樣兒，兩邊的屋簷擠著屋簷，使水洗的天空變成條狹狹的藍線，陰暗的舖子裏，風箱啪噠啪噠的鼓動著，閃跳在煉爐上的火燄，一忽兒變藍，一忽兒變紫，融成一片活生生的抖迸的幻光，照亮了那些裸著上身，圍著厚裙的鐵匠們揮錘鍛鐵的影子。

那些鐵匠舖子，早年的生意興旺得連夜趕工，打菜刀、鋤頭、鐵鍬、車軸、剪刀、斧頭、耙齒……但自從都會裏的鐵工廠成立，一切產品出自機械之後，小鐵匠舖子的手工產品變得沒人光顧了，最先有一家賣了屋子，改行去製造板車，其餘的也因爲毛鐵難買，打算歇業改行。

這消息不知怎麼傳到一家酒家老闆的耳朵裏，他立即來買這幾棟舊屋，拆掉後改建鋼筋二樓，開了一家「夜夜春」妓女戶，妓女戶開張時，又放鞭炮，又唱台子戲，又搭棚請酒，居然也請到一兩位稷下賢士來簽名道賀，而且還喝成一張張嘴角上翹，春意盈盈的紅臉。

「夜夜春」鳩佔鵲巢，開張後生意興隆，另外就有人高價收購地皮，在對面開了一家「日日紅」，這一回，賢士沒到，卻求得鎮長的一幅祝賀匾額，在排場上、體面上，算是跟「夜夜春」平分了春色。……不過後來有人以為鎮長寫的匾額掛在那家娼寮裏，至少在字意上有些驢唇不對馬嘴，因為那八個字是：

「功德無量，術比華陀」！

鎮長是個很冬烘的好好先生，有人向他求字，他當然感冒之至，據說娼寮老闆是託一個做西醫的表親去求匾額的，那位醫師語意含糊，指鹿為馬，這位好好先生便替鹿背上照加了一副馬鞍。

這消息使鎮民很多人捧腹噴飯時，大刀管阿牛卻氣呼呼的摔破一只飯碗。

「我不知你們怎麼還能笑得出來？」他說：「自己治自己，治出笑話來，該由旁人來發笑，我們臉紅了！打鐵街變成皮肉市，為什麼不變鐵工廠呢？我要做鐵匠，我就不搬家；政府要扶人站起來，我們自家不能賴在地上打滾，再讓邪風吹下去，正經的老住戶，全要搬家啦！」

「算啦，阿牛哥，」柯老闆說：「你賣你的藥，我碾我的米，你不賣假藥，我米裏不摻石粉，人壞由他壞去，我們存心公道不坑人，不就得了?!」

道理沒錯，可惜大刀管阿牛不是個「各人自掃門前雪，不管他人瓦上霜」的人，他心裏的鬱悶簡直結成塊兒了。第二市場另一個入口的邊上，有個管阿牛一向欽佩的姓彭的女議員，有一天教他遇上了，他硬請她到舖子裏面來，跟她訴了一大堆苦。

「人心可壞啊，彭議員，」他說：「鎮民的老古風，全教邪風吹跑了！你們議員先生開口都講民主法治，民主是民主了，法治我看是夠亂的啦。水溝當廁所，污水滿街流，巷裏晾女人內褲，誰走誰就得鑽她的褲襠，正經生意沒人肯做，娼寮、花茶室競著開，前街的垃圾全掃到後街，連我這粗人全看不慣呀！難道這些小事就沒有一個法來整頓整頓？」

彭議員瞇著兩眼，笑得不冷不熱的，一面聽，一面也彷彿在想著些什麼。

「阿牛哥，我知道你是急公好義的人，」她慢吞吞的說：「這些事情，我看……不光是法的問題啦，法條訂來很簡單，法要靠人守啊！地方行政機關辦事沒效率，也是真的，大家沒有守法觀念，也是真的，想把這城鎮弄好，要靠大家一起來做，光靠警察，靠坐辦公桌的幾個人，那總不是辦法。」

大刀管阿牛不安的搔了搔頭皮，也並非抓癢什麼的，這是思索什麼又不知在思索什麼時的老習慣，他自知自己的粗腦筋沒有迴路，一當轉彎兒想事情時，就像上了老鼠夾似的，夾出一句老口語「幹娘的」三字經來，這一回，三字經已經到了舌尖上了，卻用牙齒把舌尖咬了一下，——當著女議員罵粗話，最沒禮貌，但把話再吞嚥回去，心裏又悶又脹，也真不是滋味。

早先，這城鎮是單純的，如今，人多了，世界也變得複雜了，他不知怎麼的，討厭起這種五花八門的繁榮來了，彭議員說的話，道理是不錯的，她住在深宅大院裏，養養鳥雀，培培蘭花和盆景，去教堂證道，彈風琴，也許沒聽著這雜亂的市場裏的噪音？……大家一起來?!嘿，哪有那麼容易？

這城鎮安閒靜謐的外貌被改變了，只引起管阿牛的一份迷惘，人的心裏面的改變，卻使這傻乎乎的漢子傷起心來了！

人心難道也竟會被磨蝕的嗎？單看看這座市場罷！垃圾堆得比人還高，雞毛、蝦殼、腐爛的菜葉、糾結的草繩、沾血的廢紙……匯成一股撲鼻的腥臭，流動攤販阻著通道，留不下行人插腳的空隙，一天要跟警員捉八十回迷藏，說它「理所當然」，彷彿還委屈了三分，他們簡直是「悲憫爲懷」，存心用這種方法，使那個胖得走路也喘呵呵的一毛一獲得免費減肥的藥方，有時候他轉暈了頭，只好靠在路口的木柱上，掏出濕透了的手帕擦汗，——該說是用他自己的汗水洗臉。

管阿牛有一肚子帶三字經的話，想跟這位女議員說，卻又訥訥的說不出口來。彭議員這邊剛走，他可自個兒喃喃的說了：

「這該怪誰呢？只該怪人太多了罷？」

是的，人多了，太擠了，人也都變得自私變得虛假了，打躬、作揖，便宜了，連笑也笑得廉價了！愛髒有愛髒的自由，愛亂有愛亂的自由，誰說話呢，誰就妨害了自由，莫說人這麼想，只怕連違章建築都懂得這竅門兒，今天伸伸頭，明天挺挺胸，後天就抖開了翅膀！偷接電線的比蜘蛛還在行，偷接水的連龍頭也懶得裝，就讓它日夜嘩啦嘩啦的淌……

若單是自私還罷了，有些人專玩虛假，看著實在看不過去。一些攤子上的布販子，抖開一匹匹五顏六色的印花布，也用賣藥耍戲似的粗嗓子叫喊著：

「可便宜啊，可便宜啦！……兩塊錢一尺，半賣半送啦！最新的麻紗布，七八塊錢的貨色，來呀，來啦！……瞧瞧花色，聽聽價錢，摸摸料子就知道，這種布，小姐穿了可漂亮啦！」

瞧瞧花色，花色真多，真齊全，聽聽價錢，麻紗拿當洋布賣，若還說不夠便宜，那就太沒良心了！料子摸在手上，利利爽爽的，硬是貨真價實的麻紗呀，不買嗎？哪天再能遇上這樣的好機會呢？

平時省儉慣了的管阿牛，也不得不把念頭轉到他那瘦小孱弱的妻子頭上去了。那個溫柔沉默的小婦人，好像從來就不懂得消閒，大刀號的生意在幾年來一直很興旺，錢也積蓄了不少，但她好像光會存錢，不會花錢，成天鍋前灶後的忙著，若說女人是朵花，她這朵該算是曇花，眨眼工夫，就在這座陰暗的紅磚院落裏枯萎了，他該多關注她一些兒，讓她懂得最起碼的消閒，穿得好些，吃得飽些，……那就替她扯兩件麻紗的料子，使她到洋裁店去做起兩件夏衫來罷。兩件夏衫不算什麼，只是做丈夫的一點兒心意，他選了一塊淡紅底子白碎花，一塊深鵝黃的素料子，包回去送給她，逼著她立時去洋裁店，衣裳做好了，又逼著她穿。

無論日子過去多久，大刀管阿牛相信他絕忘不了這件事；她的兩件麻紗衫子，曾滴過她喜悅的眼淚，但都只穿了一次就報了銷，後來他才弄清楚那不是什麼麻紗，——全用野菠蘿的纖維織成的，一洗就破。

那種假麻紗，著實氾濫過好一陣子，從手帕換到洋裝衣料，又換到西裝衣料，不知騙了多少人?!按理說，這並算不了什麼，但由於這件事情才使大刀管阿牛注意到那種流行在商業上的、虛僞詐騙的邪風。……早年那些暗沉沉的老店舖，黑底兒金字招牌上，大都寫著「公平交易，童叟無欺」的字樣，貨物總是那些老貨物，牌子是那幾種老牌子，價錢是一成不變的老價錢，顧客呢？也都是些熟悉的老面孔，從沒有耍噱頭，鬧新奇，漫天開價或是拿假貨來騙人的。

如今，城鎭變繁華了，什麼花樣也都跟著變出來了，早年的那些老店舖，已成爲一些被風化的岩片，在呼嘯而來的時間裏，一片片的剝落了，各行各業，都有些昧著良心耍詐騙的傢伙摻在裏面，米裏摻進石子和石粉，醬油變成鹽煮的黑豆水，加上味精跟什麼防腐劑，死貓死狗也能灌香腸；五顏六色的膠花，滿以爲能插好幾年，誰知買回來半個月就變色，但價錢總高得嚇人。這市場的地攤子上，到處都是打著廉價招牌的貨品，假牛角的梳子，塑膠飯碗，鋁製的杯盤和刀叉，五塊錢四條的手帕，貼著大美人的圓鏡，顏色鮮艷的領帶，摸來又軟又厚的毛衣……價，實在是廉了，物卻是一點兒也不美！

「人心可壞啦，真壞可不是？」

大刀管阿牛悶起來就要喝米酒，又不願意一個人抱著酒瓶獨喝，有時約了米廠的柯老闆來，遇上柯老闆事情忙，他就要夥計阿虎陪他喝上幾盅。拉人喝酒的意思，不外是有個人聽他說話，而他嘴舌笨拙，說來說去，也總是那幾句頗爲感慨的言語。

柯老闆跟大刀管阿牛一樣，是個忠厚老實的人，他經營的碾米廠，近來也盛極而衰的走了下坡，別人可以在米裏摻石粉，賣便宜價錢，他雖然知道，卻不願意幹那種昧良心的事情，大刀管阿牛只要跟柯老闆兩個一呷起酒來，不論誰先開頭，另一個立即就附和上了。

「嗨，那些賣假貨騙人的，黑心肝的傢伙，簡直不能提了，」柯老闆說：「幾天前，玉枝她媽買了一件毛衫，花了四十五塊，她說可便宜，買回來才知道那不是毛衫——全是棉花繩子編造的！本錢最多値二十塊錢。」

「就算不是假貨，他們也亂要價錢。」阿牛嫂在一邊插嘴說：「他們都講去市場買東西，要價三塊，只能還它一塊錢，那兩塊全是虛頭，幾天前，我去買塑膠碗，賣碗的說，他的塑膠碗摔不破，能用十年；他要三塊一只，我只花七角錢一只，一共買了五只，誰知第二天就被阿財摔破了一只，原來那做碗的人，把碗邊做得很厚，碗底做得像紙一樣的薄，你說壞不壞心肝？」

「其實，這種事情滿眼都是的。」夥計阿虎說：「一只碗，若真能管用十年，那些賣碗的靠什麼吃飯？……壞就壞在大家都貪便宜上，你就真做出包用十年的碗來，價錢定貴了，照樣沒人買，大家一窩蜂貪便宜，忘記了『便宜沒好貨』的話，結果還是吃了虧，我看，這也不能怪到做小生意的頭上，他們還不是要混飯？」

大刀管阿牛原想喝酒破悶的，結果總是越喝越悶，大夥兒說的，全都是事實，像什麼雞打針啦，鴨灌水啦，魚染腮啦，西瓜裏打糖精啦，豌豆加色啦，……聽也聽不完的那些事，單單看起來，可說是微不足道，但若仔細想一想，卻跟整個的社會風氣有關，輕誠實，重虛浮，難道不能從這些細微的小事上去估透人心？

城鎮就這樣的改變了，並不只是它繁華的外表……。大刀管阿牛忽然覺得，自己跟柯老闆這一代人，說著說著的就已經變老了，除了酒後來一番唏唏噓噓的慨嘆，彷彿毫無能力牽轉什麼，能固執著不為所動，業已算是難得了，除此之外，還能怎樣呢？

「只好看下一代罷！」

說是這麼說，總有些自我解嘲的味道。

三

巨漩這樣的旋轉著，後五年當中，由硬漢管阿牛撐持著的大刀號，也在不知不覺中走入了衰微。

權宜的，草率的時期過去了，跟著來的，是一片更大的繁榮；在城鎮的中心，高得能使人望痠脖頸的高樓，一幢接一幢的興建起來，擋住一向肆無忌憚的陽光。新的電影院容得下兩千坐椅，大海報上一條女人的大腿，就佔去了三層樓的空間。新的貨運卡車、計程汽車，日夜不息的駛過大街，漂亮的摩托，也逐漸取代了單車。城鎮中心的繁榮不斷的朝外擴散著，連那些違章的街道，也跟著升了級，由竹木、鐵皮和帆布，改成紅磚牆、黑瓦頂，有些人家因爲佔地太大，搭起瞭望哨似的小閣樓來，表示點兒朝空中發展的意味。

這城鎮後街原有若干的空地，用來做魚塘、菜圃、花園、果林什麼的，如今都變成了大興土木的地方，那些新住宅區的樓房，方方正正的，排了一排又一排，好像孩子們堆著的火柴盒兒，明淨的玻璃，鮮艷的碎瓷磚，雕花的鐵窗，紅漆的欄杆……一切都顯得那麼堂皇，這使大刀管阿牛有些大惑不解，每碰著人，就帶幾分欣慰又帶幾分疑惑的說：

「幹娘的，攏總有錢了！」

儘管他弄不清攏總有錢的原因，他卻看得見攏總有錢的事實：賣菜的也騎上了摩托，賣肉的竟也買了一棟漂亮的樓房，早先開車修理店的，如今買了兩部卡車，開起運輸公司來了。大刀號本舖的緊鄰，原是一家糕餅舖，如今被人買了去，把舊屋拆光，重新造起五層大樓來，開了百貨商行。這些新住戶都算是劇烈的商業競爭中的勝利者，他們把往昔那些暗沉沉的老店鋪代替了，他們不但注重貨物的陳列，內部的裝修，而且每一家都儘量的裝飾門面，有的用大幅立體廣告牌，有的用會跑會跳的霓虹管，有的用各型各色的模特兒，有的用大玻璃的櫥窗……這種更大的繁榮，在大刀管阿牛看來，委實也有不少的好處，至少，像早先那些騙人的假貨不再猖獗了，有些新玩意兒，像電風扇啦、收音機啦、電唱機啦、縫紉機啦，真是又好又便宜，不但便宜，還興分期付款。

分期付款，不知是誰先創出來的？早先只是貴重物件如此，緊跟著，推銷員、宣傳車，就到處出現了，連肥皂、衛生紙、小孩用的文具，全都帶記賬的，而且還按月送到家來。

生意像這樣做法，那些墨守成規的老店舖，真的該垮了！繁榮既有這麼多的好處，當然也有很多的威脅；因為這城鎮上的中西藥房、醫院和診所越來越多，使得早年獨霸一方的大刀號黯然失色了。

實在說，大刀管阿牛並沒把這事放在心上，醫院是救人的，多多益善，藥房給人方便，多開幾家也無妨，只是那些藥房裏，總是擺了許多東洋來的藥品，那些早年去過東洋，弄過什麼博士頭銜的醫生，偏愛使用東洋的藥品，這卻使他起了很大的反感。……賣藥就賣藥罷，美國藥、法國藥、德國藥、什麼義大利、比利時藥，哪樣藥不好賣，偏偏要賣東洋來的藥?還把那些戴白帽子的山、戴綠帽的湖、一大堆風景畫片貼滿牆壁?!

人也有些賤皮賤骨，總認爲草藥不及西藥好，本國「西」藥不及東洋「西」藥好，就算有些道理在吧，也不見得全是那樣，……至少自己信得過，大刀號本舖的膏藥強過什麼「撒隆巴斯」，管阿牛的兩眼不輸給X光，接骨的手法又快又準，強過那些笨手笨腳的外科大夫!門前這柄光榮的、祖上傳流的大刀，要比東洋畫片堅挺些，硬扎些!

這樣一想，反而更覺坦然了。

可是，大刀號的生意越來越清淡也是事實，每天上午，阿虎到市場去出攤子，那一排狹窄擠了七八個賣藥的攤子，有的賣補心潤肺丹，有的賣黃金八寶丸，有的賣萬斤補腎丹……據阿虎說，那些攤子雖然場面大，熱鬧多，但都是些假藥和春藥。

「這樣下去，可不成啦，」阿虎苦笑說:「真藥沒人要買，假藥卻人人爭著買，您得少喝點兒酒，多多照應攤子才行。」

「用得著嗎?賣藥又不是打架!」

阿虎聳聳肩膀，有些爲難的樣子:

「我說師傅，我們藥攤子，場面很寒酸了，……如今做買賣，跟早先全不一樣啦，要不趁早學一學人家的那一套，恐怕更沒有生意了……。」

大刀管阿牛心裏很沉重，不由皺起了眉頭。他明白阿虎的意思，是要他隨和點兒，跟那些走江湖賣野藥的傢伙學一學，那些人不但賣的是假藥，連四邊張掛著的錦旗，條桌上放置的銀盾和匾額都有假造之嫌，什麼「杏林春滿」、「扁鵲再世」、「妙手回春」之類的濫字眼兒，五色琳瑯，有些是某某議員，有的是某某地方首長——全都是沒生過病的，哪會這樣熱心，又送錦旗又送匾額？讓那賣「萬金補腎丹」的傢伙來當眾張掛，使人懷疑他們一個個都鬧過腎虧。

聽說警局曾經取締過，無奈錦旗、銀盾之類的玩意兒不是「文書」，按不上僞造文書的罪名，

你能沒收他，他會到旁的縣市再做一批，堂而皇之的張掛起來，那裏頭說不定多了一面，寫的是某某警察局長。……在那些傢伙的意識裏，怕把這些也列入基本的自由了。

旁人可以這樣下三濫，欺名盜世賣假藥，你阿虎在大刀號本舖幹了好些年了，總該知道我管阿牛的脾氣！就算日子混不下去了，情願脫褲子進當舖，也不會跟著這股邪風打轉，昧著良心，把「假」字朝前！

阿虎兜了一個圈子，沒聽見大刀管阿牛答話，終於壯起膽子說：

「照理呢，這些話我是不該說的，硬碰硬的賣藥，實在是不成了！我不敢勸您賣假藥，只是說，您能不能也配些壯陽補腎的丹丸？或是靜腦安神的藥粉？……如今的人，又忙又亂又荒唐，不是急躁失眠，就是鬧腎虧，那幾款藥最行銷。」

「教我去配安眠藥和房中寶嗎?!」大刀管阿牛咒罵說：「幹娘的，免講了！……大刀號本舖只賣我那幾種藥，龍鳳膏藥、接骨散，我沒那些傢伙有能耐，一個剛出道後生開醫

院，內外科、皮花科、婦兒科一手包辦，我只是個接骨師，不鬧風濕骨痛，不必來找我！賺錢人人想賺，總要賺得本分。」

一番話罵走了徒弟阿虎，大刀管阿牛還有些憤憤然，正好對街的柯老闆聽著他嚷叫似的聲音，踱過來勸慰他，笑著說：

「阿牛哥，你怎麼跟阿虎生起氣來了？」

「這小子沒出息！」管阿牛把條腿擱在長凳上，抱著膝頭說：「他在市場出攤子，瞧著那些賣假藥的耍花樣賺錢，眼就紅了，還勸我跟他們學呢。」

「嗨，」柯老闆近來無論說什麼，總用「嗨」字起頭，一股寂寂的老味，他說：「阿牛哥，如今城鎮熱鬧了是真的，在生意上，爭得太厲害了，不耍花樣，就難得維持，你怪不得阿虎呀！」

「真它娘的陰魂不散，混水摸魚！」管阿牛沒頭沒腦的說：「真的要是爭不贏假的，那還成嗎？……明天我自己去出攤子，把大刀號的老招牌搬去亮一亮！」

柯老闆苦笑了一陣說：

「如今跟早年不一樣了，早年一切都講究一個老字，開店要開老店舖，招牌要寫老字號，賣貨要認老牌子，越老越有信用，越老越有名聲。如今一切都講究一個新字，門面要新，裝飾要新，越是新貨色、新花樣越是有生意。你沒數一數？如今這城鎮上還有幾家老店舖。……我的米廠破落了，你的大刀怕也不靈啦！」

這柄祖傳的大刀，當真就如柯老闆所說的，從此不靈了嗎？大刀管阿牛可不是信邪的人，第二天早上，真的把大刀亮了出去，親自到攤位上坐鎮去了；大半輩子在這個行道裏打滾，他深懂得這些人們的心理，你賣藥有兩種方法，一種是直著喉嚨耍嘴皮兒，最好把你所賣膏丹散說成萬試萬靈的仙丹，說成仙丹還不行，還得買一送一，言明以五十張爲限，那些鄉下來的老土貪便宜，即使沒鬧風濕，也會買兩張回去防備著，生恐這回不撿便宜就沒有下一回了；五十張賣完了，你不妨再添上三十張，而且還人情兮兮的，要是不耍嘴皮兒，那就得敲鑼打鼓，耍幾套硬橋硬馬的功夫，招些看熱鬧的來撐面子，市場上人多的地方，就有這麼邪，一見有熱鬧，全朝這邊擠，哪怕十個人裏有一個買藥呢，生意也就有得做的了。

市場這兒上一條狹長的空地，全教賣藥的佔滿了，賣殺鼠靈的漢子推著一部單車，單車後架上有個方形的木匣子，匣邊釘了一排釘，釘上掛著十來隻半死不活的大老鼠，活脫有小貓那麼大法兒，匣裏除了殺鼠靈之外，還有一架小小的錄音機，喊一遍又喊一遍，喉嚨又大又尖。

那邊又搭起一座頂子尖尖的白布篷，兩支麥克風通到兩個揚聲器上，兩個妖裏妖氣的年輕女人哪兒像是賣藥的？臉上抹著厚厚的一層脂粉，身上穿著薄得透出肉來的衫子，在那兒連扭帶唱，把他媽的人都吸到那邊去了！

「您看著了，師傅，」阿虎說：「足見我沒說謊話，他們賣藥就是這樣賣的。」

「賣藥也拿女人朝前了！」大刀管阿牛嘆口氣說：「怨不得海狗鹿鞭漲價，補腎丸暢銷！」

管阿牛也曾扯開粗大的嗓門兒喊叫著賣藥，但他的聲音仍然敵不過揚聲器和錄音機，他跟阿虎兩人壯實的肌肉，也遠不及女人顫動的乳房和兜轉的肥臀，這一仗算是敗得很慘，從早上到正午，沒有誰來買過一張膏藥。

午後不久，倒有兩個人在藥攤子邊上流連，瞧那種神色，像是要買藥的樣子，但其中一個瞧了一遍，跟另一個遞話說：

「到那邊罷，那邊錦旗多。——小攤子的藥，多半沒信用。」

大刀管阿牛明明聽著了，卻沒有說什麼，只覺得心裏漾起一陣森寒；花錢買藥的人，有權選擇他愛買的藥，人心變成這樣，自己還有什麼辦法？除非依照阿虎所說的，也去弄些錦旗來充門面，或是花錢去買麥克風和揚聲器，也請幾個妖裏妖氣的女人來唱唱跳跳的扭屁股，……就弄不懂，屁股跟膏藥丸丹散有什麼關聯?!

「再這樣下去，生意越做越艱難啦。」阿虎說。

「你不要想說服我。」大刀管阿牛說：「我開一天大刀號，就賣一天的藥，教我跟他們學，我死也不幹……要是藥不好，光耍新花樣，那不是賣藥，是在騙錢，騙錢只能騙在一時，騙不久的。」

而事實呢?大刀管阿牛堅信的那種真理，並沒有立時顯露出來，幾個賣假藥的傢伙越混越潤了，賣補腎丸的傢伙，不但買了一塊地皮，而且蓋了一幢五層大樓，從市場邊一抬頭，就看得見他那豪華新樓的樓頂。賣醒腦靈的買了一輛大素圖轎車，那種屁股翹得高高的轎車，正配上屁股翹得高高的女人！……用那種帶有播音器的小汽車賣藥，真是太方便了，車子開到哪裏，藥就賣到哪裏了，那女人的嗓子比甘蔗汁兒還甜，嬌嬌滴滴的直朝人心裏灌，這還不夠，還要配上唱片，一會兒是都馬調，一會兒是四季相思，買藥的人，好像從不介意藥品的真假，他們只是花錢買熱鬧罷了。

生意真的越做越艱難了，要是像大刀號這樣做法的話。大刀管阿牛也看清了這一點，跟他競爭的，不光是這些耍花招賣野藥的郎中，還有更多的西醫診所和醫院。

讀醫科出來開業的一天比一天多，一條街上，每隔三五戶人家，就看得見診所或醫院的招牌！……好像這城鎮上的人，個個都有點兒亟需修理的小毛病，要不然，這些大夫們靠什麼蓋三層樓？種花？養鳥？餵狼狗？……就拿骨科來說罷，那些醫院一開口就是上千塊錢，而大刀號本舖呢？治同樣的毛病，只要七八十塊錢，若說他們治跌打損傷比自己高明，那才真見了鬼，憑良心說，他們只比大刀號多幾幅名流的匾額——八成還是假的。

結果雖然說是懸了壺，卻未必就濟了世。

這種話，大刀管阿牛只能放在心裏說，倒不是同行相嫉什麼的，西醫有西醫的好處，誰也沒說他們醫術不行，這年頭開診所，要是術德兼修那該多好？——三幾包藥粉兒，開價五六七八十塊隨意，還得強迫求診的人看他們那張大慈大悲的臉，說來總有點那個什麼的……。有了仁術，單單欠缺了一點點仁心。

而有仁心的大刀號主人，在這樣的競爭中默默的沒落了，儘管那柄大刀，還插在門前的方石上，人群熙攘著走過那裏，沒有誰再肯去注意那幢被擠在高大的樓房陰影下的紅磚屋，那煙燻火烤的老藥舖了，那柄一度光榮過的長柄大刀，如今像個憔悴的老人，滿臉雀斑，翹起一把泛白的纓鬚，在挾著沙塵的風裏顫抖著。

大刀管阿牛雖說將臨老境，卻沒把這份門前冷落的事實放在眼裏，變黯了的紅磚屋，有阿財他媽撐持著。不要看那個憔悴瘦削，看去弱不禁風的小婦人，卻有一股沉默堅忍的牛勁，把這個古老的家宅撐持著，使大刀管阿牛安心。

如今，一切都看在孩子的身上了。

四

孩子在生長著，大刀管阿牛的老樹濃蔭罩覆著這兩株幼苗，成人的悲哀壓不到他們的頭上。

儘管巨漩在這鎮市上急轉著，光復所感覺的世界仍然是靜靜的，這個個性很內向的男孩子，有幾分像他瘦小的母親，他臉色白淨，常因羞怯變得兩頰泛紅，眼裏總亮著沉默的早熟的光采，從低年級開始，他就對啃書本發生了興趣，而比書本更有興趣的，是保有他自己那小小靜靜的世界。

一隻黑褐色的大螻蛄，住在一盆藥草下面，一條紅頭蜈蚣住在牠對面的牆縫裏，有一天，牠們為了爭一份食物，捨死忘生的打起架來，蜈蚣的腰部紅腫了一大截兒，螻蛄的大腿也受了重傷，……他是個公平的調解人，用竹枝把牠們撥開了，更把鉛筆盒騰讓出來，供蜈蚣歇息，火柴匣呢，就供給螻蛄暫住，他試著用鴨毛莖兒塗上草藥，搽在牠們身上。

「不要跳，我爹這藥靈驗得很，——我以前跌壞了胳膊也塗過的。」他跟蟲子們說。

那螻蛄竟然不願意留在火柴盒裏就醫，半夜裏頂開盒子偷跑了。第二天夜晚，他蹲在方磚小院裏靜靜的聽著，又聽見牠的叫聲，雖然比平常暗啞了一些，但仍然唱得很快樂，因為牠又回到那盆藥草下的老家去了。

為了避免以後的糾紛，他把蜈蚣放到通往學校的小木橋下面去，他認為牠在那陰濕的地方會活得很好。

當然，東院的紅螞蟻和西院的黑螞蟻也常常打得很兇，打得很慘，紅螞蟻咬人又疼又癢，但和不咬人的黑螞蟻打起來，半點也佔不著便宜，紅螞蟻的腰太細，後腿也短弱，常被對方咬翻，弄成兩段，不過，上半個身體還能死死的咬著對方，人就不能。

解決螞蟻打仗的方法很簡單，只要在東院的蟻穴前丟一條香蕉皮，西院的蟻穴前丟兩塊肉骨頭，牠們就分別的鳴金收兵，搶運糧食去了。

他學著爹種植藥草的方法，也撿些破瓦盆，奶粉罐子，裝上調拌了花肥的沙土，種植了一些他自己喜歡的花草，芒果樹苗，甚至不知名的野生植物，每天早晚澆灌它們，他盆裏的太陽花，要比學校走廊外那條狹長花圃裏的太陽花開得更大，更茂密些，……學校裏的沙灰太多，校工又太懶了，總捨不得讓花草喝水。

院子裏一共有兩百六十八塊方磚。

對面的柯玉枝養了一隻黑頭黑耳黑尾巴的小白貓。

即使在店舖外面的桌上做著功課，光復也會趁咬著鉛筆桿兒休息的那一霎，想想他那靜靜的小世界裏許許多多的生命，情感相契相關的東西。頭頂上的燈光太暗了，其實六十燭光的燈泡並不暗，只是吊得太高，功課做得久了，眼皮就有些乾澀，要閉上眼歇一歇，乘機重溫那淡淡甜甜而且屬於他自己童年的秘密的記憶，就像他每天溫習功課一樣。

在光復的心眼兒裏，很願意把他許多心愛的秘密分給旁的人，尤其是彭小芬、柯玉枝、石卓漢，自己的弟弟阿財。

彭小芬的家裏有很大很古老的樓房，地板褐亮亮的，滑得像溜冰場，什麼家具都古舊堂皇，雕著細緻的花紋；她家前院有一座古裏古怪的假山，繞山有個月牙形的魚池，一尾石魚擺出跳躍的姿態，從嘴裏吐出涓涓的水來，浸潤著假山背上深淺不一的苔；池裏有紅鯉魚，很漂亮的魚，菜市場的魚攤上從來也沒賣過。……後院搭著多蔭的涼棚架，到處都是蘭花：西洋蘭、蝴蝶蘭、石斛蘭，中國的蘭長得像草，疏疏幾片飄帶似的葉子，卻不像野草那樣密亂。

鋼琴是一架龐然大物，漆亮得照見人影子的琴身像一面鏡子，摸著也得滑，小芬打開琴蓋彈過曲子給他和柯玉枝聽。阿財卻偷捉了一條紅鯉魚回家，晚上就死掉了。鋼琴的聲音真好聽，像一串珠子似的直滾。

柯玉枝掉落的一顆上牙，自己的一顆下牙，都藏在那假山的穴窿裏，彭小芬說她要是掉了牙也放在那裏，——夜晚做夢會吃紅鯉魚。但阿財總愛搗亂，把牙齒都掏走，給扔到臭水溝裏去了。

「教你們吃泥鰍！」他說。

算術考了一百分，媽允給一個煮蛋，阿財先搶了蛋去，一口咬掉半個，又撕了自己的卷子。阿財雖然在這些地方惹人厭，但他也有一套別人學不會的本領。

阿財會爬樹，他竟敢爬到屋後的水塔上去抓還沒生翼的乳燕；他在上學的路上打死過一條三尺長的雨傘節，抓在手上嚇唬過路的女孩子。他跟阿虎學打拳，學用賣藥的腔調，喊出很多丸藥丹散的名字，他會靠著牆豎蜻蜓，頭朝下，腳朝上豎上好久。

「明年我就會倒豎著走路了。」他說：「阿虎說的，他說這樣好練力氣。」

而這些回溯的夢境，總會被櫃台上傳過來的敲打棋子的聲音打斷掉。有好久了罷，每到夜晚，爹就跟米廠的柯玉枝的爸爸在走棋，敲打棋子的聲音很大，一邊走棋，一邊罵罵咧咧的像在吵架。玉枝她爸並不老，可是頭髮上、眼眉上沾著的米粉屑，把他染成一個白眉白髮的老頭兒了。

棋有什麼好迷的呢？

「光復你來瞧，你阿爸這回活不成了！」玉枝她爸贏了棋，就呵呵的喊叫。

「活不成了？——我反將，你死定了！」

那些方格上的棋子兒可不是紅螞蟻和黑螞蟻，不能用香蕉皮和肉骨頭來解決，光復站在他們背後，看了幾回就懂得象棋的走法了，白天自己也嘗試著走過，阿虎讓自己一車一馬，照樣把自己的棋子吃光。

「光復，你認得字，學象棋要看棋書才行。」

「什麼棋書？」

「店裏有賣的那一種，我看不懂。」

實在並沒到書店去買，到彭小芬家裏去玩時，看到她家紫檀木書櫥裏有這種書，開口跟小芬借，她卻說：

「我爸爸死後，沒人愛看這種書，你要，就送給你好了。」

他把棋書抱回來，一共有好幾本，一本是金鵬決著梅花譜，一本是橘中秘，一本是殘局精華。他看了很久才懂得打譜的方法，三個月後跟阿虎再走，讓阿虎一匹馬。他想過，假如給他五年的時間，他能走贏謝俠遜。他就是沒有那麼多的時間，他小學要畢業了，他要保住第一名的成績，好領那張獎狀。而阿財常常逃學，教爹吊著打了一頓，問他要不要再讀？他說寧願賣藥。

「好罷，你賣藥就賣藥，讀五年也夠了！」

爹氣阿財氣得並不久，只氣半天的工夫，因爲下午他把氣出在棋盤上，連贏玉枝她爸四五盤。

「我家阿財，我可沒看走眼，他一生下來，我瞧他就是個賣藥的材料。日後接我這爿舖子。」

爸抿著太白酒說：「我老了，大刀也生鏽了，日後看他的罷。」

「你並沒老……」玉枝她爹指著棋盤說：「這幾盤棋，連著你都用炮，當頭炮、扁擔炮、疊炮，攻殺得好猛，火氣十足，哪像個老人？」

「我就是不得贏廖天賜管什麼用？我卻鬥不贏那些賣假藥的傢伙。……靠女人屁股和錦旗發財！」

「我的米廠也快關門啦，大家彼此彼此，X娘的，管那麼多，只要不騙人，窮也窮不死；來，我們呷酒下棋，天公有眼。」玉枝她爹又擺起棋來。

阿財逃學不唸書，在光復心眼裏是一宗大事，但在做爹的想來，好像替人貼一張膏藥那麼簡單，說過就算決定了，照樣走他的棋，呷他的老酒。在這片小小靜靜的世界裏，光復細心的看得出來；生意愈是清淡，爹的棋癮愈是染得深，他的棋愈走得多，愈是沒有病家上門來求診。

但他不在乎這個，正像不注意門前的大關刀已經生滿了鏽一樣。他跟米廠柯老闆在一道兒走棋，誰都以爲自己是天上的王大，對方地上的王二，柯老闆消息靈通，剛一說起縣裏要舉行象棋比賽，爹就說：

「跟那窩毛頭小伙子走棋，閉著眼也拿頭賞。」

「嘿嘿，要是我也報名參加的話，你最多爭一個第二……我要認真走，連環馬破你當頭炮，你未必是我的對手。」

「別說大話，我們這就只當比賽，擺三盤試試；」爹說著，就揎袖子擺棋說：「憑良心說，你的棋比阿虎——我那徒弟高明不到哪兒去。」

「好罷，等我贏了你，再拔你那騷鬍子。」

兩個在商業的漩渦裏被打沉了的中年人，連走棋也把它當成牢騷來發，拚命似的搶攻，好像從棋盤上撈著一點兒什麼，好來安慰安慰他們自己。

光復早早做完功課，有時也不聲不響的坐在棋盤旁邊的高腳竹凳上當看客，他很快就看出兩個老的棋力都不怎樣高明，爹常走漏著兒，柯老闆卻看不出來，柯老闆一味防守，把大車全憋死在家裏，爹的攻勢仍然施展不出來，他看得很清楚，卻不願多嘴，因爲他一向沒有多嘴的習慣，當輸了棋的柯老闆問他：

「光復，我瞧你看棋看得津津有味，你懂得下棋嗎？想不想學？」

光復點了點頭，老實的說：

「我會走，是阿虎教我的。」

「嗨，你拜師也得看人拜。」柯老闆說：「阿虎那種狗屎棋，儘是臭著兒，你跟他能學到什麼？只怕他只懂得車走直路馬走斜，炮打隔子象飛田罷了！……你要是拜我爲師，日後你爸就走不贏你啦。」

「有他老子我在，他的棋根本不用你來教，家傳的棋藝，獨吃你老柯，是不是，兒子？」

「兩個師傅都拜罷，來，我先跟你走一盤，讓你車馬，試試你跟阿虎學得多少？」柯老闆說。

「不多讓子了，柯伯伯。」光復說：「先平走看看，你先。」

「我的乖乖，你的口氣不小。」柯老闆漫不經心的說：「當心老將推大磨，你這娃娃先。」

「你先。」光復固執的說。

柯老闆做夢也沒曾想到過，大刀管阿牛的兒子，平素從沒見他走過象棋的光復，一開局就搶到先手，讓他吃了癟，當他的防守陣勢沒佈妥之前，對方就直闖過來，他額上沁出的汗水還沒來得及擦，這一盤已經完了，應該重新擺子走下一盤啦。

連做爹的人，也傻傻的乾瞪著棋盤……。

「噯，阿牛哥，我說這話，你甭動火。」柯老闆這才掏出手帕來擦汗說：「這孩子，簡直不像你生的，憑咱們，都生不出這樣的兒子，……他是神童！我輸了棋還不知怎麼輸的呢?!」

「柯伯伯是在讓我。」

柯老闆一聽，光復這孩子真懂事，他贏了棋，卻替大人留面子，他臉上擠出些乾笑來說：

「不是讓，呃，不是讓，是你柯伯伯一時大意了，這一盤，好好的跟你走，你要是再贏我，我把玉枝輸給你做媳婦！」

柯老闆家裏只有一個玉枝，他的棋卻一連輸了三盤，柯老闆雖然輸得滿頭冒火，心裏卻不能不服氣，——尤其是走到第三回合，他一連回了七次棋，結果還是輸得只落下單士一卒，而對方是車馬皆全。

「不成，不成，阿牛哥，英雄出少年，我們真的是老……了！老……了！」

從那次輸棋之後，他就沒再到藥舖裏來過。大刀管阿牛倒找兒子下過幾盤，情形跟柯老闆沒有兩樣，總歸是「輸」字朝前。他罵也沒罵出來，也沒打過棋子，廢然的嘆一口無聲的大氣，從那天就沒再提過走棋的事，彷彿他從來沒迷過象棋。

光復記得那只是他靜靜的小世界當中變化的開始，它逐漸逐漸的繞著他旋動起來。有天他放學回家，阿虎扯著他，跟他說：柯家的米廠關門歇業了，連機器和廠房都頂讓出去了。接著阿虎又告訴他：玉枝她爹得了重病，送到醫院裏去住院。玉枝也要搬家了。

「她們搬到哪兒去呢？」他關心的詢問說：「會搬到鄉下去嗎？」

「沒有。」阿虎說：「只搬到斜對面的街角，租了一間巷口的房子，開一間小賣店。」

沒過多久罷，玉枝她爹就病死了。

正逢著陰雨季，到處都是霉濕的，爹拋下藥舖，趕去幫忙他的老朋友的家屬料理家事，逢人就紅著眼嘆說這幾年柯老闆的運氣不好，米廠是負債垮掉的，賣了產業還不夠償還債務，他硬是鬱悶死掉的。

「嗨，這年頭，人太老實，趁早別做生意，做生意沒有不賠本的。」聽話的人總是這樣論定，而這樣的論定，正合爹的心意，——他跟柯老闆平時總說他們是一類的人，憑良心的人。

光復沒能夠再看到那個和善的柯伯伯，他就被裝在一具很寒傖的紅漆棺材裏，抬去埋葬掉了。他跟著阿財去看過出殯，光光的一具棺材，有些輕飄飄的，穿過空蕩的落著雨的街；一行披著蔴的人，跟在後頭，家屬的哀泣聲被雨聲裏住，像鬱住了似的。少數的戚友，沿途撒散著紙箔。小喇叭以出奇的聲音，一忽兒萎落，一忽兒高昂的吹著，很給人一種滑稽的感覺。——好像不是在安慰死者，而是在安慰抬棺材的扛夫。

柯老闆落葬後，他跟彭小芬去看望過玉枝。

街角的小巷是一條泥濘的河，聳著翅膀的食火雞，呆站在低矮的磚屋簷廊下面避雨，幾隻毛茸茸的乳鴨把小水泊當做池塘，在泥水裏練習翻觔斗，那股興高采烈的樣子，好像愛玩水的孩子一樣。

玉枝的新家，是一幢很狹窄的紅磚破屋，一面牆壁已經傾斜裂縫了，牆外用幾支粗實的毛竹斜頂著，大門一側的窗子上，張著一塊生鏽的鐵皮窗篷，篷緣掛著一串串明亮的雨滴。那被白蟻啃食過的窗框就是櫃台，裏面圍著兩面用肥皂木箱釘成的貨物架，上面放列著大玻璃罐子，酸梅、醃橄欖、梅干、蛋捲、桃酥，都是孩子貪吃的零食；靠窗處的板架上，掛著些帶有小紙旗的塑膠三角，裏面裝著染了色的炒米花，另一面是拈鬮紙，花花綠綠的紙邊上，畫著阿財常夢著的，連環圖畫裏的人物：月光假面、桃太郎、平妖三郎……那些不中不西的人臉和刀劍混合的圖案……。

柯玉枝不在家，只有她媽媽陰陰鬱鬱的在那兒坐著，一絲絲的細雨，在她呆滯無神的眼裏牽愁。光復看見那光景，沒敢驚動她，扯扯小芬兩人就退回去了。他還能記得前幾年，米廠生意鼎盛的時刻，柯家大孀兒歡欣忙碌的樣子，那時她臉色紅潤，胖得要迸開衣裳的釦子，碾米機終天軋軋的聲音，使她養成了走到哪兒都大聲講話的習慣，她從米屑飛揚的廠房裏進進出出，渾身肥肉抖動著，遠遠看過去，像一隻在篩子上滾動的沾粉的湯糰。

他簡直不敢相信記憶裏肥胖快活的婦人，怎會突然變成這樣，她的白臉上有一股病黃色，還帶著一塊塊暗色的斑點，她顯然的瘦削了，臉額和手臂下，都現出鬆弛的皺皮，帶一股乾枯的色澤，她，再不是當年那個快活的柯大孀兒了。

他不懂得柯家沒落的成因，卻親眼看到了這種沒落的淒涼。

過不多久罷，學校裏再也見不到眼睛大大、辮子長長的柯玉枝了，有的同學告訴他，說他看見柯玉枝在市場裏揀菜皮。

「她爹死了，她就退學了。」那個同學說。

光復覺得玉枝很可憐，她才上五年級，就因爲環境的關係退學了。她當時讀書很用功，在班上的功課比阿財好得多，她失學跟阿財失學，完全不一樣。他有什麼方法幫助玉枝呢？畢業班的功課把人壓得昏昏沉沉的，連去小賣店的窗前去看看玉枝的時間都分不出來了。

柯家的景況，做爹的當然知道，他是個愚魯木訥的人，心裏的事很難用嘴說出來，但他的行為和神態，卻瞞不過光復的眼。

「人，就這麼容易死?!就這麼容易死?!」

他手抱著一隻翹在板凳頭上的腿，一面喝酒，一面這樣的自問著，但除了發發頹廢的牢騷之外，他一點也不能幫助柯家什麼。

倒是瘦小孱弱的媽，替柯大嬸兒墊付了兩千多塊料理柯老闆後事拉下來的債款，柯家人怎樣想，光復不知道，但媽這樣做，他卻很受感動；兩千來塊錢，在有錢人家也許不當錢，可是，媽是省儉慣了的人，近來藥舖生意清淡，收的少，用的多，媽積錢硬是一塊一塊積起來的，她不但要做家務事，還包了兩家的衣裳洗，積下錢來，換成新的票子，塞在她的奶罩夾層裏，彷彿只有那些錢，才能鼓鼓的重現出她那早已失去的青春。

兩千多塊錢，該辛苦積聚多少日子！

柯大嬸兒帶玉枝來過，她變得碎碎叨叨的，總在述說著酸和苦，說頂讓米廠時，人家怎樣哄騙她，趁人危急殺價錢，要不然也不致拖下好多債務來；說是市場裏菜皮太難揀，很多餵鴨的人家都去爭，玉枝揀回來的都是些斷根爛葉子，而她們是用它當菜吃的……

「死鬼老柯這一輩子，沒做過一件虧心事，除非他命中注定，要我們跟他受苦，」柯大嬸兒說著說著就眼淚鼻涕一起來了：「要不然，怎會啊?!她大嬸兒，妳說，連一口賒來的棺材錢都要妳來付尾……」

「甭說了，他大嬸兒。」媽安慰對方說：「想當年，飛機轟炸，我單落一個人，無投無奔的，不是比妳更苦？哪想會遇著阿牛，跟他過這一輩子，比起來，也算是好日子。」

她當真過得好日子嗎？光復聽著媽的話，鼻尖不禁有些酸楚；在大刀木舖，除了她一個人，其餘的人全都過得很好，這是事實，而這日子全是她給的，沒有她操心勞力，精打細算，把這逐漸衰微的舖子撐持著，爹哪還能翹著腿在哪兒咪酒啃螃蟹？

她真太容易滿足了。

「妳人好，心好，享福是該當的，光復跟阿財是兩根大柱子，轉眼就接得上了。」

「玉枝不也是好女兒嗎？」媽總是愛替旁人打算：「她人很聰明，不唸書可惜啦，要不，也不能把她放在家，讓她學燙髮，學洋裁，都行，……現在女孩比男孩好賺錢，什麼地方都用女孩。」

「等不得她學那些，眼前的日子就得過，……我就要她去做工，繩網廠、鳳梨廠，都行，一個月也好賺兩三百塊呢，回家讓她看看店子，她也懂做生意。」

「進廠做工，她年紀還嫌小一點，真哪，再過兩年就好了，一個熟練的女工一個月能賺七八百塊呢。」

「她會的。」對方說：「她大嬸兒，妳可喜歡我們玉枝，日後不拘是光復，還是阿財，……送給妳做媳婦就是了，這樣，我也安心些。」

光復是個很容易臉紅的孩子，聽了這話，再想起早些時玉枝她爹跟自己走棋時說的話，臉上就忽然發燒起來；玉枝好像也懂得，她站在她媽身後，雖然沒有跑開去，卻也側轉臉，望著別處，表面上裝著沒聽著的樣子，但她那耳根都是羞紅的，她的手捏著衣裳下襬，搓來搓去，只不肯掉過臉來望人。

柯大嬸兒丟下這話，才如釋重負似的，帶著玉枝走了。

當天晚上，媽就把這意思轉說給爹聽，誰知爹竟然跳起來吼說：

「幫柯家兩千多塊錢是應該的，可不能要玉枝來做媳婦，……正因爲我也走霉運，沒錢多幫她們，更不能說是，剛剛幫了錢，就要人家的人，教人說：大刀管阿牛拿錢買了兒媳婦，我還算是老柯的朋友？」

「那……那是她自己提的，不是我們要的呀！」

「夠了夠了，無論如何現在不成。再說，孩子都還小，我們不好替他們做主，日後他們都大了，要是光復或阿財願娶，她家玉枝願嫁，那又不一樣了。」

事情就這樣，像一把摺扇，剛緩緩的展開，又霍的一聲收攏了。爹也只在家裏，還一直保持著一家之主的權威，媽媽是願意把這權威給他，還要替他保持著爹所要的那種完整。

爹接著提出來，要把阿財送到更南邊的集鎮上去學手藝，媽也答允了。

光復知道那人叫陳阿四，是爹當年的師兄弟，如今在那個集鎮上開藥舖，也專製風濕骨疼的膏丸丹散，替人治跌打損傷的毛病。

「人總是要出去歷練，日後才好站得住，站得穩。」爹說：「阿財拳大胳膊粗，比光復還高半個頭了，像他這樣年紀，儘出去得啦！既不讀書了，跟阿四去學比留在我身邊好，老柯這一死，我幹什麼全沒心腸，也不能叫孩子閒著。」

阿財是阿虎送走的，照說兩地隔得並不算遠，搭上公路局的車子，也不過一個半鐘點，但在沒出過遠門的媽的眼裏，就彷彿要把阿財送到天外去一樣，她沒跟爹提過一個「不」字，光復卻在她洗衣裳的時刻，看見她哭得紅紅的眼睛。

不久，她就病倒在床上了。

病是病了，她可不認爲那是病，略躺了兩天，就從床上掙扎著坐起身來，喃喃的唸著她平常做慣了的那些事：雞要餵，藥丸要搓，要曬，菜要買，衣裳更是要洗，連後門一個搭扣兒要換，哪條褲子脫線要縫，欠賣菜的五毛豆芽錢要還，都沒忘記半點。

「勞碌命，妳再歇幾天罷，」爹連關心人也是粗裏粗氣的，把她朝枕上一捺，把被子朝上一扯，輕輕拍一下媽的屁股說：「我跟阿虎管著舖裏，不要做飯，買著吃也是一樣，妳不要再操心。」

「買著吃，好貴！」她又喃喃的計算起來，這也不成，那也不成，非她起來做，怎樣都不成，睡在床上比下地獄還苦，起來操勞才是她的好日子。

「不要了，妳這個老阿巴桑！」爹又拍她一下屁股。可是這一回她沒肯：

「我這那是病？是前兩天累了些了，現在不是好了嗎？——你知道我睡不住的。」

醫生。

她還是撐了起來，細聲哼著找事情做，既不認那是病，當然也不肯白送一毛錢給別的

光復爲這事，在學校裏偷偷的哭過，一張書頁全是濕的，彭小芬問他說：

「管光復，你哭什麼？」

「我媽有病，又不肯看醫生。」他說。

他是沉默細心的人，他願意盡力的保持著那小小靜靜的世界的完整，玉枝她爹的死和柯家生活上的巨變，已經深深驚駭了他，使他對媽的病有了過度的敏感的恐懼，他想過萬一媽倒下頭來，這個家會變成什麼樣子？她是他小小世界的中心，她真要……那麼，他那保持多年的小世界就會塌了，碎了！有許多細微而深入的，母子之間的感情，是他強壯野性的兄弟阿財沒曾領略的，光復卻把它刻在心上，那些雖然在他記憶裏是雜亂的，零碎的，但卻是他童年生命的畫幅，充滿了他還不能透察卻能隱約感知的意義，——那也是他和媽所共有的。

有一回，媽帶他到郊外的墳場上，爲她死在戰亂裏的家人燒化紙箔，去時是晴天，他一路聽媽講說當年她的遭遇，那樣悲慘的經歷，燒痛了他的心，媽擠出大顆明亮的淚粒來，凝掛她的頰上，他也跟著哭了，哭他出生之前的遙遠的上一代人的日子，那在他朦朧臆想裏紅紅黑黑……火與夜熬成的苦味的光陰。

拜過了荒草萋萋的墳，回程時卻遇上了一場惡毒的大雷雨。烏雲貼地捲上來，風能把

樹給掃折，雨點打在人臉上，不再是涼的，而像半空砸下石子一樣沉重，叭叭的，打得人發燒似的疼，雷輾著人頭，閃光是紫色的，青色的，使人錯以爲當年媽所經歷的日子又要來把她攫回去一樣。……不！不能！他把媽抱得緊緊的，盲目的哭叫起來。

「別怕，光復，乖孩子！」

她雖是那樣瘦小孱弱，卻把哭著掙扎的他給抱起來，用罩衫裹著他的頭，在暴雨和雷電中走了兩三里的泥濘，安安穩穩的回到家裏，把他身體揩乾，放在溫暖的被裏。他病了兩三天，發著高燒，不斷的做噩夢，夢見雷打他，閃逐他，而睜眼時總能看見她靠在床邊的臉……。

他更記得那些亮著電石燈的夜晚，一張那樣的臉，一雙細小的手在縫綴著，縫綴著，彷彿要把她的眼神，她的微笑，她的歌聲，一股腦兒都縫進他的夢裏，伴著他，使他一覺安睡到天明。

近幾年來，她早晚都替人家洗衣，她的背原已有些駝了，彎曲著身體蹲在洗衣木桶邊，一把把費力的搓著，更駝得厲害，無數皂沫在桶緣高高堆湧起來，無數浮泡裏都映下她的影子，她兩鬢的頭髮，也已經有些花白了。

「媽，妳有好多白頭髮了。」

問話的聲音是驚奇駭異的。

而回答卻非常平淡自然：

「傻孩子，媽老了，人老，頭髮自然會白的。」

「爹也老，怎麼不白呢？」

「哪個像你爹那樣看得開？我要淘大你們啊。」

「我來幫妳摘掉罷。」

「別說傻話，這又不是野草，摘了再長新的——人只有這一生，老了就老了，白頭髮摘完，再也長不出黑頭髮來的。」

想想，不懂得悲哀也該懂得悲哀了，自己的記憶裏，媽好像就沒年輕過，年輕得像打著小花傘從門前經過的那些花紅柳綠的女人，她只有笑容，沒有響亮的笑聲。

後來就是自己捧著書本呢，那小小的意願也曾出現在書頁上：我日後長大了，一定要好好的伺候媽，讓她活得很快樂。她怎能在這青黃不接的時候病倒呢?!

一放學，光復就揹著書包，一路飛奔著跑回家。

他回來不久，一個女孩的影子在房門口出現了，那是跟他很要好的同學彭小芬。

「管光復，」她輕聲慢語的招呼他：「你媽不是生病了嗎？……我媽來看你媽。」

「光復，是誰呀？」阿牛嫂望見那迎門背光的影子，問著光復說。

「是一個同學，她媽要來看妳。」

做爹的望了望小芬，他也不認得，不過，他覺出這女孩子長得出奇的甜美俊俏，態度又非常溫文嫻雅，她穿著白上衣、黑裙、白鞋白襪，估量是跟光復同校，但她早先沒到家裏來過。

「是誰家的女孩？」他問光復說。

這一回，小芬聽見了，朝大刀管阿牛鞠躬叫說：

「管伯伯好，管媽媽也好，我叫彭小芬……是……看，我媽媽來了。」

大刀管阿牛再一看，趕快從房裏搶了出來，興奮得渾身打抖，用他賣藥時吼慣了的頭號粗嗓子叫說：

「彭議員，這是您家的女兒？剛剛我還問是誰家的呢！」又轉臉跟阿牛嫂說：「我家的老阿巴桑呀，人家彭議員她親自跑來看妳啦！」說著，看彭議員還在站著，就雙手端了張椅子，使衣袖抹抹椅面，央彭議員坐下，又叫說：

「阿虎，給彭議員端茶來，光復，你去買菸。」

「不要這樣忙，阿牛哥，都是老街坊了，我又不是客人，……阿牛嫂，妳怎樣？我聽我孩子回去說，說妳有病，是哪兒不舒服呀？」

阿牛嫂一聽彭議員母女兩人是專爲來看她的，早就跳起來，跑來跑去的幫著張羅待客，有病也變成沒病啦——阿牛嫂只在宣傳車上看過彭議員比桌面還大的油畫像，戴一副有學問的金邊眼鏡，鎮上長長一條街，家家戶戶在她的宣傳車經過時，都沒命的燃放鞭炮，那份熱烈勁兒，比得過媽祖出巡，地上的鞭炮屑兒積有一兩寸厚，……她是比地方官更大的大人物啦，這樣一個大人物，竟然肯跑進低矮暗黑的藥舖來看自己，又問長問短的關切著，真使得她受寵若驚，一時不知是興奮，是慚愧，是喜悅還是其他什麼，她渾身也不停的發抖，臉上笑著，眼淚也噙在眶角，連說話都有些口水太多，顯得語不成聲啦。

「彭……彭議員，妳做官，官裏事忙，真不敢麻煩妳來，一定是光復跟妳家小姐亂講的啦，我好好的，走來走去，剛還晾衣褲，沒有生病呀！」

「我哪是『官』？阿牛嫂，我是替街坊鄰舍出去跑腿、說話、辦事的，妳臉色不太好，」彭議員伸手扶著她，端詳端詳說：「真的，阿牛哥，你太太身體很虛弱，有病，就要看醫生，不能拖的。」

「嗨，我好歹也是賣藥的人，」大刀管阿牛說：「如今滿街都是藥房，都是醫院，真不知到哪兒去看才好？鎮東梢的老中醫死後，她好多年沒去看過病，她不信西醫，說是很多都會騙錢。」

「妳知道，彭議員，藥舖生意清淡，光復就要考中學啦，我們哪有閒錢送給醫生？」阿牛嫂也在辯護著說：「我不是病，只是有些累得慌。」

「這可不成，有病一定要看。」彭議員說：「妳家光復爲妳不肯看病，在學校都急哭了，要不是他跟小芬說，我怎會知道。——阿牛哥，我的車子在外面，你趕快帶阿牛嫂進醫院去，醫生說要住院，就住。」

阿牛嫂一聽，完啦！住醫院得要多少錢啊？她不自覺的伸手到胸口，兩邊捏一捏她裝著錢的乳罩，那裏面藏的有油錢、米錢、大刀管阿牛的酒錢和光復進中學的學費，……單單沒有她看病的錢，——一毛也沒有。

她可不能花別的錢，一毛也不能花。

但她當天就住進醫院，而且是從太平間出來的，她患的是癌症，直到臨死前一天，她還嚷著說：

「我沒有病，只是累得慌！」

她死了，光復的小世界也碎了！

五

阿牛嫂落葬時，景況多少要比她的老鄰舍柯老闆要好些。管阿牛是個直心直腸的漢子，明白這些年來從沒說過半句怨語的妻子，爲他撐持這個光景逐漸黯淡的家，吃了多少苦，操了多少心。她在大刀號青黃不接的時刻，就這麼撒手去了，死時他在旁邊，透過淚光看她的身體，扁平扁平的，只有幾根骨架撐著，簡直不像一個人了。懷著歉疚的心情替她營葬，他出心要花費，儘管那是立了借據，按月要上三分利息的債。

棺是黑漆的，棺頭雕著花紋，木料是上等的，連一塊結疤的地方都沒有，阿牛嫂睡進去，寬得兩邊還要塞些棉花，這種上萬塊錢的大棺材，她要靈魂有知，無論如何也捨不得睡的，——也許是藥舖半年的進項。

但管阿牛強迫她睡了，他覺得即使她死了，他也得強迫她這一回。

做丈夫的有口氣在，不能不替她撐這個面子。正因爲有這樣的存心，西街的道士壇，北街的和尙廟各進了五千，那些錢當然也是管阿牛借來的。阿牛嫂這短短的一輩子，總也算小小的風光了這麼一回，被抬到東郊外的墳場上，和她早年在戰亂裏死去的家人重聚去了。等到大刀管阿牛偶爾在酒瓶旁邊清醒時，他才覺得，這屋裏一旦缺少了那麼個小婦人，簡直不再是屋子，變成一座黑洞洞的無底的深坑。

小兒子阿財在他媽落葬時回來住了三天，也歪鼻斜眼哭過一場，臨走時搗壞了道士的一面法器。光復要考中學，彭議員把他接去準備功課去了，阿虎近來恁話不說，大早就收拾著去出攤子賣藥，舖裏只留下管阿牛一個，——喝酒都只有悶喝，日子又倦又長，不論醒著、夢著或是醉著，總恍惚看見阿牛嫂的影子。

好一段日子，就是這麼兩眼漆黑的捱過去的。

若不虧有個徒弟阿虎在，大刀號怕要關門歇業了。

阿虎雖也是個粗人，比起管阿牛來，多少細心靈巧些，不像師傅那樣的固執，一個年輕力壯的單身漢子，跟管阿牛學這門已經看不出有多大出路的行當，一開始就認定了的，他旁的沒學到多少，對師傅處事爲人的方正，總算學著了一點。

發榜後，首先把這消息告訴大刀管阿牛的，是彭議員家的小芬，她在舖裏找到他，管阿牛正在喝酒。

「阿牛叔，今天發榜啦！」

他自覺有些醉，先抓一把花生米，硬塞在小芬的手裏，舌頭窩團著，漫不經心的嗯了一聲，又用衣袖抹出一隻凳子，要小芬坐，女孩沒有坐，大聲的說：

「光復呢？他考中第一名啦！是狀元啦！」

「妳說？妳說我家光復怎麼著？……他中狀元啦？」他驚楞了，抓起酒瓶搖一搖，又放了下來，立即，他想起那是真的，想起他跟光復走象棋輸得不像是個爸爸，光復這孩子，瘦瘦怯怯的，他從來沒弄得懂他那小腦袋裏裝的是什麼？……是什麼，他卻真的是聯考狀元了！

連管阿牛自己都弄不懂，他爲什麼會當著小芬的面嚎哭起來的，他原該笑一陣子才對，誰知竟唏唏噓噓的哭起來了，抽噎得像吃了一碗滾燙的麵條。

「查某呀，妳命薄，妳兒子聯考中頭名啦！」

他心裏有著這麼一種聲音，混合著眼淚流了出來，酸悽悽悲切切的心裏，有一股畢生少有的安慰。他那樣捏出鼻孔裏的眼淚，下定決心讓光復唸下去，同時，他要戒掉這個使人光花錢不能幹事的老酒。

小芬跑走不一會兒，彭議員來了，騎摩托車的記者也來了，嚇得大刀管阿牛只管用袖口蘸著他自己的眼淚洗臉，一口吐沫還沒來得及嚥呢，那位記者就搶著訪問他，問他平時是怎樣注意教育光復這孩子的？

「他天生就肯讀書啦，自己成天趴在這兒讀啦！……還有一個不肯讀，送他學手藝去啦，那個叫阿財！」他說來說去也只有這幾句，直到小芬把光復找來，他才如釋重負的說：「好啦！」

雖說聯考的成績名列前茅，光復的臉色，仍像平常一樣的沉鬱平靜，沒顯出一絲驚喜，他咬了咬唇，回答記者的問話說：

「我媽死了，我心裏很難過。我要努力讀書，報答我媽媽。我考好一點，我媽會歡喜。她沒死也這樣，考滿分，給我煮一隻蛋。……」他這樣說著，不斷的眨著眼，想控住淚水不要掉下來，但淚泉漲得快，使他不得不停住話，咬著唇，使淚水噙在眶裏，亮閃閃的打轉。

這一回，大刀管阿牛真的哭了，彭家母女倆也陪著流了眼淚，記者辭出後，她們仍然留在舖子裏。

「議員，我是賣藥的粗人，不會說話，」大刀管阿牛說：「我老婆一死，光復兄弟倆，都成了沒娘的孩子，……這幾年，生意不景氣，我心實在也沒放在孩子身上，光復這回中頭名，我更難受……」

「快不要這樣說，幾千學生考試，中頭名，難得的大喜事，光復日後有出息，你有老福享啦，他媽在地下，也會笑，可不是？……你做阿爸的人，要振作起來，讓孩子讀書讀得安心才好。」

對於彭議員這番話，大刀管阿牛算是得到了有力的提醒，他時時記著：你這做阿爸的人，要振作起來，讓孩子讀書讀得安心。……真的，自打光復中了頭名，這股喜氣就把舖子裏的慘淡光景給改變了，他戒絕了酒，把舖面重新整頓得煥然一新，連阿虎也勃勃的更有生氣，把大刀重新磨亮，換了一把尼龍的紅纓。

不過，後屋裏沒有一個主婦，總有些空得慌，亂得慌，一時習慣不了，大刀管阿牛決定不起伙，好在裏外一共三人，就在市場上包飯，按時送來吃。他是粗線條的人，精神說振作就振作，儘管債務的壓力並沒減輕，對他藥舖不利的漩渦還在急轉著，他只要一想到很快就會讀書讀出頭來的兒子，心裏一寬，就舒開了眉頭。

「沒想到，真沒想到，光復這孩子，讀書像吃書一樣！」在沒有人的時候，他常說給他自己聽。

當然，他更沒想到光復的內心細微的感覺，和許多許多下一代生命在成長過程中所留下的印象。

做母親的死後，無論大刀管阿牛如何的振作，光復心裏已經破碎了的小世界，終是無法綴攏的了！他每天放學回家，就不聲不響的回到後屋去，做他自己的功課，一到丟下書和筆，許多碎片便在他寂寞的心裏浮呈，……天井角上有棵小小的皂莢樹，媽栽種它的時候，弟弟阿財還揹在媽的背上，後來皂莢樹長高了，變成一支晾衣架兒，站在那兒，和西牆同扛一支竹竿，媽常在樹底下搓洗衣裳，疏疏的果子的黑影，常在她微佝的脊背上跳動。

如今，泛黑的洗衣木桶還靠在陰濕的牆角上，沒有人理會它，桶身乾裂了縫，桶上的鐵箍，長了一層褐紅的鐵，小小的天井竟也空蕩起來，彷彿那一角是多餘的。

人，爲什麼說死就死呢？

逐漸逐漸暗下來的後屋，除了媽，沒人能逐得走那份清冷，屋前屋後的市聲鼎沸著，這兒是煮不熱的地方。那生了鏽的鐵紗窗格子望出去，前屋生苔的脊頂上，坐著熟悉的老黃昏，無春無秋，總有幾隻蝙蝠在盤旋著，阿財在家時，愛用長竿打牠們，牠們就飛到更高更亮的天光裏去，吱吱的叫著，像洗澡一樣的快活，……黃昏時的高天，多像一塘水啊！

他捻亮吊在窗角的燈，努力的想把這些景象塗在畫紙上，總是畫不像它們，沒有多久的時間，連媽的臉容竟都遠得模糊了。他曾經多次畫過那張臉，沒有一張像媽，媽的死，在他心上始終是一種重量。

對於他來說，時間攤在那兒，像一張發霉的白紙，無數寂寞的蟲子，常打他心裏爬出來，貪婪的嚙食著每一個看不出什麼變化的日子，早市和夜市的市聲總像是潮水，洶洶騰躍著激打過來，彷彿非要把這開業很多年的老藥舖沖倒了不甘心似的。

「嗨，人有債，船有漏，」有天，爹跟阿虎說：「秋天雖說生意好了一點，除了吃喝費用，總積不下還債的錢來，藥材又漲了價，我們如今在漏船上，朝外舀水都舀不及，光是忙著，賺不著，這陣子，你算累苦了。」

「我說，您得把膏丸丹散的價錢划算划算，重新訂過了。羊毛出在羊身上，薄利還得給看上。」

「生意剛有些轉機，你就漲價，誰還會來買藥呀？如今那些有錢人，全不信中醫和草藥了。」

「嗐，您不是說過，藥要靈驗，就不怕人不來買嗎？」阿虎說：「您翻翻報紙看，如今那些人賣藥是怎麼賣法的？一瓶回春藥酒，要價三五百塊，喝進去的，怕還沒有淌出來的多，偏有那些老色狼買了去試驗，看他們骨縫裏還能搾出多少精髓來！」

「你怎麼老是忘記不掉那個？」

「我只是告訴您，我們賣正經藥，將本求利，沒有什麼不應該。像前天，電影院老闆不是來攤子上買膏藥，一口氣拿了五張，找錢給他，他都不要呢……他說：我下樓閃了腰，花了一千多塊沒治好，這才想起大刀號！」

「呵呵，」大刀管阿牛笑出聲來，安慰裏帶著些兒淒涼：「總還有人記著大刀號，……我以爲人全把這小藥舖兒忘掉了呢！」

「會忘掉？才有鬼。」阿虎說：「賣假藥的那些人，猛耍花槍，想盡辦法敲病人竹槓，日子久了，假藥不靈光，狐狸尾巴露出來，受騙的就回頭了。依我想，大刀號能撐過這一年，明年就有辦法。」

「什麼辦法不辦法？幹娘的，我還要蓋洋樓坐汽車？我能有碗飯吃，把孩子淘大，多治好幾個病人，就得啦！我沒有旁的念頭。」

爲了撐持這隻漏船，光復也開始分出課餘的時間來，跟爹和阿虎學著辨認各種藥材和藥草，了解它們的性能，進一步的幫著管阿牛搓丸碾散了。

古舊的櫥櫃裏，有一大堆破舊的書本，全是藥性大全、湯頭歌訣之類的藥書，光復一捧著它們，就癡癡迷迷的看個沒完，這對於他，和早時看棋書沒有什麼不同，不到幾個月的工夫，他對這一門熟悉的程度，已經超過了不求甚解的阿虎了。

「我說，光復，」阿虎說：「你要是身子強壯，有阿財那個樣兒，日後你也能賣藥。」

「身子不壯，就不能賣藥嗎？」

「至少幹這行你不成啊，脫下衣裳一身排骨，一趟拳腳都不會走，人家看你風吹跌倒的樣子，誰還會來買你的藥？藥要有效驗，賣藥的怎會瘦得像雞乾？」

「我不信，」光復說：「等將來我進醫科，出來做醫生給你看。……你到街上瞧罷，瘦老頭兒準比胖老頭兒多，你信不信？」

「我信管什麼用？你爹還是會把這爿藥舖交給阿財的。」阿虎說。

光復的心裏並沒有要接這爿藥舖的意思，他自小長在這種環境裏，聞慣了那些膏丸丹散的氣味，也有過很多苦哈哈的病人到這兒來求診，從鷹架上跌下來的泥水匠，閃了腰的土木工，……他們臉部的痙攣，額上的汗珠，以及痛苦的呻吟聲，至今仍驚駭著他，使他曾經有過一種朦朧的意念，長大了也做一個醫生。大刀號本舖並不是一家醫院，爹也不能算是正正式式的醫生，儘管藥舖裏也掛滿了褪色的匾額，寫著「杏林春滿」、「華陀再世」之類的頌語，但一般人提起來，仍都說是跑江湖賣野藥的。

當然，大刀號的膏丸丹散醫好過很多人也是真的，唯其在一般人眼裏，爹是跑江湖的，爲了混一口飯，他半輩子也受過太多江湖上的風霜。光復看得出來，鎮上信任西醫和西藥的人一天比一天多了，那些新醫藥的廣告常常變來換去的出現在藥店和醫院的牆壁上，爹的膏丸丹散怎樣呢？還按祖傳的老法門兒，一成不變的配製，只能醫風濕骨痛和跌打損傷，……這樣保守的老藥舖，想跟日新月異的西醫去碰，總不是辦法。

爹老了，可以把藥舖傳給阿財，但阿財也會老的。——那時大刀號還能再維持下去嗎？只憑那幾樣一成不變的膏丸丹散，而且任何人學不了好久就會配製的。光復自問弄不懂這些，弄不懂為什麼好些人僅靠一張「祖傳秘方」就能當成世世代代的飯碗？從來沒想過更動更動，改良改良？是不是中國的老古人都比如今活在世上的人聰明？即使日後阿財接下這爿舖子，要是還保住這一成不變的老樣兒，怕也不成了。

「阿虎哥，你說，藥舖不能變一變嗎？」他終於把窩藏在心裏的疑團抖出來，問阿虎說：「我是講，走江湖賣野藥的這一套。」

「變啊，怎麼不變?!」阿虎說：「旁的藥攤子，早就在變了，找些大屁股女人，扭著唱著的賣藥，就差脫衫脫褲，早先哪兒有過！不是變是什麼？」

「我不是說這個……」

「不管你說什麼都不成，你爹是一變也不變，你敢跟他說這個？一巴掌打得你分不清東西南北！」

「我是說，是說，我們不能開個製藥廠？……」

「屁，」阿虎說：「那是有錢人的事，我們跑江湖賣野藥，除非存心行騙，那一輩子也不會有錢。能保得住一碗飯吃，已經算好的了。」

沒等光復說話，阿虎喘口氣，又抱怨起來：

「拿騙來的錢開製藥廠的，不是沒有，天知道他們製出來的是些什麼貨色？人心要是邪了，走路也走邪的，這年頭，邪神當道，你拿它有什麼辦法？」

阿虎沒唸過什麼書，眼睛能看得到的，也只有這個日漸繁榮起來的集鎮，說得更實在點兒，他只熟悉這個被攤販們硬擠進來的公園裏的市場，諸如：賣牛雜湯的沒把牛腸打掃乾淨。賣估衣的禿頭起了三百塊錢的會。某天某日，賣蛇肉的抓來一條十九斤重的大錦蛇，吊在架上要殺的時刻，扣子滑了，全市場提籃子買菜的太太們嚇得齊唱女高音。……幾個走江湖的用假藥騙人發了財，在阿虎心裏，要比甘迺迪被刺重要得多。好幾年的太陽曬黑了他的臉，大家同是賣藥，他們走邪路發了財，住進使人望瘦脖子的高樓，撒泡尿下來，也能變成一場小雨，而師傅口口聲聲講究貨真價實，卻仍蹲在黑黑的紅磚老屋裏，這，這太不公道了。

他阿虎並沒多大年紀，可是一發起怨聲來，就顯得老氣橫秋的，只見過一隻烏鴉，就認定天下烏鴉都是黑的，這個還不算，在他固執的時刻，他會把凡是黑鳥都當成烏鴉看。

光復儘管肚子裏有話，跟他也講不通的。

他覺得這個集鎮上，像爹跟阿虎這樣的人多得很，有好的，也有壞的，有正的，也有邪的，有人比爹的處境更苦，學校後面有個墳場，有好幾戶人家搭著草棚住在那裏面，有的拉板車，有的拾荒，有的背著破竹簍專撿字紙，人跟鬼住在一道兒，人還是人，鬼還是

鬼！撿字紙的老頭兒把全家都扔在兵荒馬亂的海那邊，一個人在這兒，也沒像阿虎這樣，板著臉怨苦過。

他不禁想起愛搗蛋的兄弟阿財來了。

阿財有股野性子，他將來該不會像阿虎這樣，幹這一行怨這一行罷？日子在寂寞的時辰覺著很慢，其實是快得嚇人，天寒了，天又熱了，一年過去，跟著又是一年，前些時逢著清明節，跟爹到媽的墳上去，青草長得那樣高，那樣密，不燒掉草，差點就連媽的墳全認不得了。聽說阿財的個子快有阿虎那樣高了，他跟陳阿四叔叔去中部鄉下賣藥沒回來，明年他滿師，該回來接這爿舖子啦。

做爹的似乎比光復更急切的想到這個，沒等阿財滿師，就去信給他的師兄弟，把阿財給接了回來。

阿財跟去的時候完全長變了樣，個頭兒比阿虎差不了許多，比起快進高中的光復要高出大半個頭，穿著街上時新的窄管褲子，歪歪的一條寬腰帶，掛在兩邊的胯骨上，花襯衫揉得縐縐的，沒有一塊乾淨地方，想是找誰來看，也不會相信他只有十四、五歲。

「乖乖，阿財學流氣了，像個小太保呢！」阿虎說：「你就這樣子跟阿四叔去賣藥的嗎？」

阿財聳聳肩膀，好像癢得有些不自在：

「你說要怎樣才能賣藥？」

阿虎瞧瞧他上衣口袋，又說：

「怎麼？你又學會了吸菸。」

阿財笑一笑：

「不多，也吸兩支，你又看不順眼？阿四叔他也沒管得著這個。」

「當然管不著，」阿虎說：「你一個月能賺幾文？」

「我彈吉他，唱自己編的歌，下鄉賣藥，唬得那些鄉下人一楞一楞的，一個個心甘情願的掏口袋！」阿財說：「四個女人跟在我背後搖晃！……有旁的賣藥班子來拉角，一個月出我兩千三。」

「你吹牛，你這小鬼頭。」阿虎也教他嚇唬住了，兩千三，在他是筆不可思議的大數目，他自己就算離開大刀號，用盡渾身解數去獨闖，三個月也賺不了那麼多的錢，阿財說得像喝白水似的，一棍敲死他，他阿虎也不會相信，十四歲的娃子，還沒滿師呢！

「好！」阿財說：「由你不信，歇幾天，我跟你一道兒去出攤子，藥還是這幾款藥，賣法不同。」

大刀管阿牛雖說看阿財那副時新樣兒，略微有些不順眼，兒子總歸是自己的兒子，心裏歡喜，眼就細了，他覺得阿財自小就是這個樣子，跟他哥哥光復完全不一樣，一個肯唸書，一個能賣藥，一個能文，一個能武，有話也變得沒話說啦！

他破例的喝了半瓶酒，在晚飯桌上。

晚飯後，阿財取出他帶回家的吉他，坐在天井裏調著弦子，他使得這幢寂寞了多年的古舊的紅磚屋，頭一回被灌滿奇怪的音樂的聲音。

「明天我就跟阿虎去出攤子。」他跟他爹說：「不要休息了。」

光復頭一回被那奇異的樂聲感動過。

古老的黃昏光灑落在那座暗沉沉的院子裏，穿花衫的阿財坐在院角的木凳上，熟練的撥弄著那隻吉他，樂聲是熱鬧又活潑的，彷彿是一些抖著翅膀的蝨蟲子，在那種濃稠稠的暗色光景裏泅水，它使得冷冷的空氣柔軟起來，溫暖起來。

阿財的吉他彈得很熟練，他臉上帶著自得的微笑，彷彿不經意似的，在弦上滑動他的手指；他的頭和肩，隨著音樂的節奏，輕輕擺動著，不知是他擺動了那種音樂，還是音樂擺動了他的身體？總之，像火上加油似的，越彈越熱鬧了。

光復倚在後屋的門邊，看著阿財的背影，那背影不再是光復熟悉的那個小男孩了，時間被他超速的成長壓扁，那一切屬於記憶的情境，恍惚都在昨天，如今，阿財的背影卻使他驚愣著。

「阿財，你怎麼學會的？」

等到阿財彈完一支曲子，光復才輕輕的問說。

「可簡單，」阿財說：「摸摸看看就會了！我告訴你罷，這比唸書容易得多，——我一見書本就頭殼疼。」

「不錯，」光復說：「你從小就沒安心唸過一天書，賭圓牌，打彈珠，使彈弓打鳥，倒精得很。」

「我喜歡動的。」阿財心不在焉的撥弄著吉他，發出咚咚悅耳的聲音：「在南邊的吉利撞球場，你管打聽，我打司諾克，根本不用花錢。」

天很快的落黑了，夜市的燈火在屋外輝亮，把紅磚屋四周的房脊和牆頭繪出一道光邊，大刀管阿牛和阿虎兩個人，爲了明天出攤子的事情忙碌著，收拾布篷、藥品和一些零碎。

「明早上，我們下鄉去，」管阿牛跟徒弟說：「試試阿財到底行不行？這小子變得有些油頭滑腦，總還是孩子家，說話不知分寸，我不信阿四調教他兩年，他就能獨當一面的出去賣藥?!」

「那也說不定，現下這些小鬼都變聰明了！」阿虎說：「倒不是我心虛膽怯，您瞧光復就該知道，他學什麼，精什麼，象棋也好，配丸藥也好，都比我強！」

「幹娘的，一點都不錯！」管阿牛心裏有些讚美的意味，甜甜蜜蜜的罵了一句，心裏卻比熨斗燙過還舒坦：「這一回，算我親自考考阿財！下鄉去賣藥，我們開了場子，就讓他來；他要是吹牛賣不了藥，我就擰紅他的耳朵，一腳踢回阿四那邊去，讓他重新再學幾年徒！」

「還用得著考他嗎？」阿虎瞧著師傅說話時那種興頭，就說：「小鬼阿財真有幾分鬼頭聰明，他說有人爭著請他去賣藥，一個月出他兩千三呢！」

「聽他的鬼話，賣假藥也賺不了那多錢，——付給小孩那高的薪水！要都這樣，我們甭吃這行飯了，幾千年功夫不抵一個孩子。」

大刀管阿牛嘴裏雖這樣說著，心可疑疑惑惑的拿不定，就像秤錘似的吊在秤桿上亂搖晃。誰知道呢？這年頭越變越他娘的怪氣，自己解不透弄不懂的事情也越來越多了！在市場上跟人聊天，聽人講說，一個十七八歲的女孩，在大歌廳裏唱唱扭扭，一個月能賺好幾萬，若是說笑話，那倒沒什麼，偏偏指名道姓說是真的，使人聽著好像剛做了一場夢！幹娘的，錢就那麼好賺？

「這還是乾進乾得的，不算脫衫脫褲！」

懂嗎？硬是不懂！就算她肚臍下邊有糖，也擠不出那麼多的錢來。至於一個紅酒女一隻膀子上戴的首飾能值幾十萬，那更是夢也沒夢著的了。時間是個大魔術師，把自己心眼裏不能改變也不會改變的事物全給改變了，變得根本不認識了，但許多年輕孩子見怪不怪，他們多少有些不可解的魔性，阿財雖是自己的孩子，也不例外。

剛剛他彈的那玩意，自己就不懂。

不但大刀管阿牛不懂，連一向愛靜的光復也不懂得阿財。被他超速成長擠扁了的時間，像一只淺淺的、透明的玻璃瓶子，就算把阿財頭朝下腳朝上，吊著傾倒，好像也傾倒不出什麼來，幾年前，他是最接近阿財也是最了解阿財的人，明明他只會胡搗蛋，那些又野又邪的本領，怎能拿來支撐藥舖，替爹分憂呢？

他坐在院子裏跟阿財親熱的聊天。

兩年沒在一起，阿財變得會聊天了，他興致勃勃的講了好些奇怪的事情，說他為了配藥，怎樣跟阿四叔到山裏去捕蛇，捕雨傘節、百步、龜殼花、竹葉青……各種毒蛇都捕過，他講說各種蛇的習性和藏匿的地方，各種不同的捕捉方法。過一會兒，他拋開蛇，又講起藥班子在外面唱戲賣野藥的事情。

「這裏市場上，也有唱戲賣藥的。」光復說：「是不是唱戲就能賣很多藥呢？」

「當然賣得多，」阿財說：「要不然，阿四叔就不會花錢雇幾個女的來唱戲了！……我們班子大，請三個女的，攏總卡水，一個叫小艷，我拜她做乾姐，晚上跟她在一起，她讓我摸。」

光復在黝暗裏皺了一下眉頭。

「我知道，她跟好幾個男人睡過。」阿財又說：「有一個臉上有疤的傢伙還常去找她。」

「我們談談旁的罷，阿財。」光復說。

「你怎麼不喜歡談女人？比書本有味多了！」阿財興奮的抖著腿，光復坐不住，就站起身來，回屋去開燈，阿財拎著吉他跟進屋裏來，神秘的笑著。

「我們談那些，你不覺得太早？」做哥哥的說。

「什麼太早?!小艷她說，像我這樣子，一兩年就能結婚了!」

「頭昏罷，」光復啞然失笑說：「你找誰結婚?你這個小鬼!今晚早些睡，明天大早要跟爹出去賣藥呢！」

「我常常夢見女人扯屁股，沒穿褲子的女人，屁股像白球那樣圓，我抓著球桿一戳，她們就滾。」阿財洋洋自得的說：「我知道孩子怎樣生的，——跟打司諾克一樣，進『洞』就成了。」

光復沒答話，他替阿財鋪著鋪，手指都有些控不住的顫慄，阿財並沒真的被吊著傾倒，單只隨隨便便吐出來這些，就使他深感驚愕了，對著這比自己粗壯高大的兄弟，和他這種分不清是流氣還是天真的言語，他心裏不知道是什麼一種滋味，有些驚愕，有些憎嫌，而且很不習慣，他終於帶著盤詰的口氣說：

「我問你，阿財，你這些都是跟誰學來的?」

「你問彈吉他?還是打司諾克?」

「都不是，」光復輕輕的說：「女人的事。」

阿財忽然掩著嘴笑起來，過一會兒才說：

「奇怪，這也用得著學?」

「怎麼不?」光復正經的說：「我們有一門生理衛生的課，我認真學了，分數還考不高。」

「紙上的東西有什麼用?我告訴你罷，花廿塊錢進花茶室，什麼都懂了!有人告訴過我的。」

光復噓了一口氣，先坐在床沿上。

阿財套起他的吉他。

兩人熄了燈躺上床，光復說：

「你有沒有去過花茶室?那不是正經地方，你這種年紀，不該去的!」

「不該去，它們爲什麼開在大街上?」阿財的聲音打黑裏飄過來，也輕輕的反問說：「誰在門口寫誰該去、誰不該去沒有?……我沒進去，在門口看過。」

「看也不該看。」

「怕什麼?!看了又不會瞎眼。」

光復帶點兒賭氣的意味翻了一個身，打算不再跟阿財說下去了，可是滿心洶洶湧湧的，盡是含潮帶濕的浪花，阿財有些話，說得那麼理直氣壯，可也正是自己心裏想問誰的，問誰呢?……不該去?它們爲什麼開在大街上?!

自己上學時，常經過前街旁的那條窄街，一條街都是那種地方，地面很污穢，門上面卻裝點得非常的堂皇，一排排彩色的小燈泡接成一條彎彎曲曲的長龍，照亮很多很多環肥燕瘦的招牌，這邊是董小宛，那邊是王昭君；這邊站著個白衣黑裙的人像，那邊躺著個全裸的明星，好像垂下的斑竹簾和婆娑的棕櫚葉那邊正在上演電影。

問誰呢？有一回，校長請到週會上去演講的名人，白了兩鬢，竟然也從那門裏歪斜的跨出來，兩隻膀子平伸在兩個看似半裸的女人肩上，彷彿不勝酒力的樣子，被扶上等候著的車子，使人在嗆人的車屁股的煙霧中回味著他的演講詞：「我們不該讓污穢的社會，染污你們這些年輕的白紙！」——好像他本人單獨站在社會之外似的。

好像怪不得阿財了！他只是一張被送進染缸的白紙。

「這麼快，你就睡著了？」阿財的聲音又飄過來。

「我沒睡，正在想事情。」

「想什麼？」阿財窸窸窣窣的翻過身，伏在枕頭上：「是不是也在想女人？」

「你該多唸些書的。」光復說。

「我不要花那些冤枉錢。」

「你說學費是冤枉錢？」

「學費有幾個錢？」阿財說：「你還記得丁班的老師不？那個包金牙的女的，家裏開雜貨舖，她上課時，跟同學說：『你們要尊敬老師，要跟家長說，要買老師舖裏的東西。』她不管人家要不要，晚上就到每家送貨，醬油、衛生紙、肥皂，什麼都送，醬油不合格，肥皂是假的，報上都登過。」

「你不能看一個老師這樣，就說老師都這樣。」光復說：「你為什麼不說你自己不喜歡唸書呢？」

「我是遇上這樣的老師，才不愛唸的。」阿財說：「甭以爲你進中學，考了頭名，就幫大人說話。……我告訴你罷，除開爹和媽，人，沒有幾個是好的。」

「你甭亂講，你還不懂呢。」

那邊窸窸窣窣一陣床響，敢情是阿財坐起來了。

「我什麼都懂。」他說。

「你懂個屁！」大刀管阿牛跟阿虎回到後屋來，聽見阿財這句話，就罵說：「你哥哥明早要上學，你要下鄉去賣藥，你要懂得這個，早就不該纏著他講話了！」

阿財一定還有很多話要講，被大刀管阿牛一罵，又窸窸窣窣的睡了下去，等做爹的進了那屋，他才又翻過身來，跟光復問起彭小芬和柯玉枝來。

「明晚再跟你說。」光復說：「我很睏了。」

他轉過身去，閉上眼。

阿財仍然伏在枕上，吃吃的笑。

賣藥的布篷張搭在鄉鎮大街附近的空場子上，朝陽的金輝映照著那柄大刀環上垂懸的紅纓。鍠！鍠！鍠！鑼聲滿熱鬧的響起來了。

大刀管阿牛有充足的經驗，不論在這兒那兒的鄉鎮上，人都多得像螞蟻，尤獨在早上，只要賣藥的攤位鄰近市場，鑼一響，一圍就是一大圈兒，人多可不算數，看熱鬧的往往估了九成九，餘下幾個可能買點兒藥，就看你用什麼言語說動他們，錢裝在人家荷包裏，得讓他們心甘情願的自掏荷包。

兩遍鑼響過，人就圍攏來了，大夥兒伸著頭，意思是等著管阿牛耍刀。好些時沒到遠處來賣野藥，不單鄉鎮變了樣兒，連眼前這些草地郎也都光鮮起來啦！總而言之一句話：幹娘攏總有錢了！皮鞋西裝花領帶，從頭到腳都是什麼什麼龍，塑膠湧上市，踢踢踏踏的木拖板沒人穿啦！管阿牛敲著三響插花鑼，自說自話起來。

「鐺鐺鐺！……大刀號管阿牛下鄉賣藥來了！……鐺鐺鐺！……有人不認得這把大刀，問是什麼藥舖？是不是掛羊頭賣狗肉賣假藥？把好人吃病，病人吃死的那一款？鐺鐺，……你說這話，一定是年輕識淺，剛換過奶牙！頂好回家問你阿公去，……祖傳的大刀號開了多少年？只此一家，別無分舖，源出嵩山少林寺，供的是祖師達摩！……鐺鐺鐺！……有人問，賣的是哪幾款藥？你先自睜眼瞧瞧！單凡風濕骨痛，跌打損傷，膏丸丹散，一應俱全。鐺鐺鐺！夥計，把藥亮給諸位瞧瞧！」

大刀管阿牛打起精神，把這套開場白打完，已經額角沁汗，微微發喘了，鐵打的金剛，也禁不得歲月的煎熬，阿財若不及時頂上，自己這行飯怕吃不了幾年了呢。抱著鑼四邊瞧看，來的固然還在，走的已然拔腿走了！

這套也曾被自己誇傲過的老玩意兒，看樣子不靈光啦，說得出口的都說了，總不能說自己的丸藥都是天上的仙丹罷？

「幹娘是不是做戲？」一個咬檳榔的傢伙滿嘴溢紅，好像剛挨了黑虎偷心拳，伸著腦殼掉裏一擠，拿專找女人的眼色兜一眼管阿牛，臉上漾著的笑紋就不見了。他帶半分故意的樣子，把一口檳榔汁重重斜吐在地面上說：「幹娘沒查某做戲，沒好看！」說完，踢踢踏踏的走開了，——他倒穿的是一雙木拖板。

管阿牛吞進一口氣，正在爲難著，阿財踏著跳舞的步子走到場中來，輕輕的撥弄了幾下吉他，那聲音彷彿是一根繩子，把嚼檳榔的傢伙給牽了回來，——就算牽牛也沒有那樣輕鬆法兒。

阿財不但彈吉他，還自彈自唱啦！他的嗓子圓得能打滾，說他是男音罷，又帶幾分嬌和脆，說他是女音罷，又帶著迷人的磁性的低哼，他唱都馬調，唱恆春民謠，唱各種流行的曲子，還唱起只怕連洋人也聽不懂的洋歌來。吉他從古遠唱著變著，變到最時髦的熱門音樂，他就搖散著頭髮，繞場蹦跳起來，灑下一片瘋狂的樂雨。

「喝，這是阿四班子裏的阿財啦！」

「阿財什麼歌都會！」

連眼拙的鄉下人也認識阿財？大刀管阿牛不禁在一邊嘆了一口氣。阿財似乎不是在賣藥，只是在耍寶，他學著唱獨腳戲，一個扮三四個角兒，一忽兒老聲啞氣的唱老頭，一忽兒嬌嬌滴滴扮女人，連走路、說話、表情都學得非常到家，使場外的年輕女人羞紅了臉，別過頭去直笑；他唱歌仔戲和黃梅調，根本不按原有的戲詞和唱詞來，而是信口開河順水淌，居然也有板有眼的自成一套，他的吉他流出來的聲音是蜜汁，四邊圍湧著的人群，像戀戀不捨的蒼蠅，晃眼工夫就圍了七八層。

一片聲音在低傳著：

「是阿財！阿財！」

這時候，有個流裏流氣的傢伙擠到前排，喊說：

「阿財，你的小艷怎麼不來做戲？」

「那騷貨嗎？我三天沒吃這款藥，她就跟人跑啦！」

「這款什麼藥?!」

「吃了你就知道。」

「不靈怎麼辦？」

「不靈？——不靈再送你兩包！」

阿財這一說，場外爆起一片海浪似的笑聲。

那傢伙掏出一張票子，朝他身邊的女人笑笑，硬是買了！他那雙風流眼，黃得能朝外淌。……另一個傢伙也是流字號兒的，指著另一種藥說：

「這款啥藥？」

「少林羅漢丹。」阿財瞧也沒瞧說。

「吃了管啥用？」

「當硬的地方就硬。」

「去！我沒有老婆！」

「那你表錯情了，這款羅漢丹吃下去，硬的是拳頭！伸手能斷磚，勒拳就碎瓦！跟老婆啥相干？」

「你吃過沒有？」

「吃過怎樣？」

「我要試試你拳頭硬不硬？」那人跳進場子來，伸出他碗大的拳頭說：「你衝著它揍三拳看看，我要齜一次牙就買五罐！」

阿財果真狠揍他兩拳，那人齜了兩次牙，第三拳不用打，他的拳頭捏不起來了。

「這十五罐藥吃下去，你出拳要放輕，」阿財收了大額的鈔票，把藥揣在那人懷裏說：「要不然，連拳王張羅普也招架不了！」

藥，就這麼嘻嘻哈哈的賣開來了。

阿財天生是個賣野藥的胚子，說起話來行雲流水，而且無論見著男女老幼，不管什麼樣的人，他都有他永不雷同的言語；他走到一個看來是出嫁未久的年輕女人面前，捏著一款藥說：

「妳剛才問這款藥是啥藥不是？」

那女人紅著臉擺手說：

「我沒問。」

「妳甭擺手，這款藥不是人吃的。」

女人笑得彎著腰說：

「鬼話，那該誰吃？」

「母豬吃的。」阿財說：「像妳這樣人，吃不起！」

「豬能吃，人吃不起？」旁觀的人逗著說。

「那得先問她先生肯不肯？——豬母一窩生十三，她要一胎也生十三，問她家先生養不養得起？」

女人羞得抬不起頭，拉著她婆婆就要走，婆婆卻買了三包，笑著說：

「呷呷看嘛哀啦！看嘛哀啦！」

太陽升高了，人群越湧越多，阿財又撥弄著吉他唱起自編的歌來，當著那些草地郎，他把他們的生活編在歌裏，和吃藥連在一起：

「這款藥，真迷人，
吃了它，可快活，
賽過仙哟，賽過神！
切豬菜，腰不痠，
擔起水來，肩不疼！

下田不怕蛇來咬，
又管風濕關節疼……」

藥品不斷的賣出去，場外的人似乎患著一種精神傳染病，都把大刀號的藥當成了仙丹，爭著掏出票子，朝場裏招搖著，阿虎和大刀管阿牛忙得滿頭大汗，應付著這種多年來從沒曾有過的搶購。

還沒到晌午，幾箱子藥全光了，只剩下一疊狗皮膏藥，阿虎開始收拾攤子了。

大刀管阿牛點點票子，零錢在外收入了四千六百三，他有些高興，也有些埋怨，跟兒子說：

「我說阿財，賣藥歸賣藥，你可不能把話說得太滿，少林秘方管生孩子？這不是天大的笑話?!」

「爹，你甭死心眼兒。」阿財說：「這些種田的人，常年下水田，有幾個不鬧風濕的？或多或少總有一點，吃了你這幾款藥，只有好沒有壞的，你不這樣，他們仍然去買旁人的假藥吃，你不賣假藥，就心安了！」

「全是你阿四叔教你的？」

「他教我？……是我這樣教他的。」

大刀管阿牛嘆了口氣。

「阿財，你對賣藥有才分，」他說：「只是鬼頭聰明太露了，朝後得學忠厚一點，趕明兒，出攤子賣藥，就交給你跟阿虎罷。」

「沒問題，您儘管留在舖裏做藥，我跟阿虎出來跑，要是生意順當，我們就拉個大班子，到東部北部跑一跑！」阿財說：「只要藥是真藥，牌子一定闖得開，站得久……。賣法要點花巧，不要緊的。」

「笑話?!你老子我哪天做過假藥來！」大刀管阿牛罵說：「賣假藥，黑心肝，能生出你跟光復這種樣的兒子來嗎?你們兄弟倆，一龍一虎呢！」

很顯然的，經過這一回考驗，他對於阿財能說善道的能力滿意了，心底下那份安慰，並不下於光復那回聯考中頭名。

阿財的能力，確乎是無可懷疑的，他說話做事活潑得過了火，略沾幾分流氣也是事實，白天出攤子，走鄉鎮，晚上回來，吸菸彈吉他唱唱哼哼，大刀管阿牛沒管過，兒子慢慢大了，又有十足的賺錢的本領，還有什麼好嘀咕的?這年頭，年輕一代人都沾帶點兒老一輩看不順眼的小毛病，叼著菸捲，像成精作怪的猴子，好在有阿虎伴著他，只要不酗酒、賭博、打架生事，就好啦。

而阿財對酒沒興趣，錢也不賭，就是愛揣些錢進彈子房去打打彈子，朋友不多，歪鼻邪眼的牛椿小子不過三兩個，依做爹的看法，都還算不得太保流氓。

「光復，」有天，大刀管阿牛跟光復說：「你看，阿財雖然沒唸什麼書，但一樣能賣藥，他還不壞罷?」

「目前還不算壞。」光復說。

委實的，阿財有什麼壞呢？年輕人都是一張白紙，單看社會怎樣染他？有透察能力的年輕人畢竟不多，有堅強定力的人更少，就是阿財走了偏鋒走出漏著兒來，責任也不該單由他負，——性情活潑外向，對社會變化敏感的人，該是最容易被染色的。

他心裏有一種朦朧的意念，分析不出條理來，只是隱約的爲阿財擔心罷了！

六

連大刀管阿牛也不敢相信，阿財居然把大刀號本舖給穩了下來，每回出攤子賣藥，他成了主角，年長一大截兒的阿虎，只配當他的助手。

成藥賣得順暢，手底下也逐漸寬裕了些，前年辦喪事借下的債，清了幾大筆，管阿牛結在心裏的疙瘩，總算消解開了。他是信佛的人，一向認爲不能欠拖人家的債，今生若是不還清楚，來世變牛變馬一樣要清還的。大刀號如今轉入順境，這好運全該是阿財帶來的，他雖沒在言語上表示過什麼，心裏卻不能不感激阿財了。

而阿財不會體念到這些，他覺得跑碼頭賣野藥這種行當，很合乎他的胃口，彈彈唱唱，逗逗樂子，無拘無束的賺錢是最過癮的事情。當初在學校裏，幾乎所有的記憶都是不愉快的，回想起來，仍隱約嗅得著一股陰黯的霉味，二年級開始，他就常常被罰頂凳子，手是痠的，腿是抖的，歌仔戲裏唱過的霸王舉鼎，大不了也像那個樣子。每回做錯了算術習題，籐條抽在手心，心裏像吃辣醬，火燙燙的，要不偷搽些虎標萬金油在上面，第二天再挨打，就連伸手的勇氣全沒有了。

五年級那個老師患有虐待狂。他不止一回爬過石頭，吃過粉筆，褲子裏墊上大小楷簿子，隨時準備捱教鞭。唸書不像唸書，倒像是爬刀山，——至少對於他是這樣，即使那段陰濕霉暗的日子去遠了，而他的記憶，仍是一塊完完整整、不易脫落的傷疤。

這傷疤，他從沒有對誰揭露過，就連對光復，他也沒吐述過一絲半點。光復的興趣在書本上，因爲功課好，他就成爲老師喜歡的好學生，他只會捧獎狀，在台上當演說代表，他沒被誰那樣處罰過，責打過，他不會懂得這傷疤如何深，如何痛楚！……不肯唸書就算壞學生，這不知是哪個創出來的觀念?!這意識重重的壓著他整個童年。

他恨著所有的成人。

如今，他以他的野氣闖入了成年的世界，他要任性的瘋一瘋，野一野，要追求他自己認爲是快樂的快樂，雖然實際上他尚沒達到成年。問題緊跟著來了，什麼樣的快樂才算是快樂呢？對於這一點，阿財仍然是朦朦朧朧的，不過，有一絲搖曳的意欲引誘著他，使他任性去做一切，而任性的本身，彷彿就是一種快樂。

正因這樣，他對於周圍的成人世界是極端敏感的，那世界裏一切感官的，享樂的，無論他聽到、看到或是想到，他都有興趣去鑽探，去進入，他不再接受誰的勸告，他反抗常被人掛在嘴頭上的，他卻認爲是虛僞的成人道德。在他眼裏，這世界上唯一能責罵他的只有爹一個人了。而大刀管阿牛開始就不懂得這個孩子的內心。

他把阿財跟光復同樣的看待，也許對能夠獨當一面的阿財更關心，更寬容一點。阿財伸手討錢花，他從來沒拒絕。阿財口袋裏有了錢，便先打扮他自己，花襯衫，牛仔褲，紅夾克，寬腰帶，哪樣時髦他就選哪樣！

正因爲有了錢，他也就有了朋友。

猴面張是他在打司諾克的地方認識的，青白臉，尖下巴，細眉毛小眼的傢伙，論年紀，比阿財大三歲，個頭兒卻要比阿財小一半。有人說猴面張是鎮上的情報販子，凡是街巷的新聞，總由他先傳說出來，哪一幫和哪一派動了彈簧刀？哪一家妓女戶來了個新貨色？某個地方開了地下舞廳？某個黑燈茶室編號摸人？用什麼方法看霸王戲？花低價能在哪兒買到黑貨？他全像伸開巴掌看紋路那樣的一清二楚。

刀疤五和小郭都是由猴面張介紹給阿財做朋友的。

刀疤五是打架專家，在黑社會裏蹚過，做過打手，有過前科，看守所和監獄七進七出，據他自己說，好幾回都栽在刑警大塊鄭的手裏，他要不苦練幾手絕招兒把大塊鄭擺平，這一帶他就不能再混了。

小郭是另一類的人物，矮矮瘦瘦的個頭兒，濃眉凹眼，元寶耳朵厚嘴唇，樣子和他所幹的行當同樣的猥褻，他是幹扒手出身的，白天扒竊，夜晚也順便偷一偷，他遇著過的驚險事兒，說上三天三夜也說不完。

這幾個比阿財年紀大的人，在阿財的心眼裏，都稱得上是「英雄」人物，但猴面張很巴結阿財，他說：

「論起才藝來，你最高，就拿打司諾克來說罷，我們全都是你的手下敗將！」

刀疤五和小郭，都把阿財叫作：「大刀號的小開！」

「不光是小開。」猴面張說：「阿財是我們的活財神！我們的錢庫。」硬把阿財說成財神和錢庫也過火了一點，阿財手裏還沒有那麼多的錢．不過偶爾請他們在露天的攤位上喝幾杯福壽酒，啃點兒雞頭鴨腳，也在撞球場請了兩回客，替他們付了球賬罷了。

「阿財，咱們幾個做朋友，拜個把子罷！」猴面張就說了：「你做老么，錢財歸你掌管。你不偷不搶，家裏有間藥舖開著，你爹又認識議員，大塊鄭那夥人找不著你的麻煩。」

阿財沒有猶疑，立刻就答應了。他覺得這幾個人很直爽，開起玩笑來，別有一種粗野的親熱勁兒，使他很開心；最開心的是，他們不把自己當孩子看，不論什麼事情都帶上他，有意把他牽到神秘有趣的成人世界裏去。那是一個反抗正常社會的世界，正滿足了他渴求任性的潛在意識，阿財並不理解這種關聯，他直接認爲猴面張、刀疤五和小郭跟他投機。

遇上陰雨季，阿財不去出攤子賣藥，就常跟猴面張幾個混在一道兒，市場一邊有座廟，廟邊狹巷裏有個小茶館，那是他們經常碰頭的地方。小茶館很小很暗，直直的一長條，兩面都沒有窗；四個人習慣用歪斜的姿勢躺在竹椅上，把腳蹺上桌面，恣意的聊天。猴面張的話題，總離不了各式各樣的女人，他用輕蔑的口吻，隨便糟蹋她們，以換取一陣抒發性的笑聲。刀疤五愛講的，當然是黑社會的尋仇火併，以及很多他在監獄裏生活的經驗。他講這些給阿財聽時，多少帶些兒傳授的意味。

小郭呢？永遠是個丑角，他講偷竊的事情講得很精采，常使人笑得肋骨發疼。而這種忘情的快樂，是阿財很少遇到過的，他發狂的大笑，會使他把沉澱在心底的那些抑鬱的情緒連根拔脫。

「嗳，猴臉，你說咱們拜兄弟的事，究竟怎樣了？」一天，小郭在講完笑話的時候，重提舊話說：「要不要找個地方喝上一頓，磕個頭？」

「當然要。」猴面張拍拍空口袋說：「喝一頓，我沒錢，誰當老大誰請客！」他說話時，拿眼瞅著刀疤五，因爲四個人裏頭，刀疤五年紀最大。

「你甭拿話擠我。」刀疤五額角的疤泛上一陣紅說：「要結拜，這個客本當是我請。但我走霉運，教大塊鄭逼得走投無路，暫時窩在這兒，動也不能動，如今連褲子都只落這一條了，拿去當當請客，你們好意思讓我這老大光著屁股?!」

「老大沒錢請，輪著該老么，」小郭說：「阿財是財神老爺，他請也一樣。」

「我請就我請，四個人，花不了多少錢。」阿財說：「你們要到哪兒吃？我回去拿錢。」

一聽阿財肯拿錢，猴面張的眼睛亮起來，他說：

「我們去前街市場吃海鮮，阿財，你要拿多拿點兒！吃完飯，我們到一個極好的地方去玩玩。」

那三個剛到海鮮館子裏坐不很久，阿財就到了，他口袋裏鼓鼓的，塞了一大疊票子，足足有一兩千。

罷？」

「你們瞧，我說阿財是活財神，不錯罷？」猴面張說：「他的鈔票，多多來兮。」

「乖乖，」刀疤五睜大兩眼說：「你哪兒弄來這許多錢？不是打你爹那兒偷來的罷？」

「笑話，我幾時偷過錢？」阿財老氣橫秋的說：「我哄我爹說，要找些朋友，拉個大班子到北部去賣藥，先得拿出一筆錢去請人，他就拿了。不夠還會再拿呢！」

「源源不絕！」猴面張說。

「先吃了再講！」小郭說：「我們幾個都會吹牛賣藥，今天只當領薪罷！我當夥計，說旁的不會，敲鑼打鼓總是會的。」

「我這老大讓給你了，阿財！」刀疤五說：「我願意退居老二，也跟你當夥計賣藥，我會打兩套八卦拳，行家面前不敢誇口，唬唬草地郎，沒問題。」

「這年頭，誰有錢誰就是老大。」猴面張順水推舟說：「老大也是你，老么也是你，我們夾在中間，只出一張嘴——管吃！」

海鮮館子在前街市場當中，一處像迷宮似的小巷子裏，小木樓上面再沒有其他的客人，推開窗子，是一片參差的平房的瓦脊，堆積著草繩、破籮筐、碎木箱、生鏽的鐵絲雞籠之類的雜物，不大不小的雨飄落著，瓦面流著水，有一種陰濕雜亂的氣氛。

海鮮送來了，刀疤五又敲著桌子嚷叫著來酒，不會喝酒的阿財也破了例，被半強迫的乾了好幾杯，當然都是那幾個弟兄捺著脖頸硬敬的。猴面張問他酒喝下去滋味怎麼樣？阿財說是像坐飛機，其實阿財從沒坐過飛機，他只覺胸口火辣辣的，渾身朝上飄，有點兒騰雲駕霧的感覺。

有了酒，說話的興趣就更濃了，阿財問身邊的小郭說：「噯，你是什麼時候開始喝酒的？」

「前年。」小郭說：「我頭一回去偷的時候。」

「呵哈，喝醉了再去偷?!」

「去偷一家的雞，沒偷著，養雞的人請我喝的。」

「見鬼，有這等好事？」阿財說：「真這樣，我也要去偷了！你不是在吹牛罷？」

「前年，大除夕，我嘴饞想弄隻雞吃，」小郭說：「我踩定了一家養雞的，夜晚就趁黑去摸。那家把雞養在草房背後的夾弄裏，非得要打屋頂上輕輕爬過去，才能摸得到手。」

阿財瞇眼咧嘴，全神貫注的聽著，心裏高興得像喝下半打汽水，不但從鼻孔裏嘴角朝外噴笑，連渾身的汗毛孔都鼓湧著笑泡。他並不感覺小郭所講的是盜竊，是犯罪，卻像幾年前在學校裏，幾個不肯用功，常被老師責打的孩子，別出心裁的惡作劇一樣。

「雞那玩意兒，最愛大驚小怪了，你一碰牠們，就咯咯的亂叫，怎麼辦?!」他說。

「假如沒辦法，世上還有人敢偷雞？」小郭得意的說：「你只要一隻手托雞，一隻手抓住雞脖子，牠就叫不出聲來啦。」

「後來怎樣？」阿財的興致更濃了。

「你甭打岔，先聽我講，……我爬上那座草屋，想跳進夾巷去摸雞，誰知爬著爬著，膝蓋下面一軟，連人帶一小塊屋頂就陷下去啦。——原來小茅屋裏面是竹子撐的，多年沒修梁換柱，全朽了他的娘了！我直摔下去，還好，正摔在一張床上，叭的一聲，我就坐在被子上面。」

「屋裏有人沒有？」猴面張說。

「年卅的夜晚，哪能沒人？電燈亮著，床前放著一張方桌，四個大漢坐在那兒搓麻將，一個頂著門，一個靠窗戶，一個背沖山牆，另一個就坐在床上。那草屋就那麼大的地方，一桌麻將把它塞得滿滿的，我一瞅，氣也不敢透，心想：這可完啦，年也甭過啦！卅晚上挨拳——扁著添一歲罷！」

那三個笑得直拍桌子，刀疤五斟上酒說：

「來，呷這杯，壓壓驚。」

小郭喝了酒，使袖口抹著嘴角說：

「說也怪，那四個老幾打牌打得迷糊啦，連屋頂上掉下一個人來，他們都懶得動彈！對面一個抬眼看看我，說：『喝，半夜三更，癮頭不小，還來看二成兒？』……床上坐的那個抓著牌回頭瞄我一眼說：『你不會是個來摸雞的罷？——你瞧我這牌，該打哪一張？』我說：『我不會。』他說：『慢慢學著就會了。』……四個人的眼都是紅的，說不定已經打了兩個通宵了。」

「真有意思。」阿財說。

「你有意思，我可不是味道！你想，看打牌，我不會，想逃，又逃不了！渾身打抖，乾坐在那兒等著這四個大漢打完牌，心裏是什麼滋味罷？」小郭罵說：「幹娘一等等到雞叫兩遍，一個女人送消夜來，坐在床上那個說：『多來一雙杯筷，咱們這兒多了個客人。』我……我就坐下來啦！……他們喝高粱，那辣勁，像快刀劃開喉管似的。我喝了兩杯，藉口幫著下廚端菜，拔腿溜了。」

「幹娘你算福星高照！」刀疤五拍打著小郭的肩膀說：「雞沒偷著，卻擾了人家的酒。」

猴面張沒再說話，得空猛啃螃蟹。

阿財仍在笑著，自覺酒的熱力在四肢百骸中發散，把人托舉起來，兩邊的太陽穴硬硬的，有些發麻。雨還在窗外落著，許多許多燈球在黑裏閃跳。

「再喝呀，阿財。」猴面張又替阿財把酒斟上，使胳膊推了他一下。

阿財打著酸辣的酒呃：

「不……成，我快喝醉了！」

「不要緊，咱們結賬，換個地方喝去。」猴面張說：「在那兒喝酒，不用酒杯！」

「不用酒杯，用什麼？」阿財說。

猴面張伸手摟住阿財的脖子，跟他親暱的咬一陣子耳朵，阿財的臉就更紅了……。他已經破例的喝了酒，不妨再去嘗嘗猴面張所說的那一類的女人。

不知道是哪一類的音樂，像泡沫似的在阿財耳邊湧騰著，刀疤五跟小郭扶著他走到一個暗糊糊的地方坐下來，身底下的沙發很軟。儘管阿財睜眼看東西有些晃動變形，他立刻就知道這是什麼樣的地方了。……早些時在阿四叔的舖子裏，他就聽幾個師兄談說過，繪聲繪色，有時還存心誇張似的逗引著他，今天他總算趁著酒興，一腳踏進來了！酒卻使他的腦袋暈暈的，像平常做夢一樣。

「來四瓶啤酒，」猴面張神氣十足的把雙手交叉抱著後頸，半躺在高背沙發上抖著腿，又十分熟練的叫了一串女人的名字，最後，他轉臉推推阿財，用淫冶的鼻音，湊在他耳邊說：「小傢伙，你不妨野一野，明天就做大人了，我介紹你這個，正好跟你配對兒！」

「阿財，甭認真，」刀疤五說：「跟這些貨鬼混，本來就是：今晚送做堆，明晚變烏龜，流手賬上劃下一筆，好了多來幾趟，不好再換地方。」

阿財剛眨了眨眼，身旁的猴面張摟著一個肥肥白白的坐過那邊去了，他不知動了什麼樣的小手腳，弄得那女的咭咯咭咯的笑。猴面張那個位子，歪落下一隻圓圓的臀部，旗袍很短，叉口大張著，露出一塊斜斜的三角形的腿肉，同時，他嗅著一股刺鼻的劣質脂粉的濃香。

對面的刀疤五身邊那個披著白外衣，裏面穿著彷彿是黑色的低胸大圓領洋裝，襯出那一圈兒發光的羊脂白，半裸凸的乳線全很清楚。

泡沫在眼裏浮散著，幾只彩色的小燈沿牆走，總覺或高或低，一波一浪的升沉著，遠處是一片朦朧的黝黑，也在眼裏旋盪著，旋盪著，盪出一些風騷的小曲兒，突起的喋唇聲，女人的嬌罵和男人的嬉笑聲……這些都像是針刺一般的扎進阿財的心裏去，注給他一份新的欲望。

刀疤五把他那個低胸大圓領的摟在膝蓋上，上下其手像學著彈弄吉他，火在阿財的身體裏流漾起來。

「妳叫什麼？」他裝成滿不在乎的樣子，問他身邊的那個說。

「小紅啦。」那個說：「給你斟酒。」

阿財略略歪歪身體，把托起的手肘放在她的肩膀上，在昏暗的彩光裏打量著她。那女孩有一張圓圓的娃娃臉，扁平的但很富性感的嘴唇，小小圓圓的身體，漾出成熟的婦人的風韻，他把手掌勾過去，摸著她的頭髮，像幼年時撫弄貓咪同樣的舒坦，假如不喝那許多酒，多好！

小紅把斟來的酒送在他的唇邊，他搖搖頭。

「我剛喝了很多。」他打著酒呃說。

「啤酒，不要緊。」

「我已經醉了！」

「他騙妳，」刀疤五在對面說：「這樣敬酒，他嫌不夠親熱，妳像這樣——」他說著，含了一口酒吐進低胸大圓領那個的嘴裏，一面含糊的說：「這樣，他就肯喝了……不信妳試試看。」

小紅試了，阿財那口酒是半閉著眼睛嚥下去的。

早先他從會唱歌仔戲的小艷那兒，沾著一點點女人的葷腥，便開始有了更貪婪更貪婪的成年人的欲望，他曉得有許多女人是可以拿錢買到的，並不比買一副丸藥昂貴，像這種地方的女人就是，既是一種交易，就沒有什麼好顧忌的了！當他用被酒精控制住的膀子摟著小紅時，感覺卻有些混混沌沌的，甚至把對方揑疼了，還沒弄清自己究竟做了些什麼？

誰在另一個角落上爭吵起來，彼此用粗野的三字經互罵著，接著是摔瓶擲盞的聲音。

「幹娘吵什麼？」刀疤五額上的那條刀疤發赤，敢情是動了火性，也插上去煽煽火，打一場原本不相干的架了，幸好低領口還坐在他身上，他罵雖罵了一聲，嘴動身沒動，手還插在對方的衣領裏。

「少管那些屁事爲妙。」猴面張在另一邊的椅背上伸出頭來關照說：「你怕打死幾個，地上找不到吃飯的？你說對不對？阿財？」

「打傷了最好，」小郭說：「阿財明天有生意做，咱們有酒喝。」

兩幫人真的吼叫著，乒乒乓乓的打到門外的小巷裏去了。

「現在幾點了？」阿財迷裏迷糊的問了一聲。

「管他幾點，橫豎還早得很。」猴面張說：「鬧事的鬧出去了，咱們樂得清靜。……來，小紅，他有了酒意了，妳陪他到後面去睡一會兒。」

酒意像是一層層飛來繞去的雲，暖暖軟軟的，上面彌著，下面蓋著，只覺得那是一間只有四席大的小方屋，舖著幾塊榻榻米，有油腥味很濃的枕頭和被子，盛水的鋁盆，紙剪的半裸大美人和狹長的掛鏡，一排排鉤像是野人的牙齒……當小紅把他跟她的衣裳掛上去時，他就很噁心又很自然的成人了，然後他仰躺著，恁小紅用鋁盆洗去他的童貞。也不全是索然，只怪喝多了酒的緣故。

他想到小艷，假如是小艷，總比這個強些。

「快起來。」

「我要歇一會兒。」

「警察來了。」小紅說話的聲音有些惶急的擅抖。她一把抓走她自己的那份衣裳。

阿財陡然一驚，立刻翻身坐起來把衣裳胡亂穿好，趿著鞋子朝外跑，這才多大一會兒工夫？猴面張、刀疤五和小郭三個，連影子全見不著了！阿財再朝外跑，兩腿不由自主的打踉蹌，東歪西斜的，不是撞著椅子，就是碰上了桌腳，還沒到門口呢，後衣領教人揪住了。

「噯，賬還沒算呢，別光忙著溜。」

說：

「多少？」

「四百六。」那個說：「四瓶酒，小菜……」

阿財掏出一疊票子，數給對方，又恍惚多數了一張，轉身正想朝外跑，對方又扯著他說：

「不成，巷口閘住了，跟我來。」

那人領他到後屋，有座暗沉沉的閣樓，豎一支很窄的便梯，阿財見了梯子就朝上爬。

「打樓上窗子翻出去，爬過一道瓦溝，跳下去就成了。」那個叮囑時又開了一句玩笑說：「小傢伙，你喝多了酒，又透了氣，甭頭朝下下去，跌著吃飯的那一頭，那可真的涼快透了！」

酒醉腿軟的阿財無心再聽打趣他的話，他歪歪晃晃的爬上梯子，推開那邊一道小玻璃窗，窗外的天已經黑了，遠處的燈球碎落在潮溼的瓦面上，閃著水光，雨在落著，雨絲綿綿密密的，隨風掃在他的臉上。

他還是翻了出去，就聽見巷子裡有一陣急促的腳步聲，有人喊說：

「截住！截住，不要放走他們。」

阿財原想找個地方朝下跳的，他翻過幾道房脊，一陣噁心朝上湧，便只能蹲在那裡嘔吐，酒和食物混合了的嘔吐物，有一種連自己聞著也刺鼻的氣味。

也不知經過了多麼久，等阿財感覺到渾身冰冷時，他才發現自己仍蹲在瓦溝裏，靠著一面山牆，渾身上下被雨淋得透濕，胃裏也像被掏空了似的，興起一陣陣使人發虛的痙攣。

勉強撐持著跳下那座矮屋，那是靠著大水溝的後街，阿財瑟縮的沿著牆腳拐回原先那條巷子，看見還有好些人站在一處走廊下面，談論剛才的事情。

「打著打著就動了刀。」一個麵店的師傅，滿手還沾著白白的麵粉：「頭一刀扎在穿黑夾克的屁股上，那小子一面跑一面嚷救命，穿過我麵店的前門，出後門，把我一臉盆乾麵粉全踢翻了，他的血就滴在麵粉上面。」

「我在隔壁配鑰匙，抬頭看得很清楚，」瘦小的鎖匠說：「穿黑夾克的在前面跑，後面有三個人追他，每人一支彈簧刀。……我以爲他就那麼負傷跑了的，誰知那小子繞一圈兒又回頭了，手裏多了那柄大刀！」

「砍了？」

「沒砍警察會來嗎？」麵店的師傅說：「我一瞅不對勁，拔腳就去報警，等警察來後，三個裏頭有一個已經躺在血泊裏了，一個警察吹哨子，把兩頭巷子截住，抄查花茶室，行兇的那小子跑了，卻只捉住一個不相干的慣竊，聽說是姓郭的。」

阿財聽著心想：敢情是小郭餘案沒了，教警察叉了去，變成回鍋的油條。他沒有心思再去多想那些，身上太濕太冷，非得趕緊溜回家去換衣裳不可！他頂著雨，穿過這一片市場，還沒到家門口呢，有個聲音叫喚他說：

「阿財，你跑到哪兒去了?!」

他停住腳，發現來的是阿虎。

「我爹在不在？」他說。

「被警局傳去問話去了！」阿虎說：「你說老實話，阿財，門口這柄大刀，是不是你的那夥朋友拔了去的？……他們用它在後街花茶室門口殺了人了！」

阿財噤了一口吐沫，心朝下一沉。

「大刀上寫著字號，警局起先以為是你幹的。」

「見笑的事情，」阿財說：「我連雞全沒殺過，會去殺人？」

「瞧你渾身濕成什麼樣子！」阿虎說：「快回去把濕衣服換下來，跟我一道兒去警局看你爹去，光復早已跟著去了。」

事情搞得顛顛倒倒的，本來就灌酒灌糊塗了；穿黑夾克的那傢伙也真渾透，在花茶室那邊打架，竟會兜上一個大圈子，到這邊來拔刀，把那柄早已鈍了口的生鐵大關刀拿去砍殺了人?!幸好我沒穿黑夾克，要不然，也許真的會疑心到我頭上呢！揉麵師傅不是說過：那傢伙屁股上先捱了一錐子，我身上沒帶傷，誰也栽誣不了我是揮刀殺人的兇手；只是小郭運氣不好，碰巧遇上警察，教抓到局子裏去了。

大刀管阿牛去得快，回來得也快，阿財剛把衣裳換好，做爹的就由一位警官陪送回來了。

「幹娘現在這些小子，全像是屠戶配強盜女兒生的，——把人拿來當豬殺！簡直不是吃人飯長大的。」管阿牛那種粗喉嚨管兒一嚷就像打雷似的，充滿抱怨的意味：「像這回罷，害我跑腿不說，白白的貼上一把祖傳好幾代的大刀！」

「您息息氣，這是偶然遇上的事。」警官說。

「越想越窩囊！」管阿牛說：「那柄刀是我藥舖的招牌呀！那小子『借』刀殺人，可把我大刀號的招牌給砸了！他們進法院，拿我那把大刀呈堂作證，列爲兇器，就算日後能設法弄回來，我還能把它插在門口嗎？」

警官搔搔他帽簷下面的頭皮，笑著說：

「沒辦法的事情，阿牛哥，這批小傢伙成天甩著膀子沒事幹，成天窮泡彈子房、酒館和花茶室，一天能打八回架，管區警員也是人，總要吃飯睡覺，不能成日成夜總在伺候他們，好，略微疏疏神，事情就出來啦。像剛才那個，我們趕去時，他還有氣，抱他上三輪送醫院，——洗制服的錢還不是認倒楣，自掏腰包。」

「這太不成話！」

「你先坐下歇歇氣，等下還得麻煩您呢。」

「還麻煩什麼？這已經夠麻煩了！」大刀管阿牛煩惱的說：「祖上的傳家之寶，教人拿去當成殺人兇器，我的肚皮全氣炸啦。」

正好阿財跟著阿虎出來，站在光復旁邊，大刀管阿牛瞧著，帶著得意的神氣，跟那警官說：

「您瞧我這兩個兒子，還小著哪，哪一個像是揮刀砍人的?!……這邊這個老大，聯考的頭名，那邊，老二剛剛學手藝回來，正正經經的出攤子賣藥!你們誰看見我們那把大刀，就疑心到我兒子頭上來了?」

「沒有誰疑心。」警官說：「疑兇已經抓到啦!他砍倒了人，自己去外科醫院療傷，一路全留下血點子，我們很快就找到了他。」

「這好，」大刀管阿牛說：「這已經完事啦，還有什麼好麻煩我的?」

「剛剛我們來捉疑兇，正巧遇著一個慣竊，他出獄不久又做案，上頭通緝他，我們抓他時，他拒捕，一個警員摔下大水溝，把胯骨跌脫臼了!」警官說：「得麻煩您拿個藥箱子，去替他接骨。」

「這沒問題!」管阿牛精神一振，爽快的答應說：「我馬上收拾好，跟您一道去，我接骨，十拿九穩的。」

「也請您幫那個疑犯配點兒刀創藥，外敷內服的，都要一份兒，」警官苦笑說：「儘管他行兇殺了人，我們還得小心伺候他，怕他得了破傷風。」

「好罷，」管阿牛說：「這一回，算看您的面子，藥錢我也不要了，只當醫一條狗的。阿虎，替我準備藥箱子，我再去一趟。」

大刀管阿牛和警官走後，阿財跟光復回到後屋，光復扭開燈，在外間溫習他的功課，阿財卻和衣躺在臥室的床上，仰著臉，兀自發著呆。今天這一天做了什麼來著？騙爹說是出門拉班子，打算到遠地出攤子賣藥的，四個人拜把子，灌了那許多酒，最後進了花茶室，醉呼呼的，做夢似的荒唐過了！那女孩叫什麼名字？已經忘記了，只記得沿牆吊著一圈兒鬼眼般的彩燈泡，都像是小艷化妝過的眼……鈔票花了上千，換得的是一身潮溼、寒冷和疲倦。小郭如今該留在鐵檻裏過夜了罷？猴面張很不夠味兒，遇上急事，關照也不打一聲，拔腳就溜了，還談什麼共患難呢?!下回再碰著猴面張，看他拿什麼話說？

想著想著，他就這樣的和衣睡著了……。

阿財拉班子出去賣藥，開初只是說著玩笑話，後來就認真起來，他是個愛動的人，一向忙得閒不得，一閒下來就得跑撞球場，或是搖著膀子花錢，他跟猴面張那幾個歪鼻斜眼的傢伙交往，大刀管阿牛初時倒沒覺怎麼樣，日子久了，耳邊也聒著幾句閒話，動起氣來，把阿財叫到面前訓了一頓，跟他說：

「甭以爲你有本事會賺錢，就理直氣壯的常來跟我伸手?!交朋友，也得睜眼看看交的是什麼人？聽說你新交的那幾個，在警局全是榜上有名的，這種狗肉朋友，一張嘴就像沒底洞，你有多少錢填得滿它？」

「只不過在一塊兒打彈子認識的，」阿財說：「也沒有什麼交情！」

「錢我是不給了。」做爹的虎著臉說：「我看啦，你連彈子也不要再打了！」那聲音，完全有說了就算的意味，不再給阿財開口的機會。

從小就在做爹的巴掌上長大，阿財早把爹的那脾性摸得透透，他是個性急豪爽的人，平常不生氣也一樣開口罵人，生氣也像擦火柴一樣，一霎時光火，轉眼就熄了，阿財不反辯，恁由大刀管阿牛怎麼說，他就怎麼應聲，其實，他心裏朦朦朧朧的早就有了盤算。

人都說：人一老了，就會變得嘴碎，衝著小一輩，非要嘮叨幾句不可！阿財總歸抱著：你嘮叨你的，我幹我的心理，早先他對付老師，也是用這種法子。認真追究起來，不一定有什麼道理，這已經不算是存心如何如何的法子，而是自自然然的，包含著潛在反抗意識的老習慣，順應這習慣，會使他覺得快樂些。

其實，阿財跟猴面張和刀疤五的親密時期已經過去了。由於接連發生好幾宗大案子，警局不得不把全副精神集中到這塊地方來，猴面張臨走時，順手牽走了阿財那件心愛的夾克，當然包括夾克口袋裏的三百塊錢。

後來猴面張跟阿財來了一封信，裏面裝的不是錢，是那件夾克的當票。——他把它當在嘉義了。

「猴臉的傢伙，沒有一個是好的，他這樣做，太沒意思了，」刀疤五提起這件事，就有幾分義憤填膺的神情，把拳頭勒得緊緊的，砰砰敲著桌子，彷彿猴面張假如在眼前，他非要這樣對付他似的。「當票給我，阿財，我去替你贖去。」

「算了，暫時放著再說罷，怎麼好意思讓你跑這麼遠。」阿財說。

「不要緊。」刀疤五說：「這兒風頭緊，我正打算到嘉義那一帶去避一避，我贖了夾克，馬上替你寄回來，要是見著猴臉，我替你把錢也給要回來。」

「錢不用要了，能贖回夾克就成。」阿財把贖夾克的一百二十塊錢交給刀疤五。

「我這個人跟猴臉不一樣。」刀疤五說：「我是開門見山，向你借些路費錢，我想，有個一兩百塊錢也就夠用了。」

刀疤五這樣熱心，話又說得十分坦誠，阿財不得不硬著頭皮充了一次胖子，把賣藥時偷偷積起來的一點兒錢，分給刀疤五兩百塊。刀疤五走後，甭說沒寄回夾克，連明信片全沒寫過一張，比起猴面張來，似乎還差一皮，阿財對於他們，心已經冷了。

阿財早先跟陳阿四到東到西的跑過好些碼頭，心像長了翅膀，常常飛翔在那些記憶裏，又神秘又浪漫的生活，正是他渴切需要的，跟猴面張幾個混在一起時還不覺得，那一夥子各奔東西之後，寂寞就常咬囓著他的心，使他想起跑碼頭的那串日子。

人在外頭，生活是放任的，白天賣藥做戲給旁人看，到夜晚，跟小艷買票進戲院，去看哭哭啼啼的歌仔戲或者是某某掌中班演出的木偶戲，電光飛劍和效果鞭炮交替的出現著，拍巴掌的聲音，吹口哨的聲音，能把煙霧沉沉的小戲院給鬧翻。散場出來逛夜市，小艷總牽著他的手，把阿財當作小弟看，……她的手又軟又細又白，掌心帶著一點兒熱熱的潮溼，被她抓久了，自己手掌也會染上一股幽幽的脂粉香。

梭子蟹，四神湯，烤魷魚，痲油雞，當歸鴨麵線，夜市上多的是三塊五塊錢坐下來就吃的小攤子，無論吃什麼，總是小艷她花錢付賬，吃消夜倒不一定是怎樣的快活，快活就快活在那種無拘無束的放任上，逛到深夜回旅館呢，也沒誰管，絕不像逃警察那樣擔驚受怕，說大人的話，開猥褻的玩笑，好像都是被慫恿的，整個班子裏，沒有誰是扳起臉充正經的人，連阿四叔也不例外。

換地方，坐慢車，有時離開縱貫線到荒僻的小鄉鎮去，包人家送貨的三輪小貨車，男男女女擠在一起，夜晚歇在小到不能再小的小客棧裏，十多個人兩間房，男多女少，就把阿財分過去跟小艷睡。當初還臉紅忸怩呢，班子裏的大寶就說了：

「你是小孩子，怕什麼？小艷是過來人，她怕你這沒毛的精腚猴兒會來個窩裡反？」

反是沒反起來，滋味已經夠甜的了，這朝後就變成了習慣，沒有哪一種課本比小艷給他的更多，使他興起渴欲學得更多些的欲望，可惜不久她就離開賣藥的班子，回她的歌仔戲團裏去了，使他在回憶中都有饑餓的感覺，就像空著肚子吃點心，總覺嘴飽心不飽一樣。

比起那種能狂能野，有滋有味的日子，待在家裏可就透著煩膩了。

大刀管阿牛雖說很少管兒子，可是，濃眉下面那雙稜稜的老眼，仍有一份虎似的威風在，他的脾性火爆又帶著急躁，說出口的話，沒有轉圜的餘地，阿財很忌這個，即使他去彈子房打司諾克，也懷著半分怯懦，時時看鐘，怕回去晚了會捱罵，至於猴面張他們常去的那些地方，他去時總偷偷摸摸像做賊，儘管他後來也不過再找過小紅兩回而已。

假如到外地去賣藥，哪怕阿虎跟著呢，他不過是個夥計，阿虎笨頭笨腦的，哄他，那容易得很！如此這般，出遠門去賣藥的念頭，就一直在阿財的腦子裏嗡嗡的盤旋起來，尤其在做爹的教訓過他之後。

而出遠門賣藥的事，還是大刀管阿牛先提起的。

「我說，阿財，你上回要去請人，組班子賣藥去，拿的錢花了千把塊，怎麼沒下文了？」

「近時我又不大想出遠門了。」阿財以退爲進說：「我怕您信不過我和阿虎！……其實，人全請得差不多了，有兩個會唱的，我還預付了他們的錢，好幾百塊呢，她們倒是答允來，可要等到幾台戲做完，她們全是跟歌仔戲團先簽了合同的。」

「我最討厭年輕人蹲在家裏懶散了。」做爹的說：「想當年，我年輕的時刻，一個人還背著藥箱子走南到北呢，人的筋骨，越懶越鬆，你與其迷著打彈子，不如早點出去跑跑，多見世面，多添見識。」

「好罷，我想，您還是多備些藥，最多一個月，我把班子拉妥就動身。」阿財既把謊話說在前頭，就不得不支吾過去，趕急去想法子。

法子怎樣想呢？阿四叔也拉起賣藥班子到北部去了，除了他那邊，旁邊沒有幾個熟悉的人，小艷聽說在中部一帶做戲，沒有地方好找她，假如猴面張跟刀疤五不走，合成三個臭皮匠，也許能湊合出一些主意來，現在，別說那兩個騙走自己的夾克和錢，跑得沒了影兒，就連幹竊盜的小郭也不在眼前啦！

怕做爹的再催促，他有些恍惚起來。

「這幾天你幹嘛老發呆？阿財！」做哥哥的光復看著阿財沒精打彩，傍晚也不玩吉他了，就問說。

「想心事！」阿財說。

「你有什麼心事好想的？」

「嗨，你唸你的書罷！」阿財說：「爹要我拉班子出遠門去賣藥，我一時找不著妥當的人，尤其是女的，假如她會唱戲，口齒流利，那就太吃香，早教旁的班子拉角拉走了，這事，你幫不上忙的。」

「何必出遠門呢？你最近在鄰近鄉鎮賣藥，不是賣得還好嗎？」

「賣藥在家根，價錢抬不高。」阿財說：「賣的多，賺的少，得機會到遠處，光景就不同了，阿四叔他是這麼教我的，你不賣藥，不懂這些，跟你說也沒用。」

光復抬眼望望阿財，不再說什麼了，他從阿財的眼裏，看出一種新近才有的，自負的神氣，對這方面的事情，光復自認不如阿財，不過，阿財在談到賣藥的事，說的那些話，很有不把自己放在眼裏的意味，這樣，善意關心也許會變成討厭的囉嗦了，他這麼想著，就沉默下來。

阿財卻不介意光復想些什麼，他披起衣裳上街去蹓躂，出門穿過市場，背後有人拍了他的肩膀。

「嘜，不認得了，兄弟？」

「是小郭！」阿財轉臉看清來人，很熱呼的叫著說：「你出來得這麼快呀？」

「監獄裏的日子，一天抵上十年過，快嗎？」

「走，找個地方聊聊去。」阿財說。

「我還餓著肚子沒吃飯呢。」

「那我們就先去吃飯。」

一碗陽春麵和一大杯酒，把小郭看來很委頓的精神給提起來了，他說這回進去是第八次，照例蹲了三個月，毛病出在幾隻雞上。

「幹娘我走在霉運上，那幾隻雞，一共沒賣到三百塊錢，做三個月監獄我不怕，裏頭弄不到菸吸，熬癮的滋味可不好受。」

「你也太沒出息，怎麼老是偷雞？」

「我怕進去的時間太長。」小郭說：「偷雞摸狗，單幹，犯案的機會少，萬一送法院，沒什麼驚天動地的官司好打，吃幾個月鹽水泡飯就放人，要不然，監房裏擠不下那麼多的人。」

兩人離開小吃攤子，換個地方，小郭一見著女人，精神更足，身子可就更軟了。

「你出來多久了？」

「前天才出來，又回了老窩。」

「還打算再摸雞？」

「你說，我還能幹什麼，誰要我這七進七出的人？」小郭臉上浮著苦笑說：「也許我只是暫時出來透口氣兒，隔不了幾天，又要回籠。」

「猴面張和刀疤五全不在這兒了！」阿財說：「這兩位老兄，騙走我的夾克和幾百塊。」

「我說，小事情，您就忘記了罷。」

「忘記？我爲這事，挨了我爹一頓罵。」

「我知道，刀疤五跟我說了！」

「你見著刀疤五了？在哪兒？」

「當然是監獄嘍！……我出來前沒幾天，刀疤五剛剛進去，這回他的紕漏鬧大了，他替人當打手，喝了點兒酒，把人給揍錯了。」

「揍錯了？」阿財說：「這可見笑。」

「假如光是揍錯人還不要緊。」小郭說：「他把活的揍掉了一口氣，變成死的啦。毆人致死，十年八載有他蹲的，他又是個累犯，罪加一等。」

音樂在黝暗的彩燈燈色裏蹦蹦切切的喧鬧著，阿財閉上眼，刀疤五的形象仍在他眼簾上貼著；不久之前，他跟刀疤五對面坐在這兒，在那潮濕的雨夜，酒氣鼓湧著情慾，在人內心裏翻騰，轉眼之間，以好漢自居的刀疤五就關進那座高高的紅牆，和人群隔絕了……

小紅偎在他肩膀上，阿財忽然覺得興致索然，低領口的那個今晚陪的是小郭，不再是刀疤五啦，這倒像是一種很滑稽的遊戲，還是跟小郭聊聊罷。

「我說，小郭，你要不幹老行當，難道當真活不了嗎？進去出來，我看也沒什麼意思。」

「不幹活不了那是騙小孩的。」小郭說：「假如不狠心吃苦，替人扛包打雜也能過活，不過，幹這行幹慣了的，養成好吃懶做的習慣，要是不幹，不但手癢，連心也癢，賭，酒，女人，一樣都離不開，扛包打雜，哪兒弄錢來花？……為想過得舒服一點，我吃過的苦頭可多了。」

小郭的那本苦經，簡直就像是一片汪洋大海，話匣子一打開就說個沒完，他天生是個丑角型的人物，說起話來，眼睛鼻子自帶表情，他說的是當初吃苦的事情，不但逗得阿財發笑，連小紅和他身邊那個茶女都忍不住笑出聲來。

「這有什麼好笑的？」小郭說：「我幹這一行，從來不瞞著誰！有一回我去一戶人家要想釣魚，剛翻上牆頭，就捱了一獵槍，正打在我的小腿肚上，我是一路長爬爬回去的，第二天我去求醫，有個年輕小子在等著，他看我拐著腿，就說：『我猜你會來，鎮上就只這一家外科醫院！』……我知道他是我去的那一家主人的兒子，白著臉沒吭聲，他又說：『幸好我用的是鳥槍，不是打野貓的獵槍，這兒是兩百塊錢，我爹叫我送來給你治腿的。』說完話，他把兩百塊錢硬塞在我手裏，騎單車走掉了。你想，當時我是什麼滋味？——還不如把我送進局子裏好呢！」

從做案說到看守所和監獄，小郭的臉就長下來了。

「今晚在這兒，我不想談那個。」他說。

不過這種陰鬱的陰影，在他眉頭上只停留了一會兒，他又自己笑起來，問阿財說：「上回你說要拉班子去賣藥，事情怎樣了？」

「正在湊人。」阿財說：「你算一個，願意不願意？你是跑龍套的好材料。」

「你爹放心讓我去？……半路上手癢犯了事，不怕牽連上你們？」

「你那雙手能不能不癢呢？」

「吃飽肚子，也許它就不癢了。」

「我會讓你吃飽肚子。」阿財說：「我們先得說明，日後你可不能像猴面張和刀疤五那樣，一個耍，一個騙，我是真心想讓你換換口味的。」

「行！」小郭說：「我要是跑龍套不對胃口，我就辭掉這個事情，絕不連累你們。」

「我要走了，改天再到老地方去找你。」

「你行行好，留張票子給我。」

「幹嘛？」

小郭朝低領口的努努嘴：

「監獄裏單缺這種貨，我得壓壓火，算借也成，算預支薪水也成，隨便你。好歹你就成全我這一回，下不爲例就是了！」

「四個把兄弟，前兩個都騙了我。」阿財把一張票子捏在手裏抖了一抖說：「幹娘小郭，事不過三，輪到你，真算是最後一回了。」

「我是世人全騙，單單不願意騙你這個活財神。」小郭摟住低領口，把臉孔湊在領口邊緣聞嗅著，揮手說：「丟下票子，你先走罷，這兒沒有你的事了。」

阿財走出去，原想回家的，忽然他想到什麼，自言自語的說：「對了，我何不到她家去走走？」

連阿財自己也沒想到，怎會想起柯玉枝來的？如今他拉班子出遠門去賣藥，男的好找，女的難求，柯玉枝從小就是歌仔戲迷，歌又唱得很動聽，前些時，她媽送她到繩蓆廠去，又換到鳳梨工廠去做工，聽說手指都教鳳梨的酸汁浸爛了，做那種苦差事，一個月賺不了多少錢，還加上工頭藉名打會收款窮剋扣，要是她肯辭工，跟著班子出去賣藥，那該多好？

暗底下自以爲是過來人的阿財，早就對柯玉枝有好感，那時柯家米廠沒倒閉，柯玉枝肥肥白白的圓臉總朝這邊笑著，活像從滿天白白的米屑裏開出來的一朵白花，她渾身上下也都沾著米屑兒，上學時，總是光復替她撢。

如今，也不知怎麼地，一想到柯玉枝，阿財心裏牽的那條墨線，就禁不住的會朝斜處打！

有回在菜場看她低頭撿拾菜皮兒，臀部鼓凸凸的，褲子裏兩條腿有一種掩不住的豐滿均勻的曲線，自己長高了，她也長大了！有了小艷和小紅的經驗在，阿財看女人的眼光就自然而然的會透過衣裳；他欣賞柯玉枝，覺得她比誰都好。

柯玉枝要肯去賣藥，機會就歸自己獨有，再沒有光復的份兒了，雖說她對光復很好。阿財明知這念頭不太正經，但他總控制不住自己。他要有一個完全屬於他的女人，而不願常跟小紅在一道兒混下去，她只認得錢，不管是生張，或是熟魏。低領口就是個例子，小郭有一張票子，她就賣給他一夜，什麼刀疤五？她早就給忘乾淨了。

一路上，他爲這新奇的念頭興奮著，他希望重現早些時那種放任的日子……。

柯家還住在那條陰暗潮溼的巷子裏，他有很久沒來過了。小賣店的燈光還在亮著，由於電力不足，燈泡又髒，那半空裏垂吊著的燈頭，發出一圈害黃疸病似的光，照亮巷子對面一段生苔綠的牆基。

阿財走過來時，恐怕摸錯門，特意把那房子多望幾眼，不錯，地方就是這個老地方，門前水窪教一大堆煤球渣填平了，屋子更龍鍾些，多加了一支新的毛竹枒杖。

坐在小賣店裏的，估量著就是玉枝，她正彎著腰，把頭部埋在桌子的暗影裏，彷彿在摸索些什麼。單從花衫子的顏色和那截腰肢，他就判斷出那不是柯大嬸兒，中年婦人的腰肢，絕沒有這樣的纖細柔和。

假如柯大嬸兒在舖裏，他也許早就一腳跨進去了。玉枝小時雖說跟他很熟悉，成天裏在一淘兒，但一隔好幾年，彼此都長大了，反而透著生疏。

他走到窗口，不聲不響的靠在窗邊木柱上，朝裏面打量著。

門外堆著一只破竹簍，盛了許多甘蔗皮、甘蔗根，還有一排紫皮食用甘蔗在靠門處排列著；一群各式各類的蒼蠅，貪婪的麇集在竹簍邊，嗡嗡飛舞著，有一些似乎怯於寒夜，黑芝蔴般的黏落在垂懸的花線上取暖。

玉枝敢情下工回來不久，正用一只木盆盛了熱水在洗腳，兩隻白生生的腳浸在熱騰騰的淺水裏，彼此搓動，真像是兩隻新剝出來的糯米粽子。

阿財身體晃動一下，柯玉枝立即覺著了，她沒有抬頭，卻用習慣的對孩子說話的口吻說：

「愛買什麼？」

阿財不知該怎樣答話才好，便勉強擠出了一聲乾咳來，對方聽著聲音，吃驚的抬起頭來望著阿財，那張白臉倏然添了紅暈，一隻腳踏在另一隻腳背上，有些不知如何是好的樣子。

「不認識了？我是阿財。」

「哦，阿財！」玉枝立即變得親熱了：「你這麼晚怎會想起跑到這兒來？」

「大嬸不在？」他說。

「出去買東西，一會兒就回來。」她說：「你坐嘛，那邊長凳上坐。」

阿財轉進門，在沿牆一條被吃甘蔗的人坐得油光灼亮的長凳上坐下來，掏出一支菸來吸上，玉枝扯了一條毛巾，胡亂的擦著腳。

「妳有好久沒去我們家玩了。」阿財說：「我爹常提起妳，聽說妳做工很苦。」

「也沒什麼苦，就是忙一點。」玉枝說：「放工很晚，又要幫著看店，很想去看看管伯伯，只是沒時間去。你回家和阿亮去賣藥，生意好罷？」

「也沒有什麼好，就是跑來跑去忙一點，也早想來看大嬸，只是沒閒，——光復常來看妳？」

柯玉枝搖搖頭，想著什麼似的：

「最近沒來，他很忙，要準備考試了。」

她趁著說話的空子，站起身把木盆裏的洗腳水很快潑在門外的溝裏，回頭從布幔後面，取出一雙紅白相間的涼鞋換上，朝阿財笑說：

「呷茶?我替你倒來。」

「免了，別麻煩。」阿財伸手虛攔一攔說：「自家人，客氣什麼？」

玉枝扭著身子不肯，執意要替他倒杯茶，阿財虛攔的手就不客氣的落到玉枝的手背上，清涼柔潤的手背使阿財心裏一盪，就捉著不放說：

「妳坐下，我爹要我來找大嬸，有事商量，天很晚了，把事說定，我就得回去，妳不用倒茶，真的，我一點也不渴。」

玉枝抽回手去，仍有些不好意思，說：

「那就吃一截甘蔗罷，我來削皮。」

她的心是真純實在的，她跟光復和阿財早先是對門鄰居，童年在一塊兒長大玩大的，小學讀同一個學校，上學和放學，都是一路來一路去慣了，原就有一份自然親切的情感存在，何況她爹那場喪事，管家那樣熱心幫大忙，不單有鄰居的情分，還受了人家的大恩惠，母女倆心眼裏，根本沒把管家人當著外人看待，如今管家店舖雖已老了，正硬錚錚的撐持著，自家卻貧窮落破到這種光景，小賣店裏有什麼，都應該拿來招待阿財，要不然，心裏實在不安。

由於玉枝的堅持，阿財不再拒絕了，雖說心眼裏還真想再摸一次那清涼潤滑的手，他卻不願意在這種時刻，把他心裏的那一絲邪念流露出來。

她挑了一節最好的甘蔗，半轉過身子，用刀飛快的削著。阿財手癢雖強忍住了，兩眼卻不願閒著，趁玉枝低頭削甘蔗的機會，在她身上上上下下的溜了兩遍。……玉枝原就生得很出落，從她爹那兒傳得苗條的身材，她媽那兒傳得白淨的膚色和一身細嫩的皮肉，雖說衣裳略微破舊些，也掩不住她生成的麗質，尤其在昏暗的燈色和四周零亂寒傖的背景之下，更加顯出她嬌艷迷人的氣韻。

「在工廠一個月賺多少?」他嚼著甘蔗時，這樣的問話。

「沒一定。」她說：「有時多，有時少，看做的工多少算錢，差不多六七百塊的樣子。」

「錢不算多。」他說。

「補貼家用，也不少了。」她坐在一把變色的舊籐椅上，搓了搓手說：「我本來想去學洋裁的，隔壁簡月娥學洋裁，在後街開了一爿店子，一個月賺很多錢，月娥說，學洋裁有一年足夠了。……可惜現在抽不出時間。」

「現在做裁縫也太苦。」阿財說：「衣裳總是趕不完，三更半夜，還在那兒細針細線的傷眼睛，那種錢啦，也不是好賺的。」

「人不苦，不成人。」玉枝微嘆著說：「哪樣錢都不好賺，我吃苦不要緊，能把這個家維持住，就好了!」

「像我賣藥就輕鬆得多了。」阿財把話帶到本題上來：「有時出遠門，到北部去賣藥，那可真夠愜意，——吃有吃的，玩有玩的，錢也有得賺的。」

「你是你呀，我總不能，也不會去賣藥。」玉枝說。

「有什麼不能?」他輕佻的說：「怕拋頭露面?妳們出去做工，把手也包著，頭也紮著，怕皮膚弄粗弄黑，不好看，可沒見賣藥的女人戴斗笠的。」

玉枝沒答話，臉紅紅的瞟了他一眼。

在她心眼兒裏，原把阿財當作孩子看，早幾年，阿財還沒出門學生意的當口，遠不及光復成熟，活生生一隻野猴子，沒有一點大人味道。轉眼之間，她發覺今天的阿財不再是早先的阿財了，他不但身體長得高大壯碩，說起話來，也跟早先完全不一樣啦。

「妳知道我今晚爲什麼事來的？」

「不知道。」玉枝說。

阿財咬著甘蔗。

「想請妳出去賣藥。」他把話頓住，朝她望著。

「亂講，我根本不會賣藥，你騙人的。」

「要是真的，妳願不願意去？」

「我不懂那個。」玉枝執持著。

「不懂怕什麼？當初我也不懂，什麼事情，一學就會了！——妳做鳳梨工，不也是慢慢學的嗎？」

「女人去賣藥，會給人笑，做鳳梨工不會。」玉枝彷彿抓住了理由，堅持說。

「誰笑？」阿財說：「現在跟早幾年又不一樣啦！甭說賣藥，賣什麼東西都少不了女人，妳沒到大街上去看看，那些從大城裏開下來的車子，賣肥皂的，賣煤油爐的，賣洗衣粉、洗髮精的，都不是小姑娘？打鼓、吹喇叭，挨家逐戶散紙條子，她們一個月賺的錢，比做鳳梨工卡多啦！有很多不會唱歌的，不會講話的，想去，人家還不要呢！這可不是假的罷？」

聽了阿財這番話，玉枝真的有些心動了。她憐惜的伸伸自己那雙手，雖然剛剛洗過了，仍洗不脫那股發酵的鳳梨汁的酸味，她還算是新進廠的女工，手和腳濺著鳳梨汁，只是有些醃得疼，還沒有潰爛生瘡，可是很多她熟悉的老女工，手是粗糙的，破爛的，手掌上起的不是繭，而是一條一條的裂紋，做鳳梨工做久了，整個手掌都會變硬，浮了一層硬殼似的老皮。

她並不怨苦，但也是在不得已時才去做工的，要是有時間，她願意學洋裁，或是到百貨公司去當店員什麼的，在她感覺裏，那比進廠做工要好得多，她原沒指望長年累月的做工。

人家能做的事，爲什麼我不能做呢？儘管她總覺賣藥啊，推銷物品啊，那些事情似乎不怎麼好似的，其實也不是不好，而是自己沒試過，有些怕羞和不習慣。

「真的，玉枝，這是我爹讓我出來的。」阿財瞇瞇眼說：「我們打算拉起一個賣藥的班子，出遠門，到東部、北部各地方去賣藥。班子裏少不了要有女的，唱唱歌，唱唱戲……很好玩的。」

「嗯，我很害怕，我才不敢。」

「有老虎會吃掉妳？」他問。

他說這話時，心裏有一隻虎在蹲踞著，她當然不知道。有時候，一個初初邁向成年的男人的邪慾，比真的老虎還要兇猛得多。他卻知道這一點，他馴不住心裏的那隻虎，從她的話音兒聽出，玉枝已經軟化了，只要她本人肯去賣藥，她媽總是好說話的。

「不是啦，」玉枝說：「我從沒離開家，一個人到外面去過，再說，我也沒學過唱戲，只記得一段半段的，怎能唱得出來？」

「妳要弄清楚，這不是戲班子，靠唱戲吃飯的，這只是賣藥，拉拉彈彈，唱唱鬧鬧，無非是弄得熱鬧點兒，讓人聚攏來才好賣藥。妳管那麼多，只要能開得口，就成了！」阿財說：「我們一道兒出門，怎樣也不會把妳丟掉，讓妳摸迷路，找不到回家，怕什麼？」

「班子裏有沒有旁的女的？」

「正在找。」阿財說：「妳要是有朋友，能唱的，跟妳一道兒去也行，有人做伴，那不是更方便？」

「那，你先跟我媽說說看，看她答應不答應？」

「沒問題，」阿財胸有成竹的說：「只要妳肯點頭，柯大嬸兒她一定會答允的，一個月我們給一千三，比妳做工多加一倍錢，她不高興才怪呢！」

柯大嬸兒回家很晚，看到阿財坐在店裏，跟玉枝兩個談話很熱絡，還以為是誰呢？玉枝要不是先跟她說明，她簡直認不出那就是管家的老二阿財來了！阿財開門見山，把來意一五一十的說明白，又說：

「其實，這全是我爹的意思，他總覺得玉枝做鳳梨工太辛苦，一個月賺不了多少錢，要她學著出去賣藥，自家人不好提錢，一個月一千三，日後生意好了再加，玉枝她願意去，問妳答應不答應？」

柯大嬸是個忠厚的人，甭說一千三的月薪高出她希望之外，單衝著阿財他媽死前給她們的恩惠，她也沒有不答應的，何況在心裏，早就認定玉枝是將來管家媳婦，不比陌生人使她放不下心，當下她一口就答應了，不過她又問了阿財一些枝節上的事情，譬如出門要多久？要去哪些地方？有沒有女伴跟她家玉枝一道兒？……等等的，阿財都給她答覆了。

「玉枝，妳要有朋友跟妳一道兒去，妳就問問看，再告訴我。」他說：「時間越快越好，班子齊了，我們才好準備動身。」

「好。」玉枝興奮的說：「明天我就去問。」

「那我明晚再來聽妳回話。」阿財站起來說：「天很晚了，我得趕回去跟我爹說去。」

「好好走啊！」

他走進黑黑的巷子裏，耳邊仍留著柯家母女倆關心懇切的叮嚀……。

班子很順當的拉齊了，膏丸藥散也裝了箱。

大刀管阿牛粗豪野氣的性格，並沒因爲年紀逐漸老了改變什麼，他信得過阿財，便把整個跑碼頭闖天下的擔子，一股腦兒卸給兒子，一切由阿財做主張羅去。這一回，阿財的班子裏，連他自己算在內，一共有六個人，小老闆阿財，舖裏的老夥計阿虎，發誓說他手不癢的小郭，由小郭介紹來的粗工黃嘴闊，外號叫闊嘴的中年男人，柯玉枝和簡月娥的妹妹秀娥，——也就是說，除了他跟阿虎之外，其餘四個對於走江湖賣野藥都是外行。

「阿財呀，你用這幾個能賣藥嗎？」直到臨走，大刀管阿牛才點了那麼一句。

「您放心，木頭人跟著我都會賣藥。」

做爹的用他的大巴掌，在兒子肩膀上重重的拍了一下，笑著罵說：

「跟你老子也要吹牛?!」

「這可不是吹牛啦！」阿財套著他爹的耳朵，低低的說了一番話，說得管阿牛不住的點頭。真箇兒的，兒子的算盤很精，小郭、闊嘴，只供飯食和兩百塊零用金，秀娥一個月才五百五十塊錢，三個人攏總花不到一個人的薪水；玉枝雖說薪水高了些，她卻不是外人，阿財他能在這些事上精打細算，想必有辦法掌得住這個班子；再說，南部的雨季快要到了，陰雨連綿，能有幾個月不開天，在家閒著也是閒著，沒有地方好打場子賣藥，他這次出門，可正是時候。

阿財這回出去跑碼頭，並沒走西線沿途北上，卻先沿著濱海的小鎮和村落，斜向東南，一直到島的南端，然後回頭繞個小圈，通過南迴路到東部去打轉，在那邊看看藥品銷售的情形怎樣?寫信回來補充藥品，最後才到北部去，沿西線賣著回來。

爲著這個計算，阿虎跟他爭執說：

「阿財，你這麼走法，可不好！」

「有什麼不好？」阿財說：「我全都想過了。」

「海邊和東部荒得很。」阿虎說：「打總數，稀稀落落的也數不出幾個人頭，俗說：人多好賣藥，你把膏丸丹散賣給那些大石頭嗎？」

「這你就不懂了。」阿財說：「你沒仔細想想，若講人多，大城裏的卡多呢，你去賣賣試試，看誰肯買你藥?!如今三步一個診所，兩步一個藥房，頭疼買散利痛、尼散路，生瘡買撒隆巴斯，感冒買感冒靈、風邪斯巴，熬夜打牌買克勞酸……人多沒錢給你賺，只有東部鄉下人，越是土，越相信膏丸丹散，藥班子下去，他們即使沒病，也會掏錢買點兒，塞在牆洞裏防備著……。」

「照你這樣說，西部就甭賣藥囉?!」

「誰說不賣來？」阿財說：「我們這個班子，除了我們兄弟倆，那四個全是外行。咱們先走小村鎮，讓他們練練膽量，等到把一套賣藥的玩意兒練熟了，再到西部較大的地方走走，大地方講究花巧，除了吹法螺賣嘴皮兒，還得用熱鬧取勝，洋氣地方，照樣有土佬，攫著一個就算一個。」

阿財跟陳阿四那兩年，跑過大碼頭，說起話來頭頭是道，阿虎那種不大會拐彎兒的腦筋，跟著他轉都轉不過來，莫說是抬槓了！

事實上，阿財決定先走海濱小村鎮，再繞道去東部，除了他說出口的道理之外，心裏還有著另一把算盤；第一，他先前受過猴面張和刀疤五的騙，使他不敢再信任嘴頭上發過誓的小郭和小郭拉來的闊嘴，西部是個容易花錢的地方，班子裏一個月兩百塊的零用金，不夠小郭塞牙縫的，一到沒錢花的時辰，他的手不癢，鬼才相信?!目前他自己有爿現成的老藥舖，不愁賺不著錢，吃喝玩樂跟小郭走一條路，可以，卻不願爲他擔風險、受牽連，由此跟著警局夾纏不清的打上惡交道。

其次就該輪到那兩個女孩了。

實在很難弄明白，爲什麼自己會對正經的女孩子有那麼大的興趣？他坐在車上，睡在床上，喊著賣藥或是彈著吉他，玉枝和秀娥的衣裳，就會被一種饑渴的慾望撕成不關緊要的碎片，紛紛紛紛的，落進不相干的黑空裏去，只落下兩個裸裎的軀體，白白的，像市場上一家羊肉館子裏懸掛著的、刮過毛的白羊，恁他在如意的摹想中爲所欲爲……有時候，他也曾試圖把那兩個影子換成妖冶的小艷，和茶室裏的小紅，說也奇怪，一換成她們，那種摹想中的嬌羞和神秘的味道，就像走了氣的啤酒，味道就不再是那麼一回事了。

他奇怪世界上竟有愛情這種空洞的字眼兒?有一夜，他跟連床的光復談著這個，光復硬說有，他卻沒曾經歷過，他心裏有的，只是熱得炙人的慾望，——那是一開始就由小艷傳給他的。

照理說，無論在什麼地方，花錢就能買得到女人，他並沒大明大白的去交易過，猴面張、刀疤五和小郭趁他醉時，也拖他蹚過渾水，使他多了一回經驗，說新奇罷，也沒什麼新奇，說滋味罷，實在也談不上滋味，總之，酒後跟小紅的那一回使他想來有些憎嫌。

儘管那次經驗並不怎麼愉快，卻阻抑不住他對某些正經女孩子恣意摹想的慾望，最先他把腦筋動在柯玉枝頭上，等到簡秀娥來了，他覺得秀娥倒也不壞……一張圓圓大大的銀盤臉，眉是粗的，眼是大的，令人特別中意的是她胸脯上高高聳起的那兩團活肉，和簡直要迸炸了褲子的沉重渾圓的肥臀，那裏面裏藏著彷彿取之不盡用之不竭的青春……。

當然，欲把秀娥跟玉枝比在一起，她要粗俗些，鄉氣些，小腿的曲線差，還生了很多紅豆似的斑點，鼻梁不挺，鼻翅略嫌扁大，缺乏一種秀氣的美，可是，她是貨真價實那一型的人，應該別有味道。

阿財不懂得魚與熊掌的形容，而這兩塊肉都是他渴欲啖食的，他想過，東部和濱海地區荒涼冷僻些，出攤子賣藥不會太奔忙，他必得要抽出充足的空閒和她們一起盤桓，一個一個的捕食她們，來餵飽他心裏那份餓和渴的感覺。……在貓攫獲鼠子時，總要拖到暗角裏去，消消停停的啖食，也許就是這個道理。

賣藥的班子是搭乘客運車走的，幾個小時後，他們就到達了一個濱海的漁村。

「要在這兒出攤子嗎？」阿虎說：「看不見人影呢！沒有人，怎麼賣藥？」

「你越變越外行了，阿虎哥，」阿財說：「沒瞧瞧天是什麼時辰嗎？」

「快傍午啊！」

「是了，」阿財指著防風林外面碎著陽光的大海說：「天氣這麼晴朗，漁船、竹筏，全都出海打漁去啦，這兒是漁村，白天沒人留在屋裏，我們做夜晚的生意。」

「噢，這樣的，」阿虎說：「那麼，女人和小孩也不在屋？」

「當然，」阿財說：「女人去海邊拖大網，分魚去了，也有去晾網捕網的，小孩去礁石洞穴邊釣海參，有的去捉蟹子，很少有人在白天閒著，你甭看這兒荒涼，它卻是賣藥的好地方，早先我來過兩回了。」

「原來是你跑慣的熟碼頭。」

「你講罷，什麼地方我不熟？打這兒直到鵝鑾鼻，拐回頭，車城、五重溪、牡丹鄉一直到大武，哪個村上有些什麼樣的病人，我都記得很清楚！」阿財誇口說：「我是在這一帶跑出來的，說起阿財這兩個字，知道的人真還不在少數呢！」

「好了，小老闆，」闊嘴說：「現在不出攤子，該去哪兒啊？」

「總不成讓你們在路上站著，」阿財說：「把藥箱擔上，跟我來罷。」

五月裏的天氣暖洋洋的，頭頂上的天透著奇異的湛藍色，亮白的雲朵很高，雲隙間的藍空，像一口一口神秘的深井，這種晴和天色下的濱海漁村顯出一股新鮮野氣的美，使這一行人除了阿財之外都興奮起來。

一隻蒼鷹在海灣那一帶的高空打著盤旋，清清闊闊的一條溪河，沿著村北流進海灣去，溪河兩岸是青翠欲滴的尤加利的林子，偶然在林尖拔出一叢嫩竹的竹梢，林外是狹長的平野，密密的種植著一片長長的通草（即編蓆用的燈芯草），經陽光照射，蒸發出一股特殊濃郁的草香，他們橫跨過溪河上的青石小橋，進入那片看來散亂的漁村。這座漁村，實際上是五六個村落牽結起來的，約莫有三四百戶人家，只是由於一層一層防風林、土坡，和貝殼牆的遮擋，和大海無邊遼闊的背景襯映，使人在感覺上以爲它荒涼狹小罷了。

沿著樹林朝裏走，林葉被太陽光射透了，發散出一種奇異特明的亮綠，油似的，這裏那裏流溢著，染綠了地面，也染綠了人的臉和人的衣衫；樹下面的地上，被人灑水打掃過，乾乾淨淨的，好像用水沖洗過一樣。不但地面如此，連每一株樹的樹身，都被人手汗磨得光光滑滑的，顯出不尋常的光澤來。有些樹下，還鋪著許多由大張蕉葉疊成的涼舖，或者是新編成的涼蓆，陽光的金鵝蛋，大大小小的遍地滾動著。

「這是歇涼的好地方！」玉枝讚嘆的說：「夏天歇在林裏，可風涼啦。」

「海邊沒有蚊蟲，」阿財說：「就是有，也教海風吹跑了，這兒的人，熱天都在樹林裏歇午和歇夜，彈琴唱歌，夜晚漁船回來，可熱鬧啦。」

「嗨，比火車站的躺椅舒服得多，」小郭感慨的說：「一聽皮鞋響，就他媽以爲是警察來了，那可比蚊蟲叮幾口更難受。」

阿財領著他們穿過幾道樹林和一些林間的草屋，到達一個「丁」字形的街口，那是這一帶漁村當中最熱鬧的地方，模樣有幾分像是街，大體上還保持著村落的風味，在那三面通達的短街中央，有一個很寬大的圓環，正中是一口淡水井，兩旁有石塊砌成的半月形的石壇，壇上生長著兩株盤曲多鬚的老榕樹，拱衛著一座新近修整過的小廟宇，那邊有一排鋼筋水泥平頂二樓，大約有五六家店舖，賣雜貨的、賣菸酒和代辦郵政的店子，也有一兩家吃食店，用濃烈的油煙習慣的把新房子染上一層灰黃色，好像不那樣不像吃食店似的。

阿財先去小廟裏買把香燭燒了，塞給那廟祝兩張拾塊的票子，說是要借宿，老廟祝就高高興興的帶他們到廟後一間土屋去。土屋一大間，靠著屋後的土屋小窗，有一張洗抹得很乾淨的大木榻，鋪著新的草蓆。

「先把箱子行李放妥，舀水洗把臉，我們就去吃飯去。」阿財說：「肚子早就嚷叫了。」

「老天，」秀娥望望那木榻說：「只一間屋，晚上怎麼睡呀，我跟玉枝……不方便。」

「妳喜歡打滾？」阿財說：「早先我們藥班子八個人，五男三女，中間隔塊布，兩邊都還睡得寬寬的，小地方，只好馬虎些兒，這不是在家。」

「我可不慣，——玉枝妳呢？」秀娥漲紅臉說。

「跟妳開玩笑啦。」阿財說：「現在是熱天，樹底下拖張涼蓆一躺就是一夜，誰稀罕跟妳擠？外頭風大，更涼爽呢。」

「我到海灘上睏竹筏去。」小郭說：「我橫豎是露宿慣了的。」

「好了，這張大木榻，讓妳們兩人打滾，該夠了！」阿財這樣一說，連玉枝都覺得不好意思，臉也變紅了。

海邊的吃食店沒有什麼好東西，蝦圓米粉油麵，吃了再添，小郭有酒癮，自掏腰包獨飲了半瓶米酒。

「阿虎哥，吃了午飯沒事情，你最好帶小郭和闊嘴兩個去海邊，教教他們打場子，江湖話出口，至少要像是賣藥的，我拿著吉他，找村外沒人的地方，跟玉枝秀娥她們合一合歌，唱也要唱得像個賣藥的。」

心裏那念頭不死，人自然就變成機靈了，輕描淡寫幾句話，就把那三個男人給支使開啦，提著吉他袋子，迎著海風，腳踏軟軟的白沙朝遠處的防風林那邊走，玉枝和秀娥一路嘻嘻哈哈的笑語著，這哪兒像是賣藥？倒有幾分像到海濱來度假呢！

「阿財啦，我說，今晚上當真就要我們唱歌做戲？」玉枝有些怯怯的說。

「妳還在害怕？」

「是啦，當著許多生人，我怕唱不開口呢。」

「所以我帶了吉他來，要先練一練。」

「我也不敢唱，一抓住麥克風，渾身都會打抖。」秀娥說：「我是來替玉枝做伴的呀！」

「嗨呀，妳們這兩個小姐，真難伺候，這個也害怕，那個也不敢，我還拉什麼班子？賣什麼藥？」阿財說：「小地方，只要妳們捏尖喉嚨一叫，人就圍攏來啦，誰還挑剔妳唱得好不好？渾身打抖，自帶顫音，那才更好聽呢！」他說著，很自然的用手攬了秀娥一把，表示出鼓勵和關切的樣子，秀娥沒有一點卻拒，從她單薄衫子那邊富有彈性的緊密肌肉反應上，他敏銳的覺察得出來，正因爲如此，他只略攬一攬就鬆開了，他不願意在最初就表示出他內心那種猛烈的貪婪，那會使這兩個女孩驚駭的。

「阿……阿財，不，我該叫你小老闆的，」秀娥說：「我能跟著玉枝叫你嗎？」

「有什麼不能？妳不是已經叫了嗎？」

經阿財這麼一逗，兩個女孩都咯咯的嬌笑起來，防風林那邊，波湧的大海白灼灼的，一片碎銀似的陽光，亮得有些刺眼，海風很暢，但很溫和，因此，海濤的聲音也很徐緩平和，有些夢沉沉的。那邊的沙岸上，晾著些破舊的魚網，有一條上架的小漁船橫在那裏，但寂寂無人。

空氣清新，使人肺葉舒暢，無怪眼前的大海那樣深深的呼吸著，吐出一股彷彿積鬱已久的，濃烈的鹽腥。阿財記起當初他逃學，離開暗沉沉的教室到田野上去，領略陽光和滿眼空曠時的那種近乎激奮的快樂。

「這邊來罷。」他說。

傘花落了，他帶著兩個女孩拐進林子，離開那片暑熱蒸人的沙灘，風就變得涼爽起來，吐氣似的翻弄著尤加利樹肥厚渾圓的碧色葉掌，發出窸窸窣窣的聲音。阿財倚住一棵樹，交疊起腿來，取出他的吉他，試著撥弄，兩眼卻瞄在他的兩個獵物的身上。

爹賣藥賣了大半輩子，日子過得慘淡，一點兒也不像現今那些賣藥的，想到那暗沉沉的，地穴般的老舖面和許多亂草般堆積的陳年草藥捆兒，想到那種劣質的老米酒和那些被手汗浸得冒油的棋子，阿財就不由不替老去的大刀管阿牛抱屈，——把天下的人都給救了又怎樣？誰抱定濟世活人，將本求利的朽木板，誰就命定要在滔滔人海裏淹死！如今賣藥人，哪個不是花樣翻新，偷天換日，各處關係做做，酒家茶室裏熱鬧，東沾西惹，娶上兩三房，沒幾年，高樓就蓋了，地皮就買了，我阿財可不願意活了旁人卻霉了自己！

這一趟出門跑道兒，可說是試煉試煉，玉枝和秀娥確是兩塊好材料，自己這份私心，跟賣藥闖天下完全是兩碼子事，必得先把它分開，目前得把她們捏塑成出色的賣藥人，到後來圖個二合一。

他的喉管爲自己這樣的慾望騰跳著。

輪到兩個女孩試著唱歌的時候，阿財發現到這兩人都有些毛病，玉枝面對著他插在地上權當麥克風的樹枝，渾身顯得呆板僵硬，好像在學校參加音樂比賽那樣的緊張，喉嚨裏擠出的聲音，又低、又細、又稚怯，斷斷續續的連不成腔調，這種緊而淡的毛病，是一般初出道的女孩子最易犯的，尤其是玉枝這種個性文靜，臉皮又薄的人，更會這樣了。

「妳好不好放得鬆活一點？玉枝。」

「不行，我說過我會害怕的。」她噓了口氣，問說：「你說，我該當怎樣鬆活呀？」

「身子要扭動，像這樣！」

阿財一面撥弄著吉他，一面順隨著音樂的節拍，踏起蹈舞式的碎步說：

「妳沒見過小艷賣藥，她唱歌的時候，能把身子扭成好幾截，活像一條蛇。」

「扭得好才會像一條蛇，」玉枝爲難的說：「要我像這樣蹦蹦跳跳的，只怕不像蛇，倒像是山裏的猴子了。我想想，還是去做鳳梨工比較好些。」

「哪裏話?!妳只要不怕就行了！」

「能不怕嗎？」她紅著臉笑笑；「我唱歌的時候，這些樹葉子，都像人眼似的望著我，真的要有那麼多人，把我圍在場子中間，我怕開口沒唱出歌來，已經怕得哭起來了！」

阿財心裏明白，玉枝說的是真話，像這種樣的女孩子，跟著班子出來賣藥，至少也要三四個月時間的歷練。他不能操之過急，逼狠了，她真的會再跑回去做工或是看守小店舖的。

「好罷，」他搔搔頭髮說：「我們選著這一帶沒人的地方，慢慢的練，練多了，膽子就慢慢的變大了，不信，這一回妳再選支妳平時哼熟了的歌來試試看，包管比頭一回唱得好些。」

「我得定定心，」她用手掌揉著胸口說：「我的心也不知怎的，跳得這樣厲害。」

臨到秀娥，緊張雖是緊張，但這個半生不熟的小裁縫比較玉枝要放得開些，她選唱一支熱情冶蕩的流行曲子，正因爲曲子古老，所以鄉野上的人們都熟悉它，那支桃花過渡又被他用吉他撥響了。

秀娥確是放得開的，由於擺不脫內心那份無法控制的緊張，她又放得太過火了，她微顯肥厚的軀體，不合節拍的誇張扯動著，既不像蛇，又不像猴，倒使阿財想起有一回全縣豬隻比賽時，在熱鬧的鑼鼓聲中，被趕到場中亮相的肥豬，他擔心有某些抖抖活活的肥肉，會從秀娥的身上扯掉下來，她這碩大而富彈性的雙乳，直能迸裂裙子的渾圓肥臀，毫無章法的一頓亂彈亂抖，比那邊波濤洶湧的大海還要那個什麼，她微顯肥厚但卻肉感的唇間，吐出磁性的，啞啞的聲音，也抖動得若連若續，該高的地方唱低了，該低的地方偏又鬼掐似的冒出尖音來。

阿財不知該怎樣糾正她？他懂得的肉感是小艷的那種肉感，——有肥有瘦的。而秀娥具有的肉感，真的是全肥無瘦，而且肥得朝外冒油，從這支歌裏，他能用感覺聞嗅著一股撲鼻的油香。

「我唱得很不好，是不是？」

「還好，還好。」阿財說：「妳的腳要這樣，嗯，對了，這樣一前一後的站著，腰要這樣微微的扭，步子要這樣碎碎的踏，嗯，這樣，對了！」

太肥的肉感雖很油膩，卻很宜於淺嘗，像秀娥這種年紀的一隻活肉罈子，即使唱得肉麻，扭得誇張，甚至有幾分耍寶似的丑角意味，那些平素愛吃肥肥白斬肉的鄉下人，一樣會喊啞喉嚨，大聲喝采，拍紅兩隻巴掌的。

當然，假如把玉枝的清淡跟秀娥的濃膩調和一下，那就更沒話說了！

濃濃的大海的鹽腥味，軟悠悠的海岸的和風，始終撩動著他緩緩上升的慾火，他勉強用吉他把那種屬於慾情的火燄彈撥出來，只是在糾正她們的動作時，略略的舉手拍捏她們，而且是有意無意的樣子，使兩個女孩根本不覺著什麼。

他相信他的指尖反應是敏銳的，玉枝比較緊張而羞澀，對於手臂、腰肢和任何一部分皮膚的隔衣接觸，都有著本能的退縮和自然的拒卻感；秀娥卻木訥得多，彷彿對自己滿親熱的，並不太在乎印落在她微微汗濕的衣裳外的手指，雖說她也有點不能算是抗拒的忸怩。

釣上她，要比玉枝容易得多。

他想。

大刀號的藥班子在這濱海漁村裏推銷藥品是成功的。阿財懂得這些鄉下人的生活和心理，很容易的鼓動如簧舌尖，以大刀管阿牛辛辛苦苦搓製的丸藥，熬煉的丹散，誘使那些一向刻苦的村民們取出箱底的錢財。

藥雖不是假藥，宣傳未免誇張得離了譜，這是阿財慣用的老手法，他覺得對付鄉下人，他這種手法遠比他爹的膏丸丹散更靈驗。

兩個女孩子雖然仍像預料中的那樣生嫩，但總是硬起頭皮出場亮了相，每人只唱了一支歌，場外居然爲擠著佔位置打起架來，在那些人的眼裏，城鎮上來的少受風吹日曬的女孩子，都是白嫩新鮮，可以飽飽眼福的。

他在這座互相連結的漁村上留了四天，每天上午，都帶著兩個女孩到海邊去練唱，很快的，他就跟她們廝混得熟悉到可以隨便牽手的程度了！而他內心的慾望和需求並不是這樣單純、這樣緩慢的，臨離開這漁村的最後一晚上，他跟小郭兩個跑去大喝紅露酒，小郭提議他到另一個地方去玩玩。

「我曉得，你這傢伙老實不久的。」他說。

「咱們甭談一拜兄弟了！」小郭擠著眼說：「如今你是老闆，賺著了錢，應該請請我這樣的夥計，……你放心，我絕不會跟誰去亂講的。」

他懂得小郭所指的那個地方，——一所坐落在漁村近緣的草寮形的矮屋，事實上，即使在最荒涼的濱海地段，這些廉價的春市仍然從城鎮裏蔓延過來，就像電器推銷商、日用品推銷商那樣無孔不入，把農村和漁村當成吸取鈔票的地方，所差的只是分期付款罷了。

「值得去逛嗎？那種污髒的地方？」

「可是它便宜啊！」小郭說：「酒菜便宜，女人比酒菜更便宜得多。」

「便宜沒好貨。」他旋動著手裏的酒杯。

「沒一定，我們去逛逛才會知道。」

阿財的眼前浮起玉枝和秀娥的影子，這幾天，兩個女孩把他弄得有些煩躁了，亟需要點兒開門見山的真實；跟小郭這號人相處，總得讓他沾些油水，把他冷在一邊清淡狠了，他難免不犯手癢的老毛病。

「逛就逛逛去。」他說：「你帶路好了。」

小郭在這方面是識途老馬，兩人在路上，他帶著幾分酒意，跟阿財談起他津津樂道的當年來，說是賊跟娼妓不分家，這些年來，他除了進監獄，夜晚就都在妓院裏落宿，——除了實在沒錢的時候。

「那些地方全他媽成了我的戶籍所在了！」他說話時，一直歇斯底里的笑著，直到他嗆咳出眼淚來：「每回進監，都說什麼重新做人，活見鬼，前科一有案，做工都沒人請我去做，我拿什麼填肚皮？喝風嗎？……人一放蕩慣了，說什麼也改不了，除非有碗飽飯吃，有個家。」

「你全在講鬼話，」阿財說：「難道在監裏，你沒學過點兒什麼？我是說，正正經經混飯吃的手藝。」

「有啊！」小郭說：「籐工、木工，我學不會，心也沒在那上頭。自己沒本錢，別人又不請，總而言之一句老話，前科一有案，嘿嘿，你就命定陷下去了！……不過這回遇上你阿財，我真改了主意了。」

「學著跑碼頭賣藥，可不是？」

「也可以這麼說罷！」小郭說：「我不管幹什麼行當，就是要撈大錢，這年頭，哄騙比偷盜好，騙發了財，一樣是三宮六院。我不是憑空說這話，現今有些傢伙，把七拼八湊的雜牌電器送下鄉，看準鄉下人貪便宜，買回去一用就壞了，這種騙子不犯法，好歹總是願買願賣，願打願挨的交易！買賣人口的色情販子，就是送法院，判的卻是妨礙風化，可就是咱們最倒窮霉，進監不怕進監，就怕抓著，打得死去活來，真是一打就死也安穩，只怕活回來還是被逼走老路，等著回籠。」

「這回你不用再偷，可不就逍遙了？」

「靠你吃飯，哪會有你逍遙?!」小郭說：「你修到一個好老子，搓丸子碾散，拿來讓你賺錢，我是兩條腿，扛著一張嘴，沒米煮不出飯來。」

「所以我讓你沾些油水。」阿財帶著一股親熱勁兒。

穿過好幾處樹林子，穿過幾堆歇涼的人，小郭把上衣脫下來，甩搭在肩膀上，找處草叢撒泡尿，回頭又點起一支菸。

紅露酒在阿財身體裏發散著，使他走起路來，有點兒像在騰雲駕霧，腳底下踩著的不是硬地，而是軟軟軟軟的什麼，小郭說話無條理，東一句，西一句，末了還是落到女人的身上。

「我要是你，阿財，我就要嘗新鮮果子，……像班子裏那兩個。有錢怕什麼，弄得好了，送做堆，白替你掙錢，省掉一份開銷；鬧翻了，大不了一筆遮羞費。」

「說得好聽！事情有那麼簡單？」阿財說：「瞎著眼亂撞，無怪你常常回籠。」

嘴裏是這麼數說著，阿財的心卻被小郭慫恿得越發蕩漾起來，正因爲他從沒有過那種對女孩子用強的經驗，摹想才會促使慾望更形強烈，爲什麼要按捺著自己呢？小郭說的話，算是有幾分邪門兒。

「不要把女人看得太什麼，你一沾她，她就黏上來了！」小郭嘻嘻的飛著口沫說：「你小老闆一個，年紀輕輕，身又強，體又壯的，你怎知她們暗地裏不動心？」

「少在胡亂糟蹋人，她們可不是那樣的。」

「我不相信，」小郭把甩搭在肩上的衣裳換了一隻肩膀，粗聲豪氣的說：「那些賣貨，誰不是好人家裏出來的？一樣擦胭脂抹粉，幹得挺起勁。」

那邊的一排彩燈，隔著林葉遮眼，一排排長長的用竹竿斜撐著的矮屋裏，亮著油黃色的燈火，它築在溪河那邊，背靠著一個小丘似的大墩子，墩上亂生著一叢竹和幾棵肥大的香蕉樹，溪河上橫著一座竹搭的便橋。

從這個地方，阿財看出漁村也在改變了，早年他跟阿四叔初來這裏，路上沙塵飛撲，在車後絞起一條滾滾的黃龍，林子是稀疏的，變黑的寮屋上滿壓著斷磚和大小不等的防風石，一副破爛兮兮的樣子。

那些天荒地老的漁民，也都是破鞋爛襪，灰頭土臉，白天登船駕筏出海去捕魚，女人和小孩，一天幾次拖大網，合唱著一里外全能聽得見的，高亢的漁歌！

如今漁村變得比從前富裕了，男人們穿起半新不舊的西裝，木屐也改成塑膠鞋，古老的胡琴沒人拉了，收音機裏有現成的南管北管流行曲，菸和酒的等級朝上猛跳，而這種烏煙瘴氣的娼寮，竟然黑壓壓的擠滿一屋。

「幹娘，敢情是魚價上漲了！」阿財用玩笑的口吻對小郭說：「不然，他們會像鬆了骨節似的，夜夜跑到這兒來呷酒花錢？」

「倒不是魚價漲，」小郭說：「還是女人太便宜，攫著一條魚，夠在這裏泡上一個通宵。」

一踏進屋子，就覺天昏地黑的，彷彿進一片幛霧，香菸氣味濃得嗆人，和人的呼吸裏散發出的酒味，漁民們內衣上存留著的魚腥味混合在一起，變成一股酸和熱，把人渾身上下蒸薰著。

這是一種奇異的夜的風景。

不知是由於天氣熱還是其他什麼？這兒的男男女女全是半裸的，有一個渾身被熱太陽烤紅的男人，裸著他粗大多毛的上身，穿著一條捲摺成短褲的長褲，坐在當中一把竹椅上，眾目睽睽下，仰摟住一個只穿窄條奶罩和透明襯裙的風騷賣貨，用他滿嘴的鬍樁子揉刺著那有孔生物奶白肥膩的肚皮，一面存心發出嗯嗯嘖嘖的哼聲。

「問她肯喝不肯喝？」

「灌她幾口酒，得旺！」

那叫得旺的男人，從一隻伸過來的手裏接過酒瓶，仰起臉滿啣了一口酒，然後迅速彎下腰，鼓著腮幫去尋覓那埋在手叉遮掩的手掌和搖亂散髮下的，那生物移動著的嘴唇，他另一隻環繞在她頸間的手掌，企圖把女人的頭部固定住，但對方嬌蠻的掙扎，弄得連他的身體也晃盪起來，身下的竹椅發出吱咯吱咯的響聲。他慌忙的尋覓著，不知爲什麼，突然的爆笑起來，酒從他的鼻腔和嘴角朝外噴濺，全流溢在女人的手、臉和髮上。

「你這餓死鬼！骯不骯髒？」女的羞急的嬌叱著，身體朝下滑遁，紗裙綰起，暴露出她那兩條奶油黃的、虛浮鬆散的大腿和一線擋不住什麼的紅三角。

「髒不髒，妳嘗了才知道。」

他再次噙滿酒彎下腰時，阿財發現他發皺的粗糙脊背上，還貼著幾片很大的乾捲了的魚鱗。

小郭搖動身體，從人叢中分開一條路來，阿財剛剛穿過，就聽見背後像中彩般的拍巴掌，夾著些醉意的吆喝，一條笑著的嗓子翻泡說：

「咬他！咬下他骯髒的舌頭！」

酒聲像嗽口似的，在女人的喉間響著……。

爲什麼不照小郭的話，在那兩個女孩身上……阿財嚥了一口吐沫，心裏仍然盤旋著剛才的那個老問題，在遠遠的集鎮和更遠的大城裏，無數真實被關鎖在無數黑門裏，無數窗簾的背後，好像一切的改變，一切的繁華，都是爲了恣意的舒放，這兒是低級的歡場，沒有一絲隱諱遮蓋著什麼，天荒地野的圖景，總和人的慾望連結著，攪混著，分不清那是別人？還是自己？

小郭道地是個放浪的傢伙，攫著白吃白喝白玩白樂的機會，他娘的滿會殼子，剛在吃食攤上喝了紅露，又叫了清酒，跟著酒菜來的兩個，在昏暗的燈光下看來都還年輕，心裏那份乾旱和饑渴把她們塗刷得美麗起來了。

他選的那個，很像肥膩的秀娥。

管他！只當她就是秀娥罷！……早晚秀娥還不是他手心裏的物件？任他爲所欲爲。

「來罷，先乾這杯。」女的摟住他說。

乾了一杯清酒，跟原先的紅露攪混起來，假的秀娥就變成真的秀娥了，他閉上眼，用緩緩移動的手指去認識那個肥濕柔熱的身體，真的假的都是一樣，在感覺上沒有什麼不同之處。

小郭彷彿志不在此，開門見山的同那個討價還價的談起價錢來，即使花別人的錢，他也不願意吃虧上當。

「過夜好啦，卡便宜。」

「妳這個太熱，沒有沙灘空船上風涼啦！」小郭上下齊手說：「下回再來，還不是一樣?!」

而阿財撫著那個軟熱的雌貨，心裏卻透著一份清涼：世上只怕沒有幾個像爹那樣的人，心甘情願的守著沉黑發霉的店鋪，用喝酒的方式打發空洞冗長的日子的了！光復那種人更怪，他從爹那兒傳得了那種古板，又從媽——那已經遠得難以真切記憶的瘦小伶仃的女人那兒，承受了那種刻苦和忙碌，……他弄不懂，書本能值幾個大錢?!市場上有個專收廢紙的蝦乾老頭兒應該懂得，幾開的書本一斤能值幾毛錢!有些人不貪那幾毛，隨手扔進垃圾桶，風起時，一頁頁的空白飛揚!也許把書讀進肚裏去是好的，假如人因為盤弄那個，卻忘了真真實實的樂它一樂，那也未免沒啥意思，當然，這話說給光復聽，他也不會點頭的，他是一塊只會喘氣的木頭。

這是邪門兒想法?也許是的。正因爲人人都誇說光復走的是正路，他就存心要抗逆抗逆，當他抱起吉他，對於迎合時尙的謀生方式還有充分自信的時候，他就要活得舒坦些，任性些，像背上黏著魚鱗的傢伙一樣，赤裸得一無遮蓋，那樣的天荒地野!

他的動作因酒精的刺激，變得有些不隨意的痙攣了，總歸是沒輕沒重那種樣的粗野，他只是順遂著慾望和需要，純生理的需要，並不存心想跟那些漁民們學樣，苛求多佔些便宜，值回他們花出去的那點兒被看成很大的錢!——也許他們會記得捕獲一條上斤兩的魚的經過，和風吹、日晒、波浪搖晃的辛苦罷?

反正生理上的需要沒有什麼不同就是了!

「你十幾啦，小孩?」雌貨半閉眼說。

「比妳大點兒，也重妳一倍。」

「才不信。」黑波浪湧動著，他鄰近她的耳邊，撩起那濃香刺鼻的黑浪，在她耳垂上輕輕咬了一口，她被這突然而來的挑逗性的刺激弄得低叫一聲，旋即就嬌嬌的笑了起來：「把你塞進魚簍，用地秤秤秤看，有那麼重？——又不是豬。」

在語意上，好像她一點兒也沒忘記她是個人！如果沒有什麼牽結，像巨漩一般的把她從海洋的遊嬉中推上沙灘，沒有與她命運緊密相連的巨網把她牢牢的網住，她應該是摽梅待嫁，忙著備辦嫁妝的年紀了，阿財心裏浮光掠影似的掠過一絲絲短暫而又無力的憐惜，但一霎之間就被他飄升的慾火完全融化了！……她是誰？一個名不知姓不曉的女孩，有一段雲封霧鎖但卻無人願去探詢的身世，每個娼妓都是一尾晾晒在沙灘上望水的魚，過去是透明而又被隔絕的，也許在記憶中值得她們哭，她們嘆，值得她們頻頻回首，至少她們被一種神秘不可解的力量送在這兒了，千萬娼妓，擠入同一種狹窄的，已經成爲定型的生活模式，點綴了新的時尙所需，也襯映了日夕湧變的新的繁華，有誰去一一撿拾，重新放她們回到當初的海洋？這一些，和我阿財有什麼相干？……有水就是魚，他娘的，小郭這在刀口上玩命的小子最懂得了。

「當眞還要上秤嗎？妳說，」他用唇擦著她脂粉很厚的臉頰，用淫冶的鼻音哼說：「妳就是磅秤，一壓就知道了。」

他把身體斜一斜，讓一半重量壓在她身上。

「別鬧，你早先來過？」

她正經的推開他，理著她被揉亂的髮，她正經的語調只爲找個空閒讓她好正著身子喘

幾口氣。一條逐漸被吸乾水分的魚，不知還有多少夜晚這樣的青春？

「沒來過，因爲不知道妳在這兒！」

「貧嘴，」她用習慣的那種動作，反擰了他一下說：「你不是這兒人。」她摟著他嗅嗅說：「根本不是，你身上沒有一點魚腥味！」

「嘿，妳在這兒待久了，將後來，會生出一條魚來，妳信不信？」他說：「妳渾身都是魚肝油，花錢也都帶著魚腥味。」

「真的，你十幾歲了？」

「幹嘛問這個？」

「我有個阿弟很像你，這如今他在中學裏讀書。」她又在編起她的故事來，總是她原先生活過的海洋，提起她紅花似的唇，跟每一個不相干的人編織那些，而且儘量把它說得甜蜜些，快樂些，那種再難重回的透明的隔絕，即使是陰暗的，也變得美了，她低低娓娓的聲音倒有些像是在嘔吐著星花似的幻景。

他用舌尖阻塞住這個悲酸流溢，但卻裝點得甜蜜快樂的空洞，他要讓她明白，今夜她烹在餐盤裏，這兒再沒有海洋，她只能在脂粉濃膩的臉上刻著笑，用她所有的青春，供人侑酒。

酒液，菸霧，魚腥，脂粉汗氣和油黃的燈色混融成一種濃厚的黏汁，把海濱的夜晚和流淌的時間給黏住、膩住，渾渾噩噩的把人纏裹著，酒到甜美酣暢的時光，小郭跟他那條乾魚去真實去了。

這個難分真假的秀娥，跟他談起那個來。

「你的朋友，跟我的朋友進屋去了，你怎樣？」

「怎樣叫怎樣？」

「小鬼，你不是在害怕罷？」

他當然不會害怕，把她當成秀娥，他如真似幻的又添了一次經驗。後來他和小郭兩個，不知誰在攙扶誰，沿著土丘一側的土路，踉踉蹌蹌的越過防風林，走回海濱去，星星在高處跳躍，或短或長的芒刺刺在他昏然欲睡的眼睛裏，他便那樣緩緩的把它闔上了。

再醒來時，海波上全是凌晨的霞影，他發現他跟小郭兩個，睡在那條上架待烘的空船上，無怪連夢也是起起伏伏的，像在無邊的波濤上搖盪的了！

小郭側著臉，把頭枕在臂彎上，踡屈著他的身體，睡得正酣的樣子，口角還掛著一縷黏涎，一夜的鬆快和盡情吃喝，使他有了心滿意足的沉睡，人貪也就貪的是那麼一點點，瞧他這副睡態，倒不像是個有多次回籠紀錄的慣竊，慾望的滿足也使他有一陣短暫的安詳。

阿財沒有驚醒他，藥班子要在上午十點到淡水河口搭乘渡輪離開這兒，時間還早。他坐起身，揉揉兩眼，酒意消退了，昨夜荒唐的記憶也跟著消退了，開初認爲是新奇的、熾熱又荒唐的種種，逐漸變成平常，甚至沒有什麼值得追憶的了。那只是一種慾望顯現的夢影，反射在玉枝和秀娥兩個女孩子的身上。

在下一節的行程裏，他該更進一步了！

七

阿財領著賣藥的班子離開店鋪之後，宅子裏就變得更爲冷清起來。進了高中的光復，課業一年比一年加重，他顯得比早先更爲沉默，更爲老成，也許是這塊安靜古老的小小庭園世界，把他的性格和氣質染成這種顏色的罷？……古老而又安詳的霞雲鋪展在他心裏，有一些青春的艷麗，也有一些兒淡淡的蒼涼。

媽已經下了土，爹這一輩子，眼看也已成了傍晚時分的斜陽，他很奇怪，爲什麼歷史上描述過的朝與朝的衍遞，代與代的傳承，常會給予他一種時空廣闊綿長的錯覺?!實際上，看似平穩的時間真比箭鏃掠空更爲急速，一個人的一生，轉眼之間就閃亮過去了，正像眼前這座古老城鎮急速的蛻變一樣，當年的生苔暗褐的紅瓦平房，如今被方匣形的高樓取代了，當年綠如傘蓋的鳳凰木盛放在長夏時如火的紅花呢？也早已變成排排牽手的電桿木，以慘白的水銀燈注射著這個城鎮的心臟了。

歸鳥群噪的公園，翹起四支尖角的石燈，細細長長的檳榔樹和披頭散髮壯立如野番的大王椰，都逐漸逐漸的在時光滾動中消泯，一如上一代人的衰老和逝去。

不光是單純的追念著那些，追念著已經朦朧的偎在爹有力的臂彎時望著水塔上燕巢的情境，而是追念那種種情境所混合構成的安詳，——常從已經在悠遠年月中褪色的中國水墨畫境中含孕的那種安詳。

上一代究竟還保有那種敦厚和安詳，如今萬聲嘈雜，萬眾喧騰，在時間的大浪上呼嘯而來，究竟替這一角天空下添了些什麼呢?!這思緒起先並沒有盤旋在他的心裏，有一回開校際青年代表座談會，小芬也在座，他們以新與舊，民族和時代，……總之是這一類的題目爲探討的中心內容，才會觸發他在心底埋下思索的根蒂。

發言時，一組人有著熱情如火的自炫和自傲，彷彿在開列捐獻成果的圖式似的，把建設、環境、生活水準等等，源源道出，彷彿那就是證據和答案了。而一組人有相反的看法：

「露椅是法國式的，洋房是西班牙或瑞士式的，人情淡薄成美國式的，各類醫藥和電器用品變成半日本式的，門鎖澡池，大聲標榜著瑞士和英國式的……我們就這樣沉溺在千奇百怪的新物質大浪裏，陶醉於我們這種拼揍抄襲式的浮面文明，甚至連文學、藝術，全都一窩風的捲進去了，我們在哪裏?!」

他不能肯定前者或後者，也缺乏足夠的生活、經歷、學識和更爲成熟的智慧去洞察或透視這些，但它卻在人心上結成一個疙瘩，使他懷疑，使他省察和追思。

因而，他不能不追溯這一角空間的蛻變了，這是他唯一生活、感受、記憶和成長的空間。

總還遺留下這一點小小的、擠壓在高樓陰影下的庭院，他童年期的海洋，它沒有什麼更變，連母親搓衣時所坐的小木凳還翻堆在牆角的青磁罈口上，凳腳上生著灰白的、貓耳形的菌子，那彷彿是母親祥和的幽靈，在那兒舒展著她總帶著一股淒涼味的笑意，只是笑意，卻不是舒舒坦坦的笑容。

他懷想過那瘦小伶仃的影子，想得很深、很切、很苦，想一些他只能從零星傳述中拼湊成的、不完整的摹想，有關於那一次戰亂，以及她的早年，貧苦的歲月，安靜而又荒僻的角落，究竟是怎樣哺育她成長？爲什麼她會那樣仁和、精細而又節儉，連一粒米，一葉菜都那麼注意，那麼珍惜！同時對子女又那樣的關愛？她短短的一生，是一盞溫熱的苦茶，茶雖飲盡，苦味猶存。他也想過，從她的身上，一定有一些纏繞的根鬚，和一大片他所涉及的民族的歷史繫結著，而他承受的，實在太少太少了！

她去了，墓上蔓生著野草，但從這一角小庭院，從牆壁上的雨跡，磚面上的苔痕，瓦櫳間的無根草和生前手植的皂莢木，還能追憶她逐漸遠去如煙的影像，和他所有記取的她那些細碎的行跡。

一個平凡的、瘦弱的老婦的行跡，沒有誰會去苦憶，會去追思，並從那母性的形象追溯及整個民族的歷史，但他會，他是她胎盤中的微粒，血河裏的泡沫，是她生命中分出的枝幹；她的一切，對他都具有特殊的意義。

不知爲什麼？他總愛在回家時待留在這一角小小的庭院裏，守著黃昏，守著夜，有時捻亮簷下的電燈閱讀，有時默默的把思緒鋪平，覆蓋著這靜謐的空間，不許鼎沸的市聲騷擾。

「我說，光復，」大刀管阿牛從來弄不懂這孩子在想些什麼？唸些什麼？甚至連兒子日漸深沉的眼神，他都沒有體察過，只是覺得光復太沉靜了，便打著粗沉的嗓門兒把他朝外攆逐：

「麻雀歸窩時，看書最是看不得，看久了，會患麻雀眼，——我的膏丸丹散醫不得你，這全是老古人傳下來的，你也替我挺挺胸脯，出去走動走動去！」

「外頭人擠人，一擠一身汗，」光復總是推托著：「我剛沖過澡呢。」

「那就進屋來，走盤棋罷，你讓我馬炮好了！」大刀管阿牛紅著臉說：「馬炮，另外三先，其實，嘿嘿，我這狗屎棋，簡直不能陪你走啦。我這搓藥的腦筋，紋路實在太少，一共只有四條，——膏、丸、丹、散！幹娘的，也真見笑這個。」

說雖這麼說，只是想逗引兒子輕快輕快，說話時，有些自嘲著的縮頸子聳聳肩，並沒有立刻擺下棋盤真砍實殺的意思，委實的，即使光復讓他這麼多，到末尾也還是輸，輸得做老子的脖頸發粗，那滋味真的並不好受在哪兒，總是付在一聲無可奈何的嘆喟之中。

「爹，」兒子說：「不知怎麼的，一在這兒坐著，我就想起媽來，好像她還是坐在屋角搓衣似的。」

大刀管阿牛一聽這話，臉色黯然的呆了一陣子，抬眼望著遠處盤繞著的蝙蝠的黑影子，手撫在膝蓋上，粗濁的嘆了一聲，那彷彿是被沉重的鐵錘敲迸出來的、生命的痛苦呼吁。

「一晃眼，好幾年了！」

光復看著那邊的一條花壇，想起什麼來說：

「這院子，旁的不想動它，這花壇上，好像該種些花草，媽在世時，很愛花草的。」

「沒閒啦！」管阿牛搓搓手：「阿財這趟出去，假如生意好，每到大站頭，就得托運些藥去，不補貨是不成的，我手邊沒有幫忙的人，你的功課忙，快進大學了，不能拖你幹這些雜活……。」

「不要緊，改天我去小芬家裏移些花草來。」兒子說：「有一種中國蘭，不像西洋蘭那麼嬌生慣養，不要蛇木和蔭棚，也能長的。」

「好罷。」管阿牛說：「你也該去小芬家去看看伯母去了。」

在荒涼的園圃裏種植一些花，一兩株飄帶般蘭草，該多好，他想，也算是對母親追念的表示罷。

在彭家宅院裏過週末的下午，那樣安安靜靜的時光對於光復來說，是感覺上無上的享受。

小芬的母親如今不再是議員了，她把精神和時間都用在教會工作上，閒著的時刻，便在家裏刻意經營她所喜愛的花木，她辛勤培育的盆景和蘭花，整個鎮上沒誰能和她相比；光復覺得小芬的母親是一個極不平凡的人，那倒不是因為她在議壇上博得的賢者的聲譽，或是她的勤勞和富有，她是非常祥和和非常快樂的中年婦人，雖然她失去了丈夫。她的宗教信仰很堅定，但完全屬於她個人的，她從不對人滔滔不絕的引用聖經上的話，去標榜我主怎樣，基督如何。從不像某些利用一般人貪小便宜的心理，以牛油、救濟麵粉、恫嚇性的單張，把一些愚夫愚婦真像趕羊似的驅入教會去充門面的教棍子，怕嘴上說的不夠，還要用硃紅筆在白袍上寫下「神愛世人」，當街去敲鑼打鼓，好像他們本身就和上帝訂好了某種契約，有權代表造物主赦免世人罪孽，——單單靠著那種表面上的一種形式，她默默的行爲中自有一種無形的卻可使人明顯感覺的光耀，連她臉上的每一條皺褶，都是常常笑著的。

古老而寬敞的大廳，好像從來沒被塵埃浸染過，沙發、鋼琴，一切講究的雕花木器，發出熠熠的亮光，陽光從四面長窗透進來，射透了半掩的深黃色窗幔，使整個屋子顯得高貴而靜謐，鼎沸的市聲，到這兒也噤住了，聽上去異常低微，只像是一些嘈嘈切切的浪花。

這宅子的女主人在四周湧動的浪花中，像一塊崖石般的靜立著，彷彿一點兒也沒受外界變化的影響，她的生活，自有一種平寧的秩序，屬於中國的秩序，不十分忙碌，也並不完全悠閒，每次光復到宅裏來，都會跟她親切的談些話，請教些問題，關於社會的、歷史的、宗教的、音樂和花木培養的，她的答覆往往是誠懇、簡短而含蓄的，很少認真的肯定什麼，有時她寧願退開，把時間讓給光復和小芬這兩個年輕人，讓他們自由自在的談他們所要談的，甚至在年輕的幻想世界裏神遊。

光復提起想要一些花回去種植，他說：

「我不敢向伯母要那些名貴的品種，隨便讓我移幾株普通的花就好了，……我媽去世後，小院子荒得使人很難受。蘭花太嬌，我也不會培養它們。」

「媽，」小芬說：「光復想來討些花回去栽，他說要普通的，給他些什麼花好？」

「光復，你自己去園子裏去看罷，」小芬的母親笑瞇瞇的說：「變葉草、石斛蘭、玫瑰和月季，都有新分枝的花苗，也很容易種活的。」

「謝謝伯母。」光復說。

「謝什麼？我這園子裏的花苗，常有人來討，教堂裏，議會兩側的花園裏，好些花草，都是從這裏移了去的，誰來要花，我都答應給他們，」她嘆口氣說：「可惜如今一些人，連養花養草的心情全沒有了！」

小芬的母親這樣一說，光復也從心底感慨起來，他並非留戀於過往歲月中這小鎮所擁有的古老的安閒，實在覺得這兒改變得太快了，巨漩流轉，使一般人失去了最低限度的閒暇，無數齒形的高樓分割了原是整片的天空，迤邐而擁擠的半克難街道，使人們和自然隔離，晒架上滴著水的衣物，蒼蠅飛舞的垃圾場，擠疊的攤位，成爲一些新的人造風景。行人、車輛，在狹窄的街頭互相擁擠，茶室、飯舖、市場、冰果店和電影院，任何公共場所都是人的潮水，滔滔滾滾的流瀉著，新的電器用品，新的紡織品，新式的家具，分期付款的招徠和爭競的推銷方式，像一面旋網般的捕捉了太多的主顧，因而也製造了忙碌，製造了在忙碌夾縫中某些刺激性的消閒：彈子、電影、酒和廉價的女人，已經沒有誰再有心去養花養草了。

「不知道我們將來會不會那樣忙碌？」小芬猜出光復的心思，就笑著向她母親說：「媽，妳看我們將來會忙得連養花養草的心情都沒有嗎？要真是那樣的話，我覺得，人就未免太可憐了。」

「這是看各人生活態度如何而定的。」光復跟著說：「像彭伯母這樣懂得生活的人，如今是太少了！」

「人，總脫不開忙碌的，」小芬的母親說：「單看忙碌得有沒有意義？如何用忙碌去充實生活，而不去做生活的奴隸，這是很要緊的，如今有許多人，物質慾望太高，變成自討苦吃，那就犯不著了。」

「伯母說的那種人，如今社會上真是多得很，」光復說：「市場上有個替人看守公廁的阿婆，您是知道的，她除了看廁所收費，還替人洗衣裳，積下錢來放高利貸，收取金飾之類的押品，用毛線繩兒一串串的結紮起來，東揣西塞，床底下，牆洞裏，到處都是飾物。上個月，阿婆卻在她的破磚屋裏吊死了，據說是丟了一串金戒指，……結果旁人替她找到了，原來是老鼠替它換了地方。」

「有人來跟我說過，」小芬的母親說：「一錢如命的人，何止是阿婆，後街拾字紙的老頭兒是餓死的，他床肚下面的竹簍裏，放著好幾萬現款，這些人倒是勤儉人，沒有很多物質慾望，只懂得死積錢。有些人對於銀錢雖然看得開，但完全用得不是地方……辛辛苦苦的標會，或是一塊一塊的積蓄，拿來在賭檯上輸光，一場拜拜裏吃光，再不然，迎合潮流，買各種電器用品買光，東拉西扯的轉不開了，只好再去拚命的撈錢，他們就沒弄清楚，心裏的平安和快樂，是拿錢買不著的。」

她用談論家常的平和態度，跟兩個年輕人說著這些；光復對這樣的談話，保持著極高的興趣。

「可是，有些人以爲這樣會促進社會的繁榮和進步，說它是現代社會的特色呢！」光復沒頭沒腦的說。這正是他久久鬱在心裏沒弄清楚的問題。

「被役於生活和有目的的勤勞，根本上不盡相同，」小芬的母親推推眼鏡說：「刺激性的娛樂，充塞市場的物品，它們所造成的浮面繁榮，是否是真正的進步？這是值得年輕人去思考的問題。」

什麼才算是真正的進步呢？光復對於這一類的問題思考過太多了，但現實社會中浪湧的繁華閃著多稜多面的光，給年輕的心靈以太多的困惑，一時無法透視它們，綰匯它們，建立一種具有深度的思想秩序，他所以願意苦苦的追求探索這些，也許和阿財有關，因爲他總擔心阿財會縱身跳進那片閃光的繁華大浪裏，一去不返！……這種心意，是他保持在心底的秘密，從來沒向任何人透露過。

三點鐘，彭伯母到教會去了，他和小芬聽了一陣音樂，又到蔭棚裏去欣賞蘭花，但他心上的重量並沒有減輕。在市場裏，他聽過很多很多街頭人物的生活：幾個開貨運卡車的傢伙，渾身上下都是褐黑的機油斑點，他們夜晚裝載毛豬、牛骨、皮革、蔬菜等等的貨物，通宵長途直放到北部的大城裏去，一路上踩足油門，玩命般的飛車鬥快，他們的眼裏沒有碧野、翠林、青山，和綠水，沒有什麼美妙的晨曦、黃昏和自然的風景，生命被繫在疾滾的車輪上，天旋地轉似的扯著道路，兩耳灌滿了嘶嘶的風嘯，車子停歇在哪兒，不必關心，橫豎隨車帶著有被褥，抖開來就睡，夢裏有蚊蟲也有露水，到月賺著了一筆錢，只是過一過手，又交回酒舖、飯館和烏龜忘八那兒去了，吸著揉縐的紙菸捲兒，蹲在自己腳跟上吐痰，用粗鄙的言語互嘲互罵，各人說說黃金似的夢想，是荷包乾癟後的另一種消閒方式，……而啣接著的載貨車輛竟也是繁華的一部分。

菜場的攤販們恆常是比公雞起得更早，油黃的臉總顯出熬夜的乾澀和鬆浮，強睜著倦眼應付早市的忙碌，然後是昏昏欲睡的晌午和百無聊賴的傍晚，夜來時細算小鐵罐裏油污的紙幣和各式鎳幣、銅幣之後，喝上兩盅廉價白酒，就爬上黑暗的小閣樓，在虛火燒出的亢奮中幹生男育女的把戲，像他們在剩餘的菜蔬上灑水一般的勤奮。……每天傍晚，那些在閣樓裏出生的孩童，成排的蹲在污水溝邊大便，像一排排生長在繁榮中的野草。

什麼是真正的進步呢？在滿街的霓虹管，玻璃櫥窗，五顏六色的貨物和擁塞的車輛之外？大美人式的女星在遠遠的歷史中一聲遞一聲的哀啼，唱片上輪迴著苦女怨和嘆五更，扁鑽和武士刀常常是解決爭端的方式，警察的硬帽不止一頂被潑婦們澆過大糞，誰踩著香蕉皮跌死了只能怪「天不假年」，有錢的龜公居然有顏去競選好人好事代表，法庭上的傳拘人物，有西王母和土地公公。而繁華是確然的事實，大把大把的新鈔滿天飛舞。

「這種蝴蝶蘭開得真美。」他有些心不在焉跟小芬說。

「這些都是產在蘭嶼島上的名貴品種，花期要比一般的蘭花長上廿天。」

蔭棚細細的影子被太陽光篩落下來，一地都是斑馬般的橫紋，小芬天真俊俏的白臉上漾著幽寧的笑意，多顏彩的蘭光染映在她的額上，一串串蘭花，繽紛開放在她漆黑的瞳仁裏，使人在一霎幻覺中，錯以為她也是從深山幽谷中移來的中國蘭，自有她恬和淡雅的氣質，清新脫俗的神韻和幽幽的芬芳。

「伯母應該開一次蘭展，」他說：「把這些花讓常常不見綠意的人看一看，給他們灌溉一點兒寧靜和美。」

「你以為有用嗎？」

「應該是有用的。」

小芬笑出聲來，搖頭說：

「告訴你罷，南部前年有些培蘭的雅士，也都抱著這樣的想法，在餐敘時提出舉辦一次蘭花和古榕盆景的聯合展覽，完全免費開放，供人參觀，你知道結果怎樣？——光是我們家就損失了六盆花，有四盆花朵被人摘掉了，另外兩盆失竊。他們怎知道把一本幼蘭培養到發花，要耗去多少精神？多少心血？」

「精神上既不中國，公德上又不及西方。」光復說：「太煞風景了。」

「我媽在議會的時候，更常遇上一些無聊的暴發戶，平時不去費心培養花草，一旦宴客的時候，又要擺闊充面子，嫌花錢買得著的平常花草不顯眼，寫帖子、送片子爭著來我們這兒借蘭花，好像我們的文化藝術，都只是給他們做點綴的。」

「伯母常會爲這些事煩惱罷？」

小芬坐在冷瑩瑩的石鼓上，兩手交叉在膝上說：

「倒沒有，她只是聲明，好品種的蘭花不借出去了，不論任何人來借，都是一樣。她不願意拿用多年心血培養出來的名貴花卉，給那些俗氣沖天的人拿去擺闊應景，讓花朵也染上酒肉氣味。」

「真的，」光復想了一會兒說：「有很多事情，使我們精神迷失，我們很難像伯母，像我父親那樣執持，選擇他們自己的生活方式，我們比較容易被外來的事物影響和擾亂，內心總不寧靜。」

「而且很愛胡思亂想。」小芬笑了起來。

「可不是？」光復說：「我常常一個人在那兒想呀想的，能發呆好半天。」

「用不著在這兒發呆，我去取花鏟來幫你移花罷，阿財怎樣了？」

「帶著藥班子出門賣藥去了。」

「他還像小時候那樣野？」

「差不多，不過乍看上去，好像好了一點點。」

光復仍然不願意把他對阿財的擔心透露出來，處處都替他掩飾著，小芬從角屋裏取出花鏟，告訴他怎樣去移花。

「你先從四周挖土，不要傷到花根，連土挖起來，用稻草包紮著，回去把稻草澆上水，一道兒種下去，這種變葉樹，是很容易活的一種。」

「等到我把這些花草種活，就要離開家去唸大學了！」光復說：「時間過得好快，是不是？」

「你準備讀那一系？」

「很難說，也許會去學醫。妳呢？音樂？或者是藝術？妳是很喜歡音樂的。」

「也很難說。」小芬說：「或許我會選社會學門。」

「將來想競選為民喉舌的議員嗎？像當初伯母那樣。」光復說：「伯母為什麼不再參加競選了呢？」

「我媽沒跟你說過做議員的苦處罷？」小芬用稻草細心的包紮著光復掘起來的花根。

「開會，發言，說應該說的話，照理說是很單純的，當然，我只是這樣猜想。」

「有這樣簡單？」小芬說：「我媽做議員的時候，受夠了那種麻煩，新的違建戶要被拆除了，罵罵咧咧的跑來找議員；流氓酗酒鬧事教警局抓了去，家屬哭哭啼啼的跑來找議員；學校開除一個太保學生，家長氣勢洶洶的跑來找議員；債務糾紛要調解，找議員；失業的要工作，找議員；夫妻吵架鬧離婚，找議員；妓女戶老闆出岔事，找議員；出門忘了帶錢都來找議員；好老百姓安分守己，根本不來找議員，來找的多少總有些麻煩，你不幫他們說話罷，他們會說：當初我投票選的是你，當然該找你！幫他們說話罷，論理論法都說不通。事實上，議會裏有好些議員，都受了人情包圍，替違建戶、私宰販、妓館、特種營業、流氓太保、土地投機商、不法商人講話，有些還挾著公事皮包，一天三趟警察局，忙著保人呢！」

「天哪，這些也都是逼著議員替他們服務的民眾？那議員不是在替許多不法之徒服務了嗎？」

「多少總要受困擾罷？他們也都是選民。」小芬說：「不但這些困擾，甚至於，你在議會裏發言，也會有很多顧慮，比方你支持打通一條違建很多的街道，站在發展都市、便利交通和美化市容的立場上，明明是對的，但那些違建戶馬上就會鬧上門來，口口聲聲責問說：『我們選你出來，是替縣市政府說話？還是替我們老百姓說話?!要是被拆掉房子，我們就住到你家裏！』」

「這樣的事很多？」

「多得很！」小芬說：「有一回，一位警官去抓賭，我母親笑著跟那警官說：你當心，你就是被人打破了頭，議員也不敢幫你說話的。——議員要是幫警察說話，那還算是議員嗎？……您放心，我戴了兩層頭盔，打不死就行了！那警官說；您老人家就睜一隻眼閉一隻眼罷！」

「那警員很有幽默感。」光復說：「好像也很懂得地方政治的現實面。」

「我媽後來就決定不再競選了！」小芬說：「她覺得無法在議壇上替她這一類的選民說話，替髒亂，違警，可怕的噪音說話，……有時她懷疑地方自治是不是實行得太早了一點？一般選民根本不了解議會存在的精神。」

「甚至連當選的議員本身都不懂，還把它拿當官做呢。」光復說：「事實上，有人把它看成一種行業。我爹就瞧不起那種人，有選必競，然後藏污納垢，從中取利，在議會裏吐痰、打架，出口就三字經，夜晚進酒家，去『愛護』他們那些年輕美麗的選民……。」

「所以我有興趣選讀社會學門。」小芬說：「我們的社會，很值得我們去研究，去認識，你說是不是？光復，我們讓它老是這樣子下去嗎？」

「當然不！」光復捆好最後一束花，挺挺胸脯說：「伯母回來，替我謝謝她，給我這許多好花，我這就趕回去了！」

「要不要我幫你去栽？」

「我想不用了。」

「從後門去罷，穿過廣場回去，要近得多。」小芬說：「我來替你開門。」

黃昏初起時，明艷的霞光映著後園中的花樹，他們在樹蔭下面，踏著微微潮濕的沙

地，轉過幾處生苔的臥牛石，市聲是一陣一陣或強或弱的潮水。門那邊就是現實社會的一部分，意識和現象，言語和行爲，都像雜亂無章的地攤貨物般的攤在那裏，漲漲落落的變化著，他、小芬、玉枝和阿財，都是在這裏長大的，究竟懂得多少呢？……賣估衣的周胖子常誇他飄洋渡海喝過鹹水的，年輕時入伍吃糧，有過比八千里路雲和月更長的行腳，如今頭頂張著白布篷，肥篤篤的身子把破竹躺椅擠得吱吱響，總愛把他那兩隻患了香港腳的髒腳板，高高的供奉在攤位上，好像那就是他的註冊商標，——比岳武穆更加神氣的是他從沒有騎過馬，正因爲當初精忠報國過一番，什麼縣市政府、鄉鎭公所以及警察也者，也都不在眼下，去他的：老子們當年出生入死，他們不知在哪兒呢？周胖子寬心得很，儘管他的攤位佔了半片道路，誰要動它，真比拆岳王廟還難。

有了周胖子在前，其餘的順理成章，朝前挪挪，看一看齊，半條街就佔定了，變成有例在先，就像下圍棋三路連行十幾粒棋子，把吳清源請到也沒辦法。……這樣的人物，和這樣以生存爲中心的模糊意識，黏膠似的把許多問題給黏在那裏，因此敲鑼打鼓製造點噪音，朝水溝裏小小便倒倒垃圾，人揍人或者狗咬狗諸如此類，更是不在話下，不值一談了。

光復不能了解那些居住在別墅或花園區的代議士們，在竟日無休的宴會、酬酢、觀摩之餘，究竟有沒有餘閒去思考這些問題？另一空間的放蕩生活同樣把人給吸進去，使人雲中霧裏，耳聽著四面八方騰嘯著的慾潮。

他提著兩束花草，走出小芬爲他打開的那扇門，那全然不是故事，而是展鋪在眼前的現實，

人們擠在蒼蠅飛舞的垃圾堆上，圍繞著逐漸變狹的空場，在看著木台上演出的歌仔戲，簡單輪覆的鑼鼓和喇叭，熱烈、狂亂中夾雜著古老的歷史的哭泣，甘蔗皮、水果皮和菸蒂，隨意的拋撒，吃慣了肉市上殘碎的狗群也湊著熱鬧，有些把孩子揹在背上的年輕女人挺著凸出的孕腹，一面看戲，一面兩邊搖晃著她們多肉的身體。出慣野恭的孩子又蹲成一排排，移動著擺糞攤子，一位硬帽殼的警士胸有成竹的昂著頭，把眼睛放在西邊天壁間橫展的晚雲上，彷彿那種璀璨的遠景才是他所嚮往的，遠雖遠了那麼一點，正因兩眼還能看得著，所以也就心平氣和，有幾分瀟灑的意態了，看他那種漫步的樣子，光復覺得他像一隻頗具仙意的野鶴，不是步踏在髒亂的地面，而是徜徉在山水之間……。

光復匆匆的走過去，鼓聲像疾雨般的打在他的心上。台上演著古代的相府，理抹著鬍子的老相爺正用齊家、治國……一類的大道理，教訓他的女婿，也許這個角色患了感冒的緣故，吐了一大口黃痰，更在鞋尖上抹了一大泡鼻涕之後，這才又想到提起「修身爲本」。

他走過去，越來越肥的周胖子正在收拾他的攤子。

「嘿！小傢伙，」他指著光復手裏的花苗說：「你真好興致，有精神栽花種草？」

光復朝他笑一笑，忽然他被另一種喧譁吸引住了。聲音起自市場入口那個方向，被戲

台上的鑼鼓聲掩住，朦朦朧朧聽不真切，彷彿有人在爭吵並且打鬥的樣子。

「有人在打架了！」他說。

周胖子臃腫的身軀壓在竹椅上，連動全沒動彈一下，只用重濁又懶散的鼻音哼說：

「有力氣沒地方用了，常有這幫無聊的傢伙，替市場上滾熱鬧，我他媽連看都懶得看，……喝過鹹水的人，什麼世面沒見過？」

「我去那邊叫警察。」光復放下手裏的花苗說：「剛剛我還看見警察在做戲的場子上。」

「用不著，人一躺下來就沒事了！警察又不是沒長耳朵，小傢伙，你還是回去種你的花去罷……。」

光復剛剛想動腳，做戲場上的人群就迎著叫喊聲過來了，彷彿對於看假戲的興致，遠不及看真戲來得強烈，那位警察先生也跟在人群的後面。光復看見警察，覺得放心許多，拎起花苗跟過去，一眼就看出原來有一群沒成年的花衫小子，在市場入口的門柱邊，圍鬥著一個披著白衫的大漢子，那人正是常年坐在暗黑藥舖裏的爹。

花衫小子們總有五六個，有兩個亮出明晃晃的彈簧刀，緊張的橫移著腳步，把刀身在半空中揮舞，大刀管阿牛赤手空拳，插著腰站在當中，像一塊矗立的巨石。

「大白天調戲婦女，講了你們，還敢亮刀嚇人？」他怒勃勃的低吼著說：「你們想造反了！幹你娘的，是些什麼東西?!」

他花白的頭髮在晚風裏飛舞著。一個氣急敗壞的年輕女孩，看樣子像是工廠裏剛散工的女工，推著一輛單車，畏縮的站在大刀號本舖的矮廊下面。

「上，把他擺平！」

穿紫衫的一聲叱喝，揮刀直撲上來，大刀管阿牛腳踏丁字步，喝的一聲怪吼，對方就被他一腿撥翻，在半空中翻了一個觔斗，整個身子砸在市場一角的香菸攤位上。

「警察來啦！」光復這樣的叫喚著。

兩個跳上摩托車，一路尖嘯的遁走了。

警察上來扭住那個穿紫衫的。

「你想跟大刀號的阿牛叔打架？」他說：「你知不知道他能掀翻十輪卡?!」

費了一個晚上，光復把移來的花草栽在原已荒蕪了的花壇上。想起剛才爹跟那些花衫小流氓衝突的事，他總覺一心忐忑不安。他記得，好些年之前，這塊由公園改建成的市場上就常常鬧出事情來，不同的幫派在市場背後的溪邊約鬥，尖銳的呼哨聲在夜晚的風裏傳得老遠，不過那時候的毆鬥，多少還有點兒血氣方剛的英雄氣概，兩幫的人單對單的放單個兒，你一拳我一腳，大不了打它一個鼻青眼腫，各自花錢去修整修整那歷盡滄桑的門面，後來也許嫌這樣不夠過癮，扁鑽、彈簧刀、爬山虎、武士刀、鐵棒，各型各式的武器紛紛出籠，從酒家茶室彈子房，一直打到夜市場，好像要等待誰替他們鼓掌？打架的方式變了質，再不是放單個兒那種傻乎乎的打法了，有的是伏擊，有時是以多欺少的圍毆，有時是窮凶極惡的追殺，簡直是有些自抱奮勇盡義務，替社會版製造新聞材料的味道，在市場裏做小生意的人，有些怕這些傢伙怕豺狼虎豹一樣，單求白吃白喝的事不落在自己頭上就好，有些敢怒而不敢言，擔心他們會扔出撒手鐧，刀光劍影的報復，像周胖子那號人呢，太保流氓從不惹他，河是河，井是井，旁人在那兒拚命，他躺在那兒用腳趾頭搓著腳趾頭，無動於衷的說著風涼話。

明知道爹抱不平，保護那個被調戲的女工是對的，光復卻不能不爲爹暗暗擔心，他再強，也只是單身一個人，阿虎阿財都不在身邊，萬一那幫人記恨，得機會找來報復，他總是雙拳敵不得眾掌的。

大刀管阿牛呢，可沒把這回事當成一回事，要把式練功夫的人，平常是絕不出手跟人家毆鬥的，當年師傅那種古老的訓誡，幾十年一直刻在他心上，若說粗著嗓門兒跟人抬大槓，那倒是常有的事，他旁的全能約束，就是改不了那愛抬槓的脾氣。

分局裏有個老巡官，早年鬧過骨傷，是管阿牛免費替他治好的，聽說發生這宗事，立刻就騎單車趕過來，問他傷在哪兒沒有？

「這些小東西，欺負人欺負到我門口來了！」管阿牛又呵呵的扯開他那啞啞的大嗓門兒說：「摸一把捏一把的，嚇得那女工直哭，單車也摔倒了，我正好站在門口，不能不講他們兩句……喝！一聲呼哨就圍上來了！憑那幾把小小的刀片兒就傷得著我？老哥，你簡直把我管阿牛給看扁了。」

「人人都能像你阿牛哥，那就好了！」老巡官噓口氣說：「如今社會上無論發生什麼事，大家不管，一推六二五，全都推在警察頭上，……熱心報個案也好嘛，連報案全不太願意報，等到警察來了，已經白刀子進紅刀子出，一屁股臭屎沒法揩了。」

「話也不能這麼講，」大刀管阿牛牢騷上來了，覆說：「警察有警察的苦衷，良民百姓何嘗沒有他們的苦衷？街頭上那些苦哈哈的小本生意人，拖家帶眷的，掙命都掙不過來，他們願意惹那些兇神？……惹了遭報復，那時候，你們警局能保護得了嗎？」

「當然盡力啦！」

「日夜放崗嗎？」管阿牛咧開肥厚的唇：「馬後炮是沒有用的呀。」

「放開警察，還有法律保護呢。」

「法律嘛？哈哈哈，我這土頭殼真有些弄不懂呢。」管阿牛說：「前些時，市場上捉住一個殺人犯，報上說：他已經有了五次殺人的前科，而且三次殺死，兩次殺傷，……這種貨色，居然有第六次殺人的機會？法律保護了那些被殺的人嗎？這種輕飄飄的法律拿來對付惡人，我看有問題啦！」

「你的意思是指量刑太輕？」

「當然太輕，殺人償命，欠債還錢，惡性殺人犯更不能寬容，老古人都懂得這個，如今開口講文明，閉口講文明，反把我管阿牛講糊塗了，說真話，巡官，你們早先在老家，也有這許多流氓太保當街耍野蠻嗎？」

巡官鎖著眉，彷彿陷進一種深沉的思索。

「我們那兒跟這兒不一樣，那兒有很多族群，比如張家村一族全姓張，李家寨一族全姓李，有長幼，有輩分，有宗祠，有執事，鄉下地方沒有警察，好些事也不用經官，標準的宗法社會，當然也有很多好處，不過也不能說沒有缺點；至少，安定性比今天要高，因為那個社會的力量，遠大過警察的力量。我說個事情你聽，就明白今天幹我們這一行的苦了！——一個姓李的警員告訴我，他的管區有兩家人，一天吵了八次架，找了他八次，皮鞋底都跑掉了！他說，幸好只是兩家，要是有四家、六家，他就不必到班，專為那幾家服務到底了，假如旁的地方發生流氓行兇，他沒趕到場，又是他的責任，他沒有分身法，是不是呢？」

「我可沒批評過你們。」管阿牛說：「雖說我是土頭殼，也懂得你們的難處，我們的法律太文明了，人卻跟不上，你們是夾在當中做蠟！」

老巡官笑笑說：

「我們是認了，做蠟也得做到底，那些小流氓要膽敢再來找你老哥的麻煩，好在分局靠得很近，還望早些告訴一聲，不要讓我們空架馬後炮。」

「放心罷，」大刀管阿牛拍拍胸脯說：「我這把老骨頭，自信還夠硬，憑那幾個沒脫奶腥氣的小子，想啃還啃不動的，謝謝你大老遠跑過來看我，我既出頭管事，就不在乎這個。」

巡官拍拍管阿牛的肩膀走了，管阿牛叫光復去替他買酒。半瓶老米酒落肚，他便把剛剛發生過的事情給忘了，做兒子的卻說：

「爹，人家巡官說得不錯，那幫人在你手上栽了觔斗，明裏就是不敢報復，暗裏也會報復的，我要上學，阿虎阿財又都不在家，你一個人在店舖裏，還是防備點兒好，萬一吃了虧，就晚了。」

「他們敢怎樣？捅我黑刀子嗎？」

老店舖的櫃台裏，雖然亮著燈，但仍暗糊糊的一片，好些年來窩在這間店舖裏，光復覺得逐漸老去的爹變得比早先更加固執了，他說話時，兩手分撐著桌角，探起上半個身子，他那闊大的兩肩，明顯的仍蘊蓄著巨大的力量，但已失去往昔的彈性，變得有些顫索有些僵硬了，那不是他真正的問話，而是有些嘔氣意味的肯定，——肯定對方根本不敢。

「爹，您就防著些也沒錯啊……」

光復自覺有許多話，不便當著做爹的講，恐怕更會激怒他，也許今天的社會上缺乏一種公義的制裁力量罷，真正主持公道的人，反會被人目爲狗拿耗子——多管閒事，你就是見著有人當街吐痰或隨地便溺，擠公車不守秩序，在圖書館裏大聲喧譁，在公園裏踐踏草皮，亂摘花朵，在馬路上任意扔水果皮，甚至扭開收音機把黃梅調的霉雨灑遍整條街道，你也沒辦法管得，除非你吃了飯沒事，準備應付咒罵和接受揍人的威嚇，因爲這類的事情，隨時隨地都在發生。

大刀管阿牛沒注意兒子的沉默，只顧拾起酒瓶子，朝杯裏嘩嘩朗朗的倒酒。

「你不必擔心我，光復。」他說：「說我土一點，笨一點，我承認。但則是非黑白，我分得清清楚楚，凡是該做的，我就做了！叫我活得縮頭縮腦，我可不耐煩。」

「當然囉。」光復說：「他們不來找麻煩，當然……更好！」

「沒有事。」管阿牛喝了一口酒說：「這種遊手好閒的混混，多半是欺善怕惡，你道理站得正，力氣又比他足，就鎮得住他們了。」

事實也正是這樣，大刀管阿牛看過太多周圍生活裏的例子，對於某些橫暴的人來說，理和法在他們眼裏都不一定具有多重的份量，但若在法理之外，加上一份「力」，他們就不得不買賬了，力是最現實的東西，國與國之間，人與人之間，可以不用它，但卻不能沒有它。社會的口碑，是力，人群一致的希望，也是力，但在某一種特殊情況下，比如六七把暴戾的彈簧刀，渴閃著欲飲人血的亮東西，困著一個人的時候，這當口，唯一能保護自己生命的東西，不再是理、法和其他什麼，而只是純粹生理的力量，從來沒有一個衰老瘦弱的人，敢於去干涉那些流氓，即使有人敢挺身而出，結果也會頭破血流，就是這個道理。大刀管阿牛言語上很笨拙，說不清楚這個，但他心裏很明白，假如他沒有一對缽大的拳頭和一身硬扎的功夫，當那些小流氓當街戲侮那女工的時辰，就沒有他出頭管事的份兒了。

可惜的是一些孔武有力的傢伙，把力量全用岔了地方，不用到正處，卻用到邪處去，平素仗恃著有力，橫行無忌，才造成一股暴戾之風罷？

他大口的喝著酒，噓出辛辣來：每當他想到這些使他困惑的問題時，心裏就悶塞塞的，有一種透不過氣來的壓力。

光復雖沒有再說什麼，心裏也牽牽扯扯的放不下黃昏時發生的那宗事情，也不知怎麼的？一想到那幾個花衫小子，就連帶著想起弟弟阿財來，阿財那種人，如果生在樸實的環境裏，日後會跟爹一樣，可是，目前的社會風氣實在太那個……他要是把持不住他自己，日後變成什麼樣？那可就很難講了！

「爹，阿財賣藥不知到哪兒了？」他說。

「大概在台東那一帶鄉下罷？」做爹的說：「就是沒到大站頭，不用補貨罷，信也該寫勤些的，阿財這小子，連封信也懶得寫回來！」

父子倆吃了飯，聽見舖外有人這樣的招呼。

「阿牛叔在嗎？」

「在！」管阿牛說：「哪一位？請進來罷。」

進來的是管區李警員，一個常年笑瞇瞇的傢伙，老婆陷在大陸沒帶出來，又拒絕人家替他介紹對象，光復他媽沒死時，也曾好心的爲他介紹過一家紮匠舖初中畢業的女兒，不過李警員好像心甘情願的打光棍罷了。

「你們也一起進來罷，」李警員踏進門，轉身朝外招手說：「這就是你們要謝的阿牛叔。」

跟著進來的，是個農夫模樣的中年人，手裏捏著一捆很污髒的繩索和一只舊麻布口袋，旁近伴著那個剛剛被流氓調戲的女工，手裏提著一大包禮物。

「我現在是來道謝啦，」那農夫打躬作揖的說：「我的女兒，虧您搭救她，您是大好人啦。」

「坐，請坐。搬椅子來，光復。」管阿牛看見那包禮物放在藥櫃上，就指著說：「這是幹嘛？……這像什麼話?!我管阿牛從沒收過這些。」

「那些壞傢伙，天天跟著纏著她，我也惹不起他們，今天要不是您出面，我的女兒真要被他們欺侮死了！」對方感激的說：「這點兒東西，好歹是一片心意……」

「不不不！」管阿牛急忙搖著他粗大的手掌說：「我打抱不平，做人應該的，根本談不上一個謝字，禮物，我無論如何也不能收，請不必再三推四讓了！」

「嘿嘿，不談這個了。」李警員幫著光復取椅子，一邊跟女工的父親說：「咱們阿牛叔，就是這個牛性子，直對直，從來不會打彎的。」

「不不不！」那個固執的說：「東西買得來了，絕沒有原封退回去的道理！我剛剛講過，禮輕情意重，難道阿牛叔拒絕我這一片心？」

他這樣拿話一頂，頂得和善的李警員在一邊乾搓手；一條牛好辦，兩條牛難辦，兩人這樣角對角為禮物猛頂，使得那年輕的女孩子在一邊為難，多麼尷尬的事情?!

「好了，好了！」他急忙打岔說：「有話坐下來談，嗯，坐下來談。」

「無論如何，我不能收您的禮物！」

「恁是怎樣，您也非收不可。」

「萬萬不能。」

「一定要收。」

「收了不成話。」

「沒這回事，這是理所當然的。」

兩人站在藥櫃邊，真像兩條牛吵架似的，把那包禮物你推過來我推過去的拉著大鋸，李警員總算費盡力氣，把兩人分別捺在椅子上。

「兩位先歇一歇，聽我說個笑話。」李警員說。

「笑話？呵呵，」管阿牛先自笑起來，很有興致的說：「什麼樣的笑話？」

「說是從前有一對夫妻。」李警員說：「女的懷了孕，肚皮脹得像一面鼓；過了十個月，不見孩子落地，一年一年的過了好幾十年，孩子仍舊沒生出來，孕婦卻已經老死了！」

「呵呵，這才真是笑話，」管阿牛說：「世上哪有這等的怪胎？你相信不相信？」他轉朝父女倆說：「懷胎懷一輩子，賴著不肯出來。」

「既然是笑話，你理就拿當笑話聽好了！——孕婦死後，有人主張剖腹取胎，看看究竟懷著什麼怪物？肚子剖開之後，一瞧，裏面賴著兩個小老頭，正在那兒爭持呢！旁人說：『出來吧，一輩子叫你們磨掉一大半啦，還不肯出來嗎？』……『就是要出來啊！』其中一個說：『無論如何，應該他先！』……『不不不！』另一個叫說：『不論怎樣，也非你先不可！』『這萬萬不敢當。』『一定你先！』兩人又在那兒拉起大鋸來了！」

「嗨，兩個笨蛋！」那個說：「哪個先就哪個先，還不是一樣？三推四讓幹什麼？」

「這兩個一定是我們中國人，禮多人不怪，嘔上勁兒了。」管阿牛說。

「既這麼說，我這點意思，您還是收下罷！」對方說：「推來讓去的，反而耽擱時間。」

「說一是一，你帶回去算了！」

管阿牛手底下用的力氣大些，把紙包推破了，裏面露出長方形硬紙包裝的瓶子來，李警員瞧著，生出個主意來，問說：

「你送阿牛叔一些什麼？」

「小意思，幾瓶雙鹿五加皮。」

「那就不用推讓，你們倆初次見面，何不買些滷菜，喝著聊天。」

「你呢？」

「我沒空，」李警員說：「我得去追查那幾個遁走掉的小子，——當街亮刀子圍殺您，得沒得手是一回事，那也是觸犯刑章的。你們平分這兩瓶酒，沒問題罷！」

「謝謝你的好主意，」管阿牛說：「你實在有事，我也就不留，……光復，去切些滷菜來，——咱們改天，呃，等你有空的時候再聊。」

一場晚酒把兩個初見面的人喝成了割頭不換的朋友，管阿牛喝下半瓶五加皮之後，才知道對方姓黃，有個怪氣的名字叫黃豆，有其父必有其女，女兒的名字叫黃花，黃豆教半瓶老酒一泡，渾身上下全鬆了，知道管阿牛膝下沒有女兒，便硬要黃花做他的乾女兒，大刀管阿牛對這事答應得很爽快，他跟黃豆說：

「有了黃花這樣的女兒，我得跟那些花衫小子對上啦，我不能讓那些人欺侮別人的女兒，當然，更不能讓那些人欺侮我的女兒啦。」

「黃花，妳還不趕緊跟妳乾爹叩頭？要不是妳乾爹出面替妳解圍，黃花還會是黃花嗎？」

「叩頭可不用這麼急。」大刀管阿牛說：「總得先讓我預備預備，買妥禮物，再請些親朋戚友來，好好的熱鬧熱鬧。既然收女兒，就得像回事。」

光復坐在一邊，和黃花面對面，兩個老的趁著酒興，大聲的談天說地，他們卻默默的沒作聲。光復感覺到，當前社會上有一些人，光看著許多不正常的街頭現象，就一口咬定這社會是冷酷的，混亂的，缺乏法治精神和理性的，那也許只是由某些驚心觸目的表態所引發出的錯覺，在這個社會上，走黑道，耍兇蠻，作奸犯科的人畢竟是少數，在這些浮層現象的背後，仍然有廣博的同情，深厚的愛心存在著，光照在人心裏面。……這間暗沉沉的老店舖，昏昏欲睡的燈光所描出的圖景多富有人情味?!無需誰去宣揚，也沒有誰能以如椽巨筆捕捉到這些的全面，它實際在社會各處存在著，並非是在人人可以爭睹的街頭。

黃豆領著黃花辭別之後，時間已近午夜了，大刀管阿牛這才有空踱到小天井裏，扭開簷下吊著的電燈，看看花圃上光復新移植來的花，趁著酒興，又挽起衣袖，認真的做了一套八段錦，帶著幾分醉意，用濃重的鼻音跟光復說：

「我早先只顧窩在舖子裏，不問外邊的事，這些遊手好閒的傢伙，才會明目張膽的鬧到門口來，朝後去，我得多出頭管管事，不能光指望警察。」

事情過去也就過去了，光復所擔心的報復並沒發生。警局以妨害風化罪把揮刀逞兇未果的小子轉送法院，那天聚眾滋事的，一個也沒有漏掉。

阿財終於來了信，同時匯回八千塊錢的大額藥款，叮囑舖裏趕快託貨運行把補充的藥物送到台東去，大刀管阿牛掐著指頭一數算，阿財帶著藥班子出門，攏總不到一個月，扣除班子上的食宿和各撥半個月的薪水，能淨落八千塊，足證阿財這小子硬是在認真賣藥，簡直能單獨的撐門立戶了。

自己當初到各地跑碼頭，可從來也沒有這樣風光響亮過，阿財信上說：大刀號管家老舖的旗號和名頭，在沿海的村落裏闖出去啦。大刀管阿牛心裏一寬慰，就想起收黃花做義女的事情啦。

年到半百的人，兩個兒子長得像樹椿兒，如今又添了個送上門來的女兒，人，該夠知足了！他也想起跟阿財一道兒出門賣藥的玉枝，她不但是柯家的好女兒，將來也該是管家的好媳婦，只可惜沒唸多少書，原打算替光復提提這門親事的，如今光復把腦殼埋進書堆，一心要考大學，看樣子，還該替阿財先操這份心，他若對玉枝有意思，等回來就找柯大嬸兒去說罷！

也難怪自己先爲阿財打算，他實在壯碩到使人相信他已到娶媳婦的時刻了，阿財賣藥的本領業已很靠得住，他擔心的事情便縮到這點上來了。玉枝雖說家道中衰，變成孤門小戶，她終竟是清清白白的好女兒，也是老友託囑自己照應的人，這趟允她跟阿財的藥班子出遠門，不想還不覺得怎樣，越想越覺不甚妥當，年輕輕的姑娘，和藥班子裏在一道兒，擠車擠船，投宿落店，哪還能分男是男女是女？萬一出了什麼岔事，連鍋砸了，叫自己拿什麼臉去見玉枝她媽？又拿什麼話跟她去講？即使她跟阿財要好得過了分，自己這古板腦筋，也覺得很不是正理，阿財要真對玉枝有意，該先問明白了，正正式式的下聘，堂堂皇皇的娶她回家，那才會使自己心安。

天氣熱得使人煩躁，光復的考期一天一天的迫近了，連夜晚也去圖書館，直到深夜才能回來，從早到黑，偌大的藥舖裏只有自己一個人，寂寞得不由不去仰望那張已經變成蒼黃顏色的達摩祖師的水墨畫像。

足踏一莖葦葉的達摩老祖的影像，是醜陋猙獰的，彷彿生長著稜角的頭顱和闊闊的方嘴，深凹的環眼、鐵刷般的濃眉和一圈密密的鬍渣，卻在猙獰中顯出一股子凜然的正氣，他那由一筆勾勒而成的寬大袍袖，一點兒也掩蓋不住他那一身久經鍛鍊的銅筋鐵骨，也許這就是配稱其爲達摩，能在少林開宗的道理罷？一葦渡江並不怎樣的稀奇，更難得的是他寂然盤坐，面壁九年，參禪默考的功夫，爲此，他才配被後世少林宗供奉仰望。

早些時，走江湖習武技的人物，只要是有師承，講名號的，多少都受過幾年的耳提面命，懂得些各宗各派的條規戒法，知道不依規矩不能成方圓的立身之道，至少流傳在民間傳言中的那些英雄人物，那更不必說了，他們心裏總有些仗義行仁的正氣，即使犯下案子，經官投堂，有氣護胸，一身便有依恃，……就是這樣，離開當初達摩老祖悟道參祥的境界，業已相差太遠了，如今這些血氣湧動的傢伙，哪還記取什麼混世走道的規矩？法院是典型的馬後炮，也是最消極的手段，犯了再罰，哪有不犯不罰來得好?!法院就是法院，不是社教館，也難怪得，真要能做到刑期無刑，已經很不錯了，社教館又在幹些什麼呢？又能幹些什麼呢?家教才是頂要緊的。

想到家教，自己不能不慚愧!自己是個粗人，心裏朦朦朧朧的經常想到一些什麼，嘴唇卻像被黏住似的，把心意緊緊鎖扼著，從來也說不出道理，日子久了，也習慣了，只要有棋子敲敲，牢騷發發，悶酒喝喝，便把那些全都給擱在一邊生霉去了。

想起那口子在世的時分，還會細心的教著孩子，盼著孩子，如今孩子盼大了，她卻沒能眼見，白白的苦了半輩子，這份疚歉，只怕要帶下棺材去了。兩個孩子，該說沒什麼家教，但則光復是不用教自成人的那種人，當然好老師和好書本幫助他很多，至於阿財，是龍是蛇，說來還是太早！他那種踢跳不安的脾性，很容易受外邊那幫閒漢的影響，尤獨是他所交結的那夥朋友。

總之，在阿財娶妻生子之前，他放不下這顆心。

用鐵製的鐵碾把草藥碾成粉末兒，單調的鐵輪滾動聲自會促引他這些呆想，日子太單調太沉悶了，死死板板的一幅畫兒，連底子的顏色也沒變化過，如果沒有達摩祖師面壁的事情在前，他幾乎想跟阿財的班子出去走走，歌和戲不唱，敲打敲打鑼鼓，練他幾路拳腳總行，這當口，他真想念阿財和徒弟阿虎，盼他們能夠早些回到這暗黑的老藥舖裏來。

那天有一輛裝著大喇叭的影院三輪宣傳車，踏到市場口上窮叫喚，大刀管阿牛正脫了鞋，回臉朝外，用腳掌蹬動藥碾鐵盤上的滾柄，慢吞吞的碾著藥，門外的日頭白花花的，車子一面滾，一面撒出一把把的彩色單張兒，一大群孩子，狂喊狂叫的跟著車子跑，去搶那些漫天飛舞的彩紙。

大刀管阿牛平生最討厭看電影了，一塊白布亮上光，露出的那些山水人物都是摸不著的，電影映完了，白布還是白布，自己的錢卻進了旁人的荷包，這他媽從頭到腳都是騙人的洋玩意兒，看也沒什麼看頭！就說它是真的，也夠污穢，可不是？女人出來，前胸後背缺塊布，男人裝模作樣活像屁精，那股娘娘腔夠人嘔出隔宿的陳飯來，三句話沒講就公然摟頭抱腰，女的啃男的嘴唇，男的啃女的胸脯上的肉饅頭，好像根本沒把台底下成千人放在眼裏，警察光知處罰攤販，不處罰那些做電影的人妖，才教人咄咄稱怪呢！

「去看電影，卡緊去看這款的好片……」

大喇叭裏有個捏尖嗓子的男人在叫喚著。

大刀管阿牛搖搖頭，自言自語的：

「天好的影戲，也不過是那一套，幹娘就差當著人脫衫脫褲。」

他知道這話太武斷了些，有些影戲不來肉麻的男女，來的是千軍萬馬，殺起人來像殺雞一樣的快當，那麼，如今的藍眼高鼻子，想必都是殺掉下來的膽小鬼，不敢回家，才帶著洋鈔在海外飄流的罷？……橫豎那些東西太遠太遠了，太遠的人和事，他懂不得，其實從心眼兒裏也真懶得去懂，花錢買一場瞌睡，那才是冤枉呢，旁人可以，管阿牛可不幹，他只是喜歡歌仔戲，可惜歌仔戲如今日走下坡，被攆出大戲院，攆到野台子上來了，再過十年八載，只怕想看也看不著了罷？

宣傳車叫喚過去，嘿，跟著是一支喇叭聲，自己想看的歌仔戲可不是真的來了！這是北部來的大班子，一聽喇叭吹出的調子他就知道。他趿上鞋，走到藥舖門口，喝，亮相的行列已經一路迤邐著壓過來了。

穿制服的樂隊走在前頭，鑼鼓班子跟在隊尾，廿幾輛三輪車，每部車上坐著一個濃妝艷抹的活人，千金就是千金，狀元就是狀元，五顏六色的彩色，厚得起殼兒的臉上脂粉，都是真的，太陽底下做不了一絲一毫的假。

「嘿嘿，」他自管傻傻的笑出聲來：「這樣的戲，才值得我花錢去看呢。」

達摩畢竟是達摩老祖，貼他在牆上他就在牆上，從沒再見他下來過，自己礙了這多天的藥粉，去看場好戲，吃吃露店的米酒也不算浪費，好在光復看書回家晚，自己早點兒出門，呷幾杯再進戲院，看晚上頭一場戲，散戲走回來，光復怕還沒到家呢！

演歌仔戲的戲院子總是最寒傖的小戲院，若不是出了名的戲班子，在這種大鎮上，只怕連那種戲院的檔還軋不上呢！

小戲院子在狹窄的後叉街上，飲食攤子把馬路擠成小弄當，滿地甘蔗皮黏著人的鞋底，擦掉了這隻又黏那一隻，賣四果冰的連蒼蠅也給冰了朝上端，四果之外另加一「果」，彷彿不這樣就不夠公道；愛玉冰比較清爽些，少少的有一層沙灰，喝的人也就不必計較了！

那邊是幾家吸血的小當舖，一條腰皮帶也能當一碗陽春麵錢，利錢一個月只划半碗麵，但從不見有人贖回去當成上吊的繩子。當舖那邊是夜市，什麼貨全有，真的便宜貨和假的便宜貨都有，還有專賣春藥，因為後巷裏立刻就可以派上用場，黑道人物常來走動，一天裏哪個時辰有巡邏警，幾乎人人都知道，幾次巡邏之間的空檔，足夠鬧事的，當然他們只要能保住門面，白吃白喝白看戲也就夠了！沒有幾個願跟警局打那種激烈的交道……。

大刀管阿牛趿著鞋，在黃昏時來到這條小街上，他的人高過旁人一個頭，一顆大腦袋在別人的頭頂上晃盪著，格外的顯眼。

他找著一家賣麻油雞的露天攤位，揀張桌子坐下來，要了一碟麻油雞，一瓶老米酒，慢吞吞的消磨起來，那邊有一家賣螃蟹的露店，螃蟹是他最愛吃的東西，十來年前，他一餐啃過十二斤梭子蟹，不過那時螃蟹不像今天這樣昂貴，螃蟹的價錢硬是被愛吃海鮮的闊佬哄抬上去的。

一個人，當自己年輕力壯能賺錢的當日，儘可以對自己寬厚一點，如今藥雖是自己親手搓製的，但卻全是阿財阿虎他們賣出去的，人老了，孩子大了，自己用錢就不能像往常那樣了，窮花阿財賺來的錢，太不像一個正經的父親，省儉點兒，也該是人將老去時的本分罷！

他舉著酒盞，彷彿連殘陽也被他飲進去了。

賣麻油雞的那家露天攤位對面，同樣是彼此捱擠著的吃食攤子，一排被熱霧困著的燈火連接成一條長龍，白布篷掀乎掀乎的，白篷上面現出一排雜亂無章的小木樓，或早或晚拼搭成的違章建築，有的刷黑漆，有的刷綠漆，有的木板朽壞了，就用原色洋鐵皮打補釘，其中一家伸出個陽台來，使紅漆漆成的木欄杆，看上去非常顯眼，更顯眼的還不是黑綠叢中那一排兒紅，卻是欄杆上晾著的衣物，大刀管阿牛約略數了一數，一共有七條女用的三角褲，十件式樣不同的奶罩，竹竿上更橫晾著尼龍襪子，半透明的睡衣，那顏色，勝過西邊天壁上的黃昏雲。

幹娘這家簡直是座瓦窯，管阿牛心裏說；要不然，哪來這許多女的？這也用不著認真去想，人家是人家，自己是自己，不過喝悶無聊，隨意瀏覽瀏覽罷了！

賣痲油雞的老闆把大刀管阿牛抬眼朝那邊矚望的神情瞧在眼裏，先是會岔了意，跟著就表錯了情，一面忙著招待旁的客人，抽空跑來，咬著管阿牛的耳朵說：

「對面閣樓上，就差沒掛綠燈，價錢卡便宜，……你只要從那邊那家小理髮店旁邊小弄拐進去，就有人會跟你搭訕。談妥價錢再進去，不然會被捉大頭，最多十五塊，對半還。」

「你賣幾碗痲油雞能賺十五塊錢？」管阿牛反拍老闆一下肩膀說：「聽口氣，你像是常客。」

「噓……」老闆手捺在嘴唇中間噓了口氣，那意思是嫌管阿牛說話的聲音太高，他沒答話溜過去端麵，過一會又轉來，聳聳肩膀說：「小聲點成不成，這是暗門子，去不去在你，可不用大聲嚷嚷！」

「怕什麼，提大茶壺的又不是我，又不是你！」管阿牛咧開唇角，呵呵的笑著說：「除非你老婆吃醋，晚上擰紅你的耳朵。」

老闆又很為難的聳聳肩膀，臉色酸苦沉黯下來：

「幫幫忙，我們做小生意的，混口飯吃，得罪不起那些人物，——你這一嚷，日後叫警察取締到他們頭上，查出是我漏的風，那，我還會活得成?!」

管阿牛仰著脖子喝了一口酒，覺得心裏鬱著火，便問那老闆說：

「你說說看，什麼人有這麼厲害法兒？……我在這集鎮上活了半輩子，還沒聽說有這號人物！如今民主時代，法治時期，幹娘賣春館的龜公也稱得了惡霸，那還成什麼話？我是不信這個邪的！」

「我求求您；求求您甭在我攤位上這樣講話，」老闆急著哀懇說：「您不信邪，我信邪，……這是沒法子的事情，小本生意人，怕惹是非……。」

黃黃白白的一張瘦臉，原已被風霜歲月打磨得那樣憔悴，再加上一種無形的恐懼和憂煩那麼一擠壓，人不成人，真像是個可憐蟲了，他原想再嘀嘀咕咕說些什麼，管阿牛用手勢止住他的話說：

「好了好了，我全知道了！我呷我的酒，你忙你的生意去罷。」

望著露攤老闆那瘦小寒傖的背影，大刀管阿牛忽然覺得一瓶老米酒不夠，喝悶酒感慨不得，一感慨就得再加兩瓶，否則壓不熄心頭的那股鬱火。早就知道後叉街這條五方雜處的新興街道很複雜，黑社會的一些幫口在這兒酗酒毆鬥，尋芳客來這兒花錢鬆褲帶，有人在像蛛網般縱橫的暗巷裏設賭場，狡兔三窟，跟警察玩著捉迷藏；吸毒犯，殺人犯，因案被通緝的傢伙們，常利用這塊擁擠雜亂的地方窩藏一個時期，避避風頭；賣假貨的，耍花樣騙鄉愚的，什麼三教九流都聚集在這兒，使這塊人潮洶湧的地方變成犯罪的淵藪。有很久很久他沒到這兒來走動過了，他可沒想到黑社會竟有這樣硬扎的扒頭，能使得苦哈哈的良民談虎變色，連法律、警力都不敢相信了！

怨得了這些做小本生意的人嗎？無論如何，身子不壯實，力氣又單薄的人，總會吃點兒虧的，自己不必把麻煩帶給他。

那邊的小木樓上亮起燈來，一個看來只有十四五歲的黃瘦女孩出來收拾晾晒的衣物，滿塗脂粉的臉和病態的鬆弛的肌肉，一看就知是被尋芳客過度作踐很久的雛妓，管阿牛正瞧著那樓上，不知道對面狹巷入口的暗影裏，正有幾個人瞧著他。

「上回插手管閒事的，就是那個老傢伙！」

「對，後面市場上大刀號藥舖的老闆，這老傢伙很有幾下子。」一個說：「他兒子阿財跟小郭是朋友。」

「金狗，你是怕了他，不願幫咱們？」

叫金狗的那個聳聳肩膀：

「憑咱們幾個還擺不平他，得多約幾個人，帶上傢伙。我這就去約人，你留在這兒踩著他，咱們先設計把他誘到暗巷裏再動手，讓他拳腳施展不開，擺平了他，立時就開溜。」

「快去快來，金狗。」另一個說：「這口怨氣不出，後市場那一帶，咱們就不能混了！」

大刀管阿牛一點也不知道暗裏有人釘上了他，喝完第二瓶老米酒，身子有些飄飄的，真像藥舖畫幅裏一葦渡江的達摩，他伸伸胳膊挺挺胸，掏錢會了賬，轉到小戲院門口來，用剛剛找零的錢塞進售票口，換了一張戲票。緊跟在他後面，有個十八九歲的小子也買了票，眼看管阿牛走進戲院裏去，他便轉回身東張西望，顯出很焦急的樣子，去約人的金狗還沒回來，他要留在外面跟金狗連絡，當然不能跟著管阿牛後面進去，不跟進去，又怕錯過機會，等到戲院散場，千百人分頭朝外湧，到哪兒找人去？即使找著了人，他跟著人潮在大街上走，也拿他沒辦法，——當街亮傢伙動手不是不能，只怕街上人多，大商號全有電話，報警方便，也許還沒把對方放倒，警局就來了人，那時候只要捉住一個，其餘的全得給牽上。

「幹娘金狗，太慢了！」

他嘴裏嚼著檳榔，把血紅的檳榔汁，隨口吐在地上。

戲院裏已經開了鑼，班子真夠硬紮，戲目也排得夠精彩，可惜吵鬧的聲音太大，根本不對號，管阿牛被擠在後排一邊的角角上，前頭有一根木柱擋著視線，爲了看得清臺上的人臉，他的腦袋得要像新式電風扇似的左右大擺頭。

臺上演的是秦叔寶跟尉遲恭爭掛帥印的故事，黑頭尉遲恭剛出來，出神之際，就覺背後有人拍他一下。他回過頭，看是一個剃平頭的中年人，穿著染色的軍服，樣子像是內地籍的退役軍人，臉有二分熟悉，一時卻忘了在哪兒見過。

「管老闆，還認得我不？」那人說：「我姓祝，早先在傘兵連上當士官長，六七年前，我跳傘傷了盤骨，是您給醫好的，那時你勞軍義診，不要錢，我們部隊長送您一塊匾。」

「啊，你是老祝，你還在部隊上？」

「不。」老祝說：「我早就退了役，現在在戲院對面擺香菸攤子，日子還過得去。去年我大兒子進幼校了，我的腿雖好了，還常常發陰天，也該退下來，把家給維持住，讓年輕人安心的幹了。」

「老祝，你既在對面擺香菸攤子，想必知道樓上那個私娼寮是誰開的罷？」

「啊，您不知道？那是王巴益幕後支持的，聽說很有點兒惡勢力，不過那些傢伙對我們退役軍人還不敢怎樣，買香菸照樣給錢！……王巴益，您認識嗎？」

「不認識，」大刀管阿牛搖搖頭：「什麼王八王九的，我這大半輩子，從沒跟那些人打過半分交道，除非他們狗咬狗帶了傷，找我去買刀傷藥。」他又跟著開了句玩笑說：「賣藥治流氓，我不能說不賣，可是藥費略加一成，——這是我自己訂的規矩。」

「您再想想看？」老祝說：「也許您得罪過王巴益手底下的誰了。」

「怎麼樣？你聽著什麼了？」大刀管阿牛尋思著，他實在想不出從哪兒會得罪這些人。

「我就是為這事找您來的。」老祝挪了挪身子，放低聲音說：「剛剛你在賣麻油雞的攤位上喝酒，我認出是您，正想過街招呼您，替您會賬，表表心意，我屁股剛離板凳，就看見暗娼館的保鑣，外號叫疤殼的傢伙，跟一個專門愛打架動刀的，叫金狗的小流氓指著你說話。」

大刀管阿牛聽了這話，兩道濃黑的眉毛不由緊皺起來。戲臺上的鑼鼓一陣比一陣緊密，敲打得管阿牛心煩，戲總歸是戲，臺上的仁義道德，演了千百年，並沒搬到臺下來，王巴益和暗娼館，疤殼和金狗……那黃瘦的雛妓的影子，使他覺得要喝第三瓶酒。

「疤殼我也不認識，金狗我也並不認識。」他思量一會兒，困惑的說：「他們講了我些什麼？」

「他們講你上回管閒事，金狗說認識你是大刀號藥舖的老闆，疤殼大約吃過你的虧，口口聲聲要把您給擺平，他慫恿金狗助拳，金狗答應去約人，要把您誘進暗巷裏去動手，」老祝說：「我一聽這話，就沒動彈，你會了賬，去買戲票，疤殼踩著你，也買了票，金狗沒回來，你已經進了戲院，如今，疤殼還站在戲院門口等著呢！」

「嗯，我倒想起來了。」大刀管阿牛說：「這疤殼是不是前些時教警局傳過，移送法院剛出來？」

「不錯，聽說有一個判了三個月，疤殼是繳了罰金先放回來的。」

「好了，我曉得了。」管阿牛說：「老祝，多謝你這麼關心我，這幾個傢伙，前些時在公園門口調戲婦女，我出頭攔阻過，他們吃了點虧，想報復，黃口牙牙的小子，不敢把我怎麼樣的。」

「話可不能這麼說，管老闆，您當初救過我半條命，我才敢當面這麼勸您，如今社會上，刀光血影鬧血案的，多半全是這些血氣方剛的野小子，我知道您有些功夫，肉身子比不得扁鑽、鐵棒和武士刀，既有這種事，我不得不趕來報個信，叮囑您小心防備著……」

「怎麼防呢？」管阿牛說：「總不能連人也不做了，躲進鼠穴去做老鼠。他們這樣橫來也好，我這幾根老骨頭賣掉算了，倒要試試他們橫蠻到什麼程度，使得街上擺攤子的，都怕他們怕得像老虎?!」

「我已經要我老婆去報警了！」老祝說：「等歇戲散場，你跟大夥兒一道走，出門不要離正街，會有便衣刑警伏在附近，他們不至於當街動手的。」

「不要緊，」大刀管阿牛說：「你回去看攤位好了，我既知道這事，自會照應自己的。」

「我這兒只有這玩意，——香菸攤用的短棍，您不妨在身邊帶著，也許能有點用處，」老祝突然回頭勒住話，悄聲說：「喏，疤殼進來了，門口站著的就是，趁他初進黑地，看不清楚，我走了！」

老祝站起身，出邊門走了，真把一支方形的木棍遞在大刀管阿牛的手邊，管阿牛順手一掂，真可笑，那是最鬆脆的木料——水松鋸成的，打在狗腿上狗全不哼，只配拿去做火柴桿兒，自己的雙手，足能扯彎五號鋼筋，運起氣功來，雖不能說刀斧不入，至少是護不了表皮也護得住筋骨，若靠這根娃娃棒去對付這些小流氓，管阿牛就不配稱大刀管阿牛了！

他把那木棒放在座位底下，決心不用它，還是空著兩手，定下心來看戲再講。

看戲剛剛續著方才的情節看出些眉目來，旁邊椅子一動，猛的坐下一個人來，那正是老祝指認給他看的暗娼館保鑣疤殼。

疤殼坐相很惡劣，雙手交叉抱著膀子，把一隻腳高高搭在前排的椅背上，鞋尖離前排的一個梳馬尾頭女孩的頭髮只差一指，嘴裏還叼著一支菸捲，只燃不吸，憑它黏在下唇上。

管阿牛發現這小子根本沒心看戲，身子朝自己這邊歪側著，幾乎貼住身體，乍看倒像兩人是朋友，一道兒進戲院，就差沒說話。

管阿牛故意的嗆咳著，用巨大的手掌在面前揮打那些煙霧，等著疤殼表示什麼。疤殼只是一個人進來，看來滿乖覺，知道對方討厭他叼著菸捲，便把它吐在地上，用腳踏滅了，再斜瞟管阿牛一眼。

「您是後街管大叔？」他說。

「不錯，正是你要找的。」管阿牛說：「要買刀傷藥，還是少林運功散？」

「不是，」疤殼說：「我有幾個朋友，在外頭想找您，也許是誰有了毛病？……總之，我也弄不清楚，您好不好跟我出去一會兒，見見他們。」

「不錯，」管阿牛笑笑，心想：老祝說的一點兒也不錯，這小子真動腦筋要找自己的麻煩，約莫那金狗已經把人給約來了！疤殼費盡心機要釣自己出去見見真章，也真難爲他，轉彎抹角說了這些處處露馬腳的謊話。「不錯，」他緩緩的重複說：「既然有毛病，找上了我姓管的，我少不得要認真替他們修理修理。」

他一面這樣說著，一隻巨靈似的巴掌就輕輕按在疤殼的腦袋上，摸弄說：

「直說了罷，疤殼，你外頭約來多少人？要把我怎樣？姓管的全不在乎，什麼金狗、銀狗，一窩子狗，你大叔我都領了。你先瞧清楚，我是赤手空拳，你先說個地方，——不要在狹窄的暗巷裏，郊外荒地多得很，憑你選，我隨後就到。你大叔學的是少林宗，除了賣藥打把式，這半輩子沒跟誰打過架，這回你既找上我，就露兩手給你瞧瞧，瞧得你過癮爲止，——不必花錢買票！」

在大刀管阿牛的巴掌底下，疤殼的身子陡然矮下去三寸，他硬被管阿牛這種凜凜的氣勢懾住了，說話時，連舌尖都僵硬起來。

「朝後你管大叔能不能少管咱們的閒事呢？」

疤殼話雖不軟，舌頭自先軟了半截，有一半是談條件，另一半卻帶著些懇求的意味。

「那得看你做事，順不順你大叔的眼了！」管阿牛說：「我不是警務處長，不是法官，管不了那麼多的事，人說：眼不見爲淨，我不會放著藥不做，到處找事管，鬧到我眼前來，我高興出頭，你管得著嗎？疤殼！」

「好罷，」疤殼迫於情勢，硬著頭皮說：「後市場劃給你，咱們不去，旁的地方你甭管，這條件夠寬了，要不然，我讓過你，我那夥弟兄也不會讓過你。」

「乾脆要你那些弟兄把我兩腿敲斷算了。」管阿牛說：「腿斷了，不能出門，哪兒的閒事都管不了啦！……怎樣，選地方罷，快點兒了事，我還來得及看壓軸戲呢，買票是要花錢的。」

「你執意要這樣，我沒辦法了！」疤殼說：「南門橋過去，空地上等著你！」

說著，他一挫身子，從那隻巴掌下面滑出來，一溜煙跑走了。管阿牛又看了一段戲，嫌熱，把褂子解開，捲起汗衫，衝著胸脯和肚皮抹了兩把，這才蹬上鞋子，慢吞吞的踱出戲院來。

天已經黑定了，小街上繁密的燈火輝亮著，人群你捱我擠的川流不息，管阿牛出門之後，舉眼四面望了望，看看四面有沒有人在釘梢？他怕老祝冒冒失失的過來跟他招呼，日後連累到他頭上，自己心裏會很不安。

老祝看見他出來，欠一欠身子，他就用手勢止住了對方，經過那香菸攤位面前時，老祝低聲說：

「七八個帶傢伙的，一窩蜂朝西去了，……刑警也跟過去了。」

他嗯應著點點頭，繼續朝西走。答應了疤殼，就得去教訓教訓他們，這社會不能不有點兒正氣，人人都怕了流氓，那些傢伙才自以爲是橫行無忌的螃蟹，良民百姓自己不硬掙起來，結成一股力量，凡事依靠警察，總歸不是辦法，大刀管阿牛堅持著這種想法，心裏並沒有半分畏怯的意思。

刑警跟過去了，老祝這樣告訴過他，老祝這番心意很値得感激，不過，爲這點芝蔴綠豆的小事去麻煩警方，實在也犯不著；刑警也很可憐，一月拿那幾文錢，風裏奔，雨裏跑，頂著刀口過日子，遇上大刑案，日夜不休的挖盡腦血，熬紅兩眼，兇犯拒捕傷人的事，報上登得太多太多，拿今晚來說罷，金狗跟疤殼要是不亮傢伙動手，刑警也沒道理抓人，只好在暗地裏「罩」著他們。

街道越朝西邊越顯得冷落，有個用籐圈套磁器的場子，一家賣鳥和天竺鼠的店面，一家彈子房，再過去，就只有清清冷冷的路燈，照著寂靜的路面了。南門橋的灰色橫欄遠影，在前面發著亮光。

大刀管阿牛走過那座橋，在一處孤落的農戶人家旁邊的空場子上，發現那些等著他的人，三三兩兩的分成好幾簇兒，有的騎摩托來的，有的騎單車來的，單車和摩托也散放在附近的樹影下和草垛邊，有兩個傢伙臉背著光，叼著菸捲兒猛吸，菸頭的紅火一閃一閃的，照亮他們的眼眉；路燈光打遠處投射過來，把他們的身影拉得很長很長，七縱八橫的躺在地面上。

忽然有個很奇異的感覺掠過大刀管阿牛的腦子，他真心的憐憫起這些孩子來，以他這把兩鬢漸白的年紀，至少比這些混混兒們大上十幾廿歲，想當年自己跑江湖吃辛苦的時候，這些血氣方剛的小伙子，還不都是躺在竹搖籃裏的娃娃?!

老古人說得好，玩刀的必死在刀頭底下，這些愛逞強鬥勝的傢伙，今天你拚我，明天我拚你，天天在刀口兒上玩命，不出三年五載，不是犯案坐監獄，便是血流五步被擺平在那兒了。有氣有力的人，哪兒不好用？幹這一行，讓妻子兒女跟著受罪，哪天倒下頭來，一家全失了活計，豈不是自作孽?!……滿地躺著的黑色影子，就是那種血影刀光的夢幻，人生像這樣，未免太可憐了！

「來了，老傢伙來了！」誰這樣吆喝了一聲。

三兩簇兒等著的人，朝開閃了一閃，暗暗把大刀管阿牛給軟圍了起來，他們雖然有些吃驚，但看清管阿牛只是一個人，便沉著下來，並沒立即亮傢伙。

「疤殼，」管阿牛大聲叫說：「疤殼，你大叔我來了，快過來說話。」

「我在這兒。」當著眾人的面，疤殼顧面子，又依仗人多有撐持，雖說心裏對管阿牛有七分畏懼，也不得不硬著頭皮，虛張聲勢的硬了起來。

「把你的朋友替我介紹介紹，誰是金狗？」

「我就是。」金狗陰惻惻的笑笑。

「你們哪個有毛病？要我來修理？」管阿牛說：「我雖沒幹過獸醫，你們有毛病，我自信還能治得了！」

「你幹事太過火，」金狗說：「不修理修理你老傢伙，你不知道厲害！……疤殼他們幾個，什麼地方得罪了你？你要在後市場出他們的洋相，害得他們進警局，火柱仔被判刑，你知道不？」

「法院不是我開的藥舖，有罪才判他！」管阿牛說：「像我坐在屋裏大半輩子，怎麼沒有人來判我?!……金狗，你打算怎樣修理人？七八個對一個？亮刀子對空手？這是有種人幹的事情?!你要真有種，放單過來，幹給你這些弟兄瞧瞧，讓你大叔秤秤斤兩，看你憑什麼橫行無忌？敢不敢？」

管阿牛輕鬆的舉起雙手，身子轉動著，給四圍那些傢伙看個明白，他說：

「我是赤手空拳，金狗可以亮傢伙，他要是不敢，他就是膿包蛋，你們跟他混八輩子，也混不出名堂來，不如回家掙錢做事養活老婆孩子才是正經。」

虎雖老了，虎牙還沒脫，大刀管阿牛那種穩靜沉著，心平氣和的樣子，別有一種懾人之氣。他們原以為人多勢眾，只要管阿牛一來，便不分青紅皂白，一道兒湧上去亂砍亂劈，完事再說的，但在這些年裏，單身一個人，空著兩手赴約闖陣，像管阿牛這樣穩如泰山的，卻連一個也沒有，若沒有兩下子，成嗎？

他們面面相覷的遲疑著，楞在那兒了。

「來罷，金狗，你大叔陪你玩玩！」

這種指名挑戰是金狗最受不了的，大夥兒既沒走動，被阿牛這老傢伙搶先一著，金狗實在是騎到老虎背上，想下也下不來了！如果自己不單獨動手，再想吆喝大家一起動手，那明明是膽怯充孬，朝後還有什麼臉混下去？好在對方真的是空手，自己卻帶著鋒利的武士刀，即使比老傢伙差把力氣，吃虧也不至於吃到哪兒去，萬一落了下風，旁邊有這許多人在，那時他們自會援手的。總而言之，這回自己要是不敢出手，那就栽定了，唯有一拚才是辦法。打定主意，他低低的悶吼一聲，朝後退開兩步，嗖的把武士刀從皮鞘裏掣了出來，惦了一惦，精亮的刀身上閃耀著星星點點的遠處的燈芒。

「旁人甭插手，看我對付老傢伙。」他喊說。

鋒利的刀光壯了他的膽氣，既然到了這步田地，落得做出點兒「英雄」氣概給那平時崇奉他的兄弟瞧瞧，那有點兒討好的意思。

「來呀，」管阿牛說：「你這種掄刀的架式，只配做佐佐木小次郎的灰孫子。」

金狗臉色赤紅，雙睛凸起，豈止是被大刀管阿牛激怒，簡直被激得瘋狂了。他揮動那柄長刀，發出一聲綿長慘厲的叫喊，直向管阿牛劈殺過去，四旁觀看的傢伙，也都緊張的屏住氣，等著瞧這場精彩的拚殺。

沒人料得到開始就是結束，快得只有那麼一霎。

金狗一刀劈出來，忽然覺得持刀的臂膀被什麼東西切中，噹啷一聲，那柄刀便脫了手，大刀管阿牛身子只微微一閃，原先的姿勢彷彿沒有動過，那柄武士刀便踩在大刀管阿牛的腳底下去了。

一霎之前還逞英雄充好漢的金狗，單膝跪地，用手抱住他被對方手掌切中的膀子，疼得齜著牙，額間滾著汗珠……。

在那夥人驚疑震駭的俄頃，大刀管阿牛撿起那柄長刀，雙手各執一端，膝蓋朝上一挺，「喀」的一聲，那柄刀便齊齊的從中間斷折了。

「回去學學做人罷！」他說：「這不算什麼！」轉臉對疤殼說：「疤殼，你若還不服氣，隨時找我，你大叔我全領著。不用再在良民百姓面前逞強，這對你沒好處！……我不介意今晚的事，我也不怕得罪什麼王八爺！」

說完話，他緩緩的踱離那片廣場，一直到他蹣跚的走過那座石橋，場子四周的那些傢伙，仍然沒有誰動彈，那個逞勇好鬥的流氓金狗，在眾目睽睽之下，暈了過去。

大刀管阿牛過了橋，碰著幾個伏在暗處的刑警，有一個笑著說：

「管大叔，您這一手真不含糊，咱們還來不及奔過去，金狗已經栽了。」

「比送他進法院強！」管阿牛笑著說：「至少讓他知道，一味行蠻施橫，雞蛋裏有時也會碰著骨頭！」

「您那一手是什麼手法，我們連看全沒看清。」一個說：「連黃滄浪也沒放過。」

「要學改天來。」管阿牛笑說：「我還得趕回去看壓軸戲呢！」

他仍然踱回去看了那場戲，不過心裏總是鬱鬱的，明知道這樣懾服了疤殼和金狗並不是辦法，他是口拙的人，無論如何也說不清心裏的意思。無論如何，他只是賣藥的管阿牛而已，他管不了那麼多眼睛所看到的閒事。

八

阿財領著的賣藥班子，在荒涼的東部海岸和鄉野的人們做著交易，照一般情形來說，人煙稀少的地方，不會有大筆交易可做，但賣藥這一行恰恰相反，一來賣藥班子一年難得來多少回，二來當地的居民在習慣上信任老字號藥舖製成的膏丸丹散，遠超過新奇的西藥，而且鄉下人誠實樸訥，不善於還價，略略在價錢上耍點兒虛頭，賣一瓶藥等於在城裏賣三瓶，越是荒涼的地方，物價越是便宜，班子上的六個人，吃住打總算，三天還花不到一天的錢，這些都是阿財要多待些日子的好藉口，初初被兩個年輕的女孩吸引著，弄得心猿騰跳，意馬難拴，一顆心沉迷迷的，早已不放在賣藥上頭了。

由於在同一個荒涼廣闊的地區，沒有另一個藥班子來爭生意，大刀號所賣的各種藥物算是一枝獨秀，更由於鄉野上的村落分散，阿財提出把六個人分成三股兒，各自帶著簡單的手提藥箱，分頭去出售藥品，白天分開，晚上再回到原處落宿交賬。

「這樣，能多賣很多藥。」他說。

三股是這樣分的：阿財跟秀娥在一起，玉枝和小郭在一起，阿虎跟闊嘴在一起。他原想把玉枝託給阿虎照應著，可又怕小郭跟闊嘴這兩個一路來的傢伙會串通起來，在藥價上揩油，比如一瓶賣卅五只報卅塊之類的，小郭這傢伙很靠不住，藥費到他手上，也許他真能藉機開溜，早先他吃過猴面張和刀疤五的虧，不能不防他再耍這一手，玉枝是個細心的女孩，有她在，小郭搗不起鬼來。

他也曾把這層意思跟玉枝說過。

阿財仔細想過很久，要想趁早把兩個女孩弄到手，非要放單不可，他還記得搭乘輪渡離開南部濱海漁村那天，六個人拳著身的，捱擠在狹小的船艙一角上，秀娥汗濕的脊背，緊貼在他半敞開的胸脯上，他的胳膊又緊貼在玉枝裸圓柔滑的胳膊，錯歸是在輪渡上，要不然，男男女女絕不至當著人擠成那樣，輪渡上那種擠法，比最擠的公共汽車還要擠些，開航時隨浪顛簸，又比公共汽車厲害，正因為是出門在外，兩個女孩子只好那樣的受點兒委屈。

開船不久，玉枝就嚷著頭殼發暈，秀娥也說她心口有些慌亂，攪攪的作嘔。在班子裏，雖都知道玉枝日後是管家的媳婦，秀娥又跟阿財熟悉，要照顯，只有讓阿財單獨去照顧她們。阿財把秀娥緊緊攬在懷裏，另一隻又橫伸出去，攬著玉枝細細的腰肢，海浪掀騰著船身，發動機噗噗噗噗的顫抖著，使他在肉體的觸及當中，產生了一股很微妙的快感，混和著淫冶的意識和熱乎乎的慾念，他幾乎半麻木的沉浸在這種快感裏，心頭也湧著白沫翻騰，起伏不定的浪潮……。

他幾乎迫不及待的要佔有她們。他內心的慾念是赤裸而狂烈的，浪在擊打他，火在焚燒他，他已經不是處男，再沒有對於女性的那種陌生和羞怯，從小艷開始，情和慾在他心裏就沒分得出比較明顯的界限。

在輪渡上度過的那兩個鐘頭，他就那樣的「照顧」著玉枝和秀娥，對玉枝，他多少還有些憚忌，對秀娥卻不然，她是那種憨熱的女孩子，他早已逐步探試過，她對他多少朦朦朧朧的有那麼一份意思在，只是沒說出口來罷了，她既像一隻悶葫蘆，他就輕輕的敲敲她試試，他的手掌是猿爪和馬蹄，在她身體的某些部分摘取或奔馳——，利用船身的顛簸作爲掩飾，沒有人會在那種擁擠的情形下，注意到他不很老實的動作，當然只有他跟秀娥明白。

秀娥也不知是真不舒服還是假不舒服？她承受了他這樣的照顧，沒有掙扎更沒有出聲，從那回起，他就預感到在她身上肆無憚忌的日子不遠了。

這回跟秀娥單獨在一起，還是他爲自己製造出來的機會。東部濱海地帶是那樣遼闊荒莽，狹長一條平地，被海和山擠著，闊葉林潑出大片大片的濃綠，分隔了少數初墾的農田和稀稀落落的人家，每隔一段地，雨水從山凹間沖刷而成的旱河床就刀一般的橫插過平野，溪床非常寬闊，有時候那壘壘疊疊的漂石，會展佈有一華里寬，極目四望，很難得見著一兩個人頭。假如沿著小徑朝山裏走，人煙比海邊更要稀少，揹著藥箱子跑一整天，最多不過走它三五個小小的村落和幾處單獨的人家；阿財帶著秀娥，存心要走最荒涼的地方，趁這種機會，佔有秀娥要比賣藥要緊得多。

三股人清早分開，阿財帶著秀娥，橫過一條亂石滾滾的旱河床，在第一個村落裏賣了一陣藥，便斜向山裏走，一塊烏雲籠罩在頭頂的山脊上，迷霧般的雲氣，在山腰縈繞著，山風把雲氣朝下吹盪，荒寂的山道埋在綠潑潑的樹影裏，別有一種濕潤的陰涼。

「早知道這樣涼爽，我就不帶傘出來了。」秀娥說。

「還是帶來的好，」阿財說：「山裏跟平地不一樣，一忽兒陰，一忽兒晴的，不定就會碰著暴雨。渾身淋得像水裏撈起來似的，看妳怎麼走得下山去？」

秀娥紅著臉斜瞟他一眼，咯咯的笑起來；她跟阿財在一起時，要比平常活潑得多，阿財立刻就感覺到了。

「要真遇上雨，那怎麼辦？」她說：「不會把我們困在山裏罷？」

「困在山裏也不要緊，——找一處猴子洞，跟老猴子睡去，不過，公猴跟母猴，妳先得弄清楚，要是碰上公猴，難免會吃虧。」阿財的言語順著他自己的心意，越說越有點兒邪了。

「甭亂講。」秀娥輕描淡寫的把阿財暗含挑逗的話頭給撥開去，卻又若即若離的問起猴子來。

「阿財，這山上真的出產那麼多的猴子？」

「當然囉。」阿財說：「妳對猴子有興趣？」

「大武街上賣的小猴子，好好玩的。」

「小猴子當然好玩，那就和小孩一樣，」阿財說：「不過，大猴子就不好玩了，猴子追人的事情，妳想必沒聽人說過罷？」

「不要嚇我了，猴子怕人誰不知道?牠們避人還怕來不及，哪還有追人的。」

阿財就跟秀娥講起早先他聽過的故事來，說是幾年前東部有一個女校的學生，暑假裏跟她另外一個同學到山裏去採集標本，半路上遇見一隻老公猴，那公猴發現兩個女孩都很膽小，便攔在路上，做出很多不老實的動作，兩個女孩又羞又怕，掉頭朝回跑，老公猴緊緊尾追著她們。

「後來她們在海邊撿著漂亮的木棒和石頭，」他說：「她們又大聲的叫喊，等在沙灘上晾網的漁民趕到，那隻猴子才遁走。」

藉著說這宗事情，阿財用了好些含混曖昧的話，輕輕撩撥著秀娥，秀娥還是那樣，聽著裝做沒聽著，其實阿財的意思她全都明白。情竇初開的少女，是很容易被這種挑逗撥動的，在秀娥的心目裏，阿財強壯又英俊，天生一副逗人喜歡的性格，唯一遺憾的是他和玉枝很要好，誰都料定玉枝日後會嫁給阿財，玉枝比自己的條件強，她只好先退讓一步，如今看樣子，阿財彷彿很有意於自己，她當然不願放過這樣的機會。她沒跟阿財透露過她的想法，男人十有八九都是那種老公猴，他阿財當然不例外。她並不駭懼這種猴性人，她明白，只要自己裝裝傻，對方就會得寸進尺的逼過來。

「我問你，阿財，你跟玉枝什麼時候訂婚?」

「妳好好的問這個做什麼?」阿財說：「根本沒想到有那回事。」

「哄我，你跟她那樣好，以爲我不知道?!」

山和山那樣的重疊著，山峰被鎖在乳濛濛的霧幛裏，只留下一些互相糾結的斜線，水瑩瑩的大石壁，棕紅色的夾石的土層，那些半裸露的山體，經常在林障中凸現著，秀娥那張扁圓的白臉，也許因爲趕路的關係，紅馥馥的沁著細小的汗粒子，兩眼也顯得格外的明亮，尤當她帶著捻酸的意味這樣說話時，眼波流轉，斜�在阿財的臉上，嘴唇噘噘的，別有一種媚態。

「妳說，妳知道什麼？」阿財的兩眼也打斜，搭在她投射過來的眼波上，笑說：「講給我聽聽看？」

「見笑的事情，我不要講。」秀娥說。

「妳要是不懂，等會我告訴妳。」阿財說。

秀娥又偏過臉去，裝著沒聽見，阿財心裏就明白了八九分了，他仍然鎮定著自己，又扯了旁的事情，話頭兒也像纏繞山峰的雲霧，若即若離的繞著秀娥打轉，語意多是暗示的，雙關的。

「我問妳，秀娥，跟我賣藥，這日子好不好？」

「我不知道，這樣跑來跑去的，有什麼好?!」秀娥說：「老在鄉下待著賣藥，悶死了，你說過，你要帶我們到很熱鬧的城裏去的，多久去？」

「快了，過幾天就會去熱鬧地方——我把妳賣掉妳全不知道的那種熱鬧法兒。」

「你這餓死鬼，」秀娥舉手要打他，阿財半真半假的伸手一攬，藉勢把秀娥攬在懷裏，那個只是略略的扭動一下腰肢。

「我真想把妳拖到猴子洞裏去，」他咬著秀娥的耳朵，悄聲的說。她脹紅臉輕輕啐了他一口，他便把手鬆開了，他是一隻戲鼠的貓。

轉過一片兩山夾峙的谷地，到了一處開闢山田的人群居的村落，那全是些很簡陋的茅屋，低矮的石牆和近乎扁平的屋脊，順隨著山坡的地勢，成高高低低的零亂的排列，脊頂上壓著很多防風的石塊，近簷的地方，橫壓著粗長的竹子，兩端也用拴著繩索的大石塊墜定，風順著山缺來，虎虎有聲的吹翻許多林樹的闊葉，澗水在看不見的地方嘩嘩奔流著。

「喝，風好大。」他抖抖衣領說：「我們下去賣一陣藥，討點水喝喝。」

「過了村子，等歇還要朝山裏去嗎？」

「除非妳真想找野猴子，」他說：「在這兒賣完藥，我們就該回頭了，下午沿著海邊走走，那邊人多些。」他抬眼望望四面的天色，又說：「東部山多，天氣變化也大，晌午過後，時常會落暴雨，真要被雨困住，我是不要緊，單看妳怎麼辦?!」

「總講這些話，我不愛聽。」她說。

阿財笑著捏了她一把，兩人一路打情罵俏的走下去賣藥，才發現這村上沒有男人留在家裏，阿財捏著大刀號的膏丸丹散逐戶兜售，出來的全是婦人和孩子。

「老闆們都不在家？」他問說。

一個婦人口齦舌拙的告訴他，說男人們有的去做工了，有的受雇給砂石行運行採石，大都不常回家，有少數幾個在家的，也都出去開山田，要等落黑才能回家。阿財對她所說的那些，口頭上雖嗯嗯啊啊的應著，卻連聽進耳去的興頭也沒有，他弄不明白這些粗笨的男人，爲什麼要拚死拚活的留在這種荒僻的山野裏，甘心過著死水似的原始貧寒的日子?!成天在海灘上運砂，在河床中採石，潑出渾身汗水，頭臉和胳膊被烈烈的日頭烤得像紅蝦，西部城鎮上那些日新月異的新世面，他們只怕連夢也很少夢過！即使這兒是他們根生土長的地方，又有什麼好留戀？還能跟那些綠潑潑山群，青灰帶暗的石塊，褐紅色的土層敘親戚？用它們塡飽經常饑渴的肚皮？……比起如今城鎮上人們輕鬆的賺錢方法，他們只是笨拙的在掙命罷了！跟這些人相較，阿財得意的覺著他真的長大了，他比這些窩居在山野的人聰明得多，會彈會唱，會耍嘴皮兒大賺鈔票，如果他生在這種只見石頭不見人的地方，他早就會流浪到西部去碰機會了。

當然，以他的聰明，對付這些鄉下的婦人，他只消動動嘴皮兒，就把她們拿在半虛空裏滴溜溜的打轉。他把大刀號的膏丸丹散，誇說成八寶靈丹，婦人問他被蛇咬傷要買哪種藥？他取出一大盒風濕靈，說是：

「這款藥，妳看，就是專治毒蛇咬傷的靈藥，無論是百步蛇、雨傘節、竹葉青和龜殼花，只要在被咬當時吃它就能治，過了時辰可不成！……不是藥不靈，只怪過了時辰！」

「有沒有一種草藥，外塗的，很靈驗……」婦人說：「早幾年有人賣過。」

「噢，有有有，」阿財拿出來的卻是治療跌打損傷的龍虎膏：「內服外塗，加倍靈驗，假如無效，原金照退。……妳們家有人被蛇咬著？」

那婦人很艱難的點點頭，神情木然的臉，因嘴角不自然的抽動，顯出一絲淒苦的餘韻。

「我的最大的一個女孩啦，」她說：「前天去林子裏撿柴火，被蛇咬了，什麼蛇不知道，傷口青黑的，她一直在發高燒，……她阿爸在成功港做工沒回來，沒人揹她下山去看醫生，只用草藥敷著，好像也不見效……。」

阿財很懊惱的皺著眉頭，他扭過頭望了望秀娥，他原打算在回去的路上，藉著歇息爲名，找一處茂密點兒的林子，和她成事的，他估量著秀娥即使推拒，也不過因爲少女羞怯的本能促使，他只要嘴上說得甜一點，圓一點，她短短的抗拒就會乖乖的結束，任他爲所欲爲；誰知在這兒碰上這種很討厭的事情，一個被毒蛇咬傷的女孩，使他腰際翻騰的慾火很快的熄滅了。

「能不能幫她看看傷口？先生。」婦人哀懇著他說：「您的藥若真靈驗，能救活她的命，那就謝天謝地了！……她就躺在屋裏的鋪上。」

手裏仍然捏著藥物，阿財很爲難的猶豫了一陣子，又低頭看看那盒風濕靈和龍虎膏，沒誰比他更清楚那兩種藥物，他明知那對治療毒蛇噬傷是毫無效驗的，儘管那不是假藥，但也不如他所吹噓的那樣，真是能醫百病的八寶靈丹！……他如果狠狠心，兩盒藥要它六七十塊錢，對方也會照數拿出來，根據他一向賣藥的經驗，他很懂得這一類賺錢的訣竅，而且也曾這樣賺過，——不過，對方都只患著不痛不癢的小毛病罷了。

如今他真的猶疑著，他在這個荒僻的村落裏賣了一次藥，即使因此耽誤了這個女孩，也沒有誰會知道?!誰會指摘?!……也不知怎的？爹的那張臉在暗黑的背景中突然浮現出來，溫和的笑著，他又彷彿看見古老卷軸裏的達摩，大睜著深凹的眼，威稜稜的注視著他。「日後這爿藥舖，得要靠你撐持了。」爹那樣說過，話裏滿含著鼓勵的意味。他搜盡童年時期所有的記憶，發現那個逐漸老去的人，從沒聲色俱厲的呵責過光復和自己，他沒有道理爲貪這幾十塊錢，再去買得他的傷心……。

「先生，她在這屋裏，」婦人的聲音說：「可憐才一兩天，她就瘦成這樣了。」

房裏是黝黑、骯髒和零亂的，透發出一股子霉濕難聞的氣味，那被蛇咬傷的女孩大約有十三四歲年紀，她仰躺在一張方形的木榻當中靠窗的地方，窗外是刺竹和香蕉樹，綠蔭掩進窗來，落在她的身上，傷口在右腿外側，腫大成青黑色，傷口附近，全用搗碎的草藥攤敷著，從傷口腫脹的情形，不難想像到她的痛苦，她的黃瘦的臉上滾著汗，人在半昏迷中，闔著眼，嘴半張著，只有軟弱的喘息，已經發不出呻吟了。

「您的藥要能救她，那就再好沒有了！」婦人重複的說：「昨夜我燒香拜神，夢見神駕著彩雲，在天上跟我說，我的女孩不會死，有人會來搭救她。想不到你們真的來了，……這兒偏荒得很，好些時沒見人來賣藥了。」

「阿財，你看不看得出是什麼蛇咬的？」秀娥在榻邊探視著說。

「我來看，」阿財說：「我跟四叔學過一點關於毒蛇和防毒的藥草。」
「您的藥，一罐要多少錢？」婦人從衣袋裏掏出一捲縐縐的票子來，好像只等他說個數，就如數點給他的樣子。
阿財沒答話，他在木榻邊彎下身子，去看視那女孩腿上的傷口。根據判斷，那是毒蛇當中毒性較輕的龜殼花咬傷的，如果是百步蛇，女孩撐持不了這樣久的時間就會死去，雨傘節和竹葉青蛇屬於神經毒，被咬的人會痙攣，嘔吐，又是另一種症候。
「什麼蛇？」秀娥說。
「我想是龜殼花，」阿財說：「假如送下山，找到醫生，她還有一半機會，假如就這樣放在家裏躺著，那就不敢斷定了。」
「她會好嗎？……我是講，呷了你的藥？」
阿財忽然決定什麼似的轉過臉來，對那憂苦的婦人說：
「阿巴桑，我的藥治不了妳的女兒，要想救活她，今天就得把她揹下山，送到醫院去，再晚就救不了啦！」
婦人後退了一步，楞了一息兒，才用遲疑的聲音說：
「她要送進醫院？……我們這兒的人，沒有誰下山去住過醫院，那是很貴的地方，聽說一送進去，就要花很多的錢。」
「這樣罷，」阿財說：「最好妳把其餘的孩子交給鄰居替妳照應，女孩我揹著，妳

跟我們一道下山去，送醫院的事情我去辦，不用妳花錢，越快越好，沒有比救命更要緊的了。」

阿財這樣說話時，不但那婦人有些目瞪口呆，連站在一邊的秀娥也困惑的眨起眼來，從出門賣藥起始，她就看出阿財是個非常精明的人，別瞧他年紀輕輕的，對於賣藥，真有許多門道，連阿虎也差他一大截兒，平常他總是滿心瓜子朝裏彎，只有賺的，沒有賠的，像這樣熱心搭救旁人的事，她只見到這一回。從這兒沿著原路走下山，少說得走兩個多鐘頭，儘管他身體強壯，揹著一個不能亂觸碰的人，也真夠他受的，下山再搭車幫女孩送醫院，這一兩天，只怕連藥都賣不成了。

那婦人終在阿財的催促下成行了，阿財用布帶把昏迷不醒的女孩兜在背上，膀彎還吊著藥囊子，婦人拿著土花布的包裹，包了許多七零八碎的東西，秀娥上路時才覺得又餓又渴，天到晌午時了，她跟阿財都還沒有吃飯。

「剛才我們該吃些東西再走的。」

阿財搖搖頭說：

「下了山再找地方吃罷，暫時忍一會兒，妳看天上的雲頭，翻翻滾滾的壓上來，也許就要落暴雨了。……妳實在渴得慌，找阿巴桑討點水喝罷，她帶著盛水的竹筒在身上。」

說著，他聳聳脊背，腳底下加快起來。

爲什麼突然會決定這樣做呢？這道理連阿財自己也說不出來，滿心燒人的慾火消退了之後，他偶然決定這樣做，可沒想到會給他自己帶來一種從沒體驗過的快樂，這是賺錢、進娼館都找不到的純淨的快樂。路仍然是原來的路，來時跟去時的心情，竟然完全的不同，用無慾的眼去看秀娥，只是一個又矮又肥的女孩，平臉厚唇，看八遍也找不出半點誘人的美來，自己不知爲什麼竟會動上了她的念頭?!如果不遇上這回事，那會怎樣呢？阿財想。

既然打得過這樣的算盤來，阿財決心也不再去碰觸玉枝了，說真話，玉枝要比秀娥純厚溫柔，人也長得秀麗，憑爹跟柯家的交情，自己只要對玉枝有意，回去等著機會，跟柯大嬸一說就成，何用過早的打這種歪主意？很奇怪，背上沒揹著這個待救的女孩之前，自己可從沒這樣清醒的站定了想過，可見人做這種事，並不一定就是「傻」事！

沒有看見閃電，沒有聽見雷聲，山裏的暴雨真是快得很，說落，就嘩嘩的落下來了。那婦人原戴著遮陽用的斗笠，被蛇咬傷的女孩和阿財都沒有遮雨的物件，秀娥帶的那把小傘，勉強在雨風裏撐開，把阿財背上的女孩斜擋著，防著雨水淋濕她的傷口，阿財只好光著頭淋雨，一忽兒工夫，胸前和兩腿就被急劇的雨點潑透了。

「還是找個地方避避罷，」婦人瞧著過意不去，勸說：「暴雨落不久，等一歇再走也好。」

「不成，那得等多久？」阿財堅持的說：「下了山，還得趕車去台東，——小地方，全沒有像樣的醫院，千萬延誤不得的。」

雨勢真的大得驚人，雲彩就低低的壓在人的頭頂上，彷彿伸手能撈著那樣的低法兒，雲裏嘩嘩朝下潑水，風更存心嬉弄人似的把雨線牽斜，打在人的髮上，額上，眼和頰上，水珠成串成串從髮茨間朝下滾，把阿財兩眼弄得艱澀澀的，必須不斷的眨動，才能分得出眼前的路影，暴雨落不到半個時辰，遠方就傳來轟隆隆的崖壁崩塌的聲音。

「這一帶山土太鬆軟，單盼公路不要起坍方就好。」他喘息說：「要是車路不通，這個孩子的命，只怕很難保得住了！」

「看菩薩保佑罷！」秀娥說：「這些天來，一直很晴朗，初落頭一場雨，不會這麼快就起坍方。」

阿財不再說話，專心注意腳底下，三個人在暴雨正急的時候奔了一個多鐘點，汗氣和雨水混和著，在阿財衣服上騰著白霧。還好，他們下山到招呼站頭，正巧趕上一班冒雨行駛的公路班車，阿財跟秀娥說：

「妳先回宿處去好了，等阿虎回來，替我告訴他一聲，要他們不用等我，我去城裏爲她們辦完事，自會搭車回來的。——這藥囊妳帶回去，錢在我身上，我沒回來之前，託阿虎替我招呼著就是了。」

雨勢一直那樣猛，渾紅的山水漫過彎曲的路面，使公路班車像一條在混水裏划動的船，他一直沒有吃飯，饑餓把他掏弄得渾身虛飄飄的，從車窗前雨刷間朝外望，混沌沌灰沉沉的，有天昏地冥的玄異感覺。

把被蛇咬傷的女孩送進一家醫院，辦妥住院手續，阿財臨離開那對母女時，天快到轉黑的辰光了，他丟給做母親的四百塊錢，連入院保證金，總計花掉七百塊錢。

「要是明天雨停了，」他說：「妳得到成功港去一趟，找著妳丈夫，要他趕來替換妳，妳家裏的孩子，鄰居只能暫時照看，久了還是不成。」

那婦人是很愚騃的，懂得感激，只會把感激放在淚光瑩然的眼裏，深深的凝視著這個原是陌生的年輕人，卻不知道當他臨走時，該說些怎樣感激的話？甚至她根本忘記問問對方的名字。

阿財在車站附近吃了飯，脫下上衣擰乾雨水，又急著買票趕回宿處去。他原想快快樂樂的喝瓶酒，暖暖久被濕衣浸著的身體，跟阿虎和玉枝把這事的經過說一說，誰知進屋後，屋裏只有秀娥和闊嘴在，其餘的三個都沒見著！他向秀娥說：

「阿虎呢？——跟他一道兒出去的闊嘴不是回來了嗎？他人到哪兒去了?!」

「他早就回來了的。」秀娥說：「我們三個在一道兒吃的晚飯，等到天落黑，玉枝和小郭還沒回來，他不放心，又撐著雨傘去找人去了！」

「闊嘴，請你幫我買瓶紅露酒，我暖暖身子。」阿財說：「身上有些寒顫起來了。玉枝他們也許沒帶傘，被雨擋在哪兒了?!」

「早上走的時候，我們兩人都帶了傘的。」秀娥說：「他們在沿海那些村上賣藥，路比山裏近得多，假如沒有旁的事，該在落雨時就趕回來的。」

「這就奇……怪了？」

阿財嘴上雖是這樣說著，心裏倒沒以爲意，找條乾毛巾，進屋去扣上房門，脫了濕衣，用乾毛巾把身子擦熱了，抖套乾衣褲換上。拉開房門等了好一會兒，去買酒的闊嘴還沒有回來。

「闊嘴這個飯桶，才真奇怪了呢，」他有些動火說：「要他去買酒，簡直買到天邊去了！……門口不就是店鋪嗎？妳能不能幫我去看看，秀娥？」

秀娥去了回來，說是附近幾個店面都問過了，闊嘴根本沒有去買過酒．阿財這才真的奇怪起來，闊嘴這麼大的一個人，能掉進老鼠洞？藉著買酒，轉眼工夫，人就不見影子了?!

「倒不相信，我自己去瞧瞧去?!」

阿財正要去摸傘，外頭一陣風似的撞進來一個人，渾身濕淋淋，像打水裏剛撈上來似的，他退後一步，才看出那是柯玉枝，她的長頭髮，一綹綹的披散著，像一窩剛孵出的烏蛇，濕濕的分貼在額前、耳邊和腦後，每一綹的尖端都在滴水；她的濕衣上下都被撕裂，用手掩覆著，腳下的鞋也沒了，進屋時，地上印著她赤裸的濕腳印兒。

他還沒來得及問她什麼，她就一頭鑽進房裏，回手把門重重的關上，空氣死寂了好一陣兒，這才傳出她抖抖索索的哭泣聲。

「玉枝，妳怎麼了？玉枝?!」

在問這話之前，阿財原已想到某種不好的地方，那正像他想在秀娥身上所做的那樣，不過，小郭如今端的是管家的飯碗，他當真敢這樣橫做？他仍然疑疑惑惑的不敢確定。……玉枝沒答話，回答他的，還是那種委委屈屈的哭泣。

隔了一陣，他又輕輕叩著門問：

「玉枝，妳好歹說句話罷？……小郭呢？」

「那死鬼！死了，爛了，進地獄去了！」她詛咒著，仍然像吞嚥什麼似的抽噎著，彷彿吞飲的是她的委屈化成的眼淚。這回他才弄明白，小郭老病復發，鬧出極大的岔子來了，這可是他最感痛心的岔子，永也無法挽回的，玉枝即使哭上八天八夜呢，同樣是於事無補，——她再難尋得回被小郭奪去的黃花。

他的心一陣冷一陣熱，熱起來像燒火，冷起來像掉進了冰窟窿，小郭要是在跟前，他真會用酒瓶砸碎他的腦袋，但小郭顯然不會再回來，連他介紹來班裏的闊嘴，也顯然和他事前串通，藉機會跑掉了！在這種情形下，他不知除了向警局報案外，還有什麼更好的辦法？報了案又怎樣呢？對於小郭那種七進七出，總是回籠的惡性罪犯，請他進監，等於是送他回家。

阿虎回來後，阿財跟他把這宗岔事略略的說了，最後他罵說：

「幹娘算我早先瞎了眼，交上的那幫傢伙，沒有一個是好玩意兒！我問心說，對小郭不錯，想讓他好好的站住腳，不要再去偷、吃、☐、拿，誰知小郭這傢伙，狗生狼性，這樣打我的窩心拳?!」

「闊嘴看起來倒滿老實，竟也會跟他串通?」阿財、秀娥跟阿虎三個好哄歹說，才讓玉枝開了門。她哭泣不停的，斷續講了一點，她跟小郭去賣藥，一路上，小郭拿話勾引她，她沒理，午飯後，她堅持著要朝回走，走過一處樹林時，小郭就拖她用上了強，藥款全都被他搶走了，她沒細算，總有好幾百塊錢。他那樣挾持她，在林子裏半個下午，只等天落大雨後，他走後她才能冒雨奔回來。

「我要死，」她哽咽的說：「死掉算了!」

「妳不要太難過，」阿虎說：「我們馬上就到警察局報案去，強姦加上搶劫，這回他再送進監去，只能抬著出來了!」

阿財坐立不安的，一會兒來回走動著，一會兒緊緊的靠著牆，咬牙切齒的空勒著拳頭，打得磚壁叮叮響。忽然他發狠說：

「這回出這岔事，一半該怪在我身上，闊嘴剛走不久，估量著小郭一定走不出好遠，我這就去找他，當面跟他把這本賬結清……」

風雨在昏黑裏肆意的咆哮著，那聲音，會使人感覺到千年萬載之前的原始和荒涼，叮囑著阿虎照看哭腫兩眼的玉枝，阿財就頂著風雨去了車站。他判斷小郭夥同闊嘴，不會經由南迴公路遁回西部去，在這種大風大雨的時辰，他們口袋裏有了錢，一定是到台東鎮上去喝酒，然後跑到那種地方……那是小郭的老習慣。

坐在燈色昏暗的車廂裏，身體隨著車輪的跳動顛簸著，阿財自覺滿心鬱勃勃的都是憤怒的火燄，他是不習慣忍耐的人，在小學唸書時，他就經常抱持著不願受束縛的態度，反對籐條和冷著面孔的強迫的輸灌，有過憤怒的，噴煙吐火的經歷，而今夜，內心這把火燒得分外濃烈，他恨不得立時抓住小郭，把他撕成粉碎！

這似乎是很公平的，小郭不也把他久久懸著的圖景給撕碎了？經他這一撕，玉枝再也做不成管家的媳婦，自己的慾望也都落了空，這小子做得真絕！……靠法律去制裁小郭嗎？這種七進七出的老監犯不會在乎多關他一回兩回，他自己也明知早晚要回籠的，好像除了白刀子進紅刀子出，再沒有更好的洩忿的辦法了。忽然他覺得，憤怒和淫慾，都會使他渾身鼓湧出一種蠻野的男性的力量，人在怒火的燒煉中，也會很自然的凝聚出報復的慾望，他無法也不願意擺脫這些和那些慾望。

一小時之後，他果然在一家簡陋的酒家裏，找著了他所要找的——小郭和闊嘴，兩隻空酒瓶放在長方形的矮腳几上，他們盤膝坐在榻榻米上，各擁著一個女人，他們都已經有些醉了。

「幹你娘，小郭，你幹的好事！」他指著小郭說：「我以為你會逃到天邊的哩，原來還在這裏?!」

「有話慢慢講，甭罵罵咧咧的。」小郭彷彿胸有成竹，一點兒也沒露出內疚或懼怯的樣子，回臉叫說：「誰當番，再添一雙杯筷來，我的朋友來了！」

「幹你娘，誰是你的朋友？」阿財氣得腳底下有些發飄：「我問你，我阿財有哪點對不住你？你卻用那種手段對付玉枝？又搶了藥款，你還是人嗎？」

「實在跟你說罷，」小郭把懷裏的女人推開：「你小老闆能玩秀娥，我小郭難道不能玩玉枝？那幾百塊藥款，只當是我的薪水，……我不幹了。」

「嘿，倒說得輕鬆，」阿財冷笑著。

「不輕鬆又怎樣呢？」小郭說：「大不了回籠。」

有了幾分酒意在身上，頗有些經歷的小郭並沒真把阿財放在眼裏，當初爲了逃避刑警的虎牙，確曾依靠過阿財，在小郭的眼裏，阿財不過是個財主少爺，易哄易騙的，他跟賣藥的班子出來，拉著他行竊的老搭檔闊嘴，原就另有打算，兩人議妥了，一到花蓮就離開藥班子，在東部兜個圈兒，到台北去混去；藥班子拉到東部，才發覺小小年紀的阿財很精明，算起藥賬來，打不了他半點馬虎眼，整月在荒涼的濱海地區賣藥，荷包癟癟的，嘴裏淡出鳥來，一向好吃懶做的小郭忍受不了，他要的是女人和酒，玉枝那種楚楚的風韻早就撩撥得他起火，硬打硬上討她一頓酒，舒放舒放，也是稀鬆平常的事，就算阿財找來，又能把自己跟闊嘴怎樣？

「你起來，小郭。」阿財的聲音蓋過外面的風雨聲，一字一句全插在小郭心上：「我今夜要是讓你活著走出這屋子，我就把管字倒寫！」

「咦，當真兇起來了？」小郭嘴裏這樣說著，一面卻很機警的扶著矮腳几的几角站了起來。兩個陪酒的女孩一瞧這種場面，張惶的下了榻榻米，貼著牆角溜開了，闊嘴沒說話，但卻乘機緊緊腰帶，看樣子是如果阿財真的動手，他會站在小郭那一邊。

「闊嘴，一邊站著，」阿財吼說：「想死你就上。」

他伸手攫住矮腳几上的一隻酒瓶，敲掉了瓶底，阻在門口，小郭的酒意被阿財這種舉措嚇退了一半，不過這種經歷是他平常所習慣的，他的對象不是阿財，而是捕孳竊盜的刑警，即使來的不是一個人，他照樣有兔脫的機會，如今一瞧見阿財抓起酒瓶，這間屋子的三面又沒有窗戶，唯一脫身的辦法，就是和闊嘴合力把阿財放倒，他朝闊嘴示意，但闊嘴這個沒膽的傢伙，只是貼在牆角上不動，阿財找的不是闊嘴，他犯不上爲自己豁命，情急之下，他踢翻了那隻矮腳几，趁杯盤亂飛，阿財閃讓的那一霎，他跳下來打算開溜。

誰知毛病就出在他自己的身上，一塊碎碗磁在他奔竄時嵌進他的腳掌，帶有銳利稜齒的沒底酒瓶朝他撲擊過來，該死的闊嘴卻在他性命交關的時刻拔腿飛溜掉了！

他最先用手肘去抵擋酒瓶的銳齒，手肘一麻，遍地便灑落下錢大的血點兒，接著，太陽穴又挨了一下，鮮血激湧，浸濕了他的衣裳。

「阿財，有……有話好說……」

而阿財並沒理會他的哀懇和求饒，他盡情的讓那把怒火燃燒，一共刺了對方多少下，連他也不知道，只等小郭平躺在血泊裏，他才離開，臨走時，把那隻沒底的酒瓶擲在對方的身上。他搭最後一班車回到寓處去，手上、衣襟和褲管全都是斑斑的血跡。

「你是怎麼了？阿財？」阿虎訝然的問著。

阿財垂著頭，疲乏的坐下來，一腦子混亂，彷彿剛從渾噩的夢裏醒轉似的，用低啞的聲音說：

「我在鎮上找著小郭，把他幹掉了。」

「你沒報警?!」

阿財搖搖頭：

「讓他做完監獄，出來再害人嗎？哪有這樣幹來得爽快?!」

「你是說：你已經把小郭給殺了？」阿虎著急的搖著他的肩膀：「阿財，你怎能無端的殺人呢？」

「我？我把小郭給殺死了！……」阿財忽然叫說：「不！我沒要殺他，我只是要狠狠揍他一頓的，他那種人面獸心的人，難道不該受點兒教訓?!」

「你到底把他怎樣了？瞧你這一身都是血！」

「我……我不知道。」阿財低頭看看，濕衣上的血跡雖被雨水沖去不少，但仍看得出一塊塊淡紅色的斑痕；心裏的火燄已經熄滅了，只留下那些可怖的斑痕，在他眼裏旋轉，擴大，他閉上眼，把方才零亂的印象試著拼合起來，可不是如阿虎所說的，他已經殺了人了。

殺人是多糟的事情？他從沒認真要殺掉小郭，實在的，他爲什麼要自己動手去殺小郭呢？小郭搶劫藥款，又對玉枝用強，這兩項罪名原就夠重的，加上他是惡性犯，法院不會輕易放過他的，拚合起那些昏沉零亂的印象，他覺得這亂子闖得太大了，現在，他唯一的希望就是小郭沒有真的死掉，或者僅僅是皮肉受傷，經醫急救，還能活得轉來接受審訊，這樣，自己固然有罪，小郭仍然脫不掉他應得的罪名。

他心裏充滿混亂、懊悔的情緒，雙手互相扭絞著，扭絞著，彷彿要扭斷什麼；很多游浮的意念掠過他的腦際，比如藏匿或者趁夜脫逃之類的，他明知那是絕望的，卻不能就這樣被關進監獄裏去！……我犯了什麼罪呢？我沒有存心要殺死小郭，當初小郭在困難時，我一再幫助過他，即使今夜他死了，也是他自找的，沒有誰能忍受得了他那種卑劣的做法；闊嘴一定去報警去了，人死無罪，所有的罪過，反都落到我阿財的頭上！

一念之差，當真就這樣了！

阿財並沒有逃，當天夜裏，警局就來了人，面對著警察時，他反而鎮定下來，坦承他曾去找小郭，並曾用沒底的酒瓶毆擊他，他略略的說出小郭的行狀，最後他問逮捕他的刑警說：「那傢伙死了沒有？」

「在醫院裏斷的氣。」

「那也好，我拚著抵他一條命。」阿財說。

「也許沒有那麼嚴重！」那刑警望望他，噓了口氣說：「你年紀輕輕，捺不住火性，做出這種事來，實在太可惜了，——你該先報案的。」

「懊悔也沒有用，不是嗎？我不懊悔別的，只懊悔當初爲什麼要交結上這種朋友。」

「我們得上路了。」另一個刑警說。

「阿虎哥，」阿財說：「這裏是藥款，你回去好跟我爹交賬，他要是問起我，不妨把話說得委婉些，他總是上年紀的人了……玉枝你得加意照顧她，把她護送回家，小郭這次出事，全怪我不好。」

玉枝原伏在床上哭泣的，一聽阿財殺了小郭，警局來人要把阿財帶走，便紅著兩眼奔出來，傻傻的挨牆站著，眼看阿財要走了，她心裏滿是言語，一句也吐不出來，只是伏在秀娥的肩上哭。

阿財便這樣的在黑夜的風雨中被帶走了。

「我們怎辦呢？」秀娥著急的問阿虎說。

「收拾了準備回去。」阿虎說：「這種人命案子，怎樣審，怎樣判？我是弄不懂的，只好回去再想辦法了！」

藥班子大張旗鼓的出門，半路遇上這種岔事折回去，阿虎的心裏頗不是味道，再怎樣說，他是做師兄的人，師傅在藥班子出門前曾經一再交代他，要他好好看顧著阿財，如今阿財犯了這樣大的刑案，教自己拿什麼話去跟師傅回?!

而被拘留的阿財心裏反而逐漸的平靜下來，對於這宗案子，警方並沒怎樣爲難他，阿財也非常合作，幾乎是有問必答，把前後的經過情形說得一清二楚。阿財的實足年歲還不足十八歲，同時有這種命案的發生，死者小郭死前惡劣的犯罪行爲是主要導線，這不是蓄意謀殺，也不是犯意十足的兇殺，警方用毆人致死結案呈報，這對阿財來說，實在是一種矜全。

拘留室是一間方而牢固的小屋，給他一種冷和硬的壓迫感，青灰帶暗的光線從橫排的狹窗間擠進來，窗光裏豎列著魔指般的鐵欄船的鐵欄的黑影，他彷彿從一場渾噩的夢境中被誰推落，一下子跌進鐵檻裏來，再也出不去了。當他痛毆小郭時，根本沒想到過事後會有怎樣的遭遇？一股憤怒的火燄把人全身包裹著，使他直接的要撕毀對方，——一個冷血的謊騙者，強暴弱女復又搶奪藥款的罪犯，爲什麼還要讓他活在世上，日後出了獄，再去哄騙旁的人？

可當自己平靜下來再想，自己又比小郭強在哪兒呢？打從去找玉枝和秀娥開始，從頭到尾就沒生過好心眼兒，在海灘上的林子裏，在顛簸的輪渡上，在冷僻無人的山裏，自己都被那樣強烈的慾火燒過、烤過，假如小郭的事情不發生，自己也絕不會放過那兩個女孩的，殺掉小郭算是英雄麼？——也許只有不明內情的玉枝和秀娥會這樣想罷！人就有這麼可憐，單只爲洩私忿，就糊糊塗塗的把小郭給了結了。

這種意思只有自己心裏明白，不會對誰去言講的。

陽光透過橫窗的清晨，阿財的牆角躺靠著的無數微小的塵埃，在一條一條的光柱間浮游，一會兒上升，一會兒下沉，一會兒飄進窗來，一會兒又飄出窗去，彷彿有一種巨大的漩流，把它們吹著，掃著，一霎之間的他覺得那不再是塵埃，而是無數無數的人臉，恍惚早先在家鄉集鎮上所見的人潮一樣，一會兒工夫，陽光隱沒了，那些塵埃也跟著隱沒了，小郭和自己，不都是那樣的塵埃？……阿虎一定已經回到舖子裏了，爹跟光復聽到這事會怎樣的難受呢？這種使人憂心的事情不去想它也罷，懊悔和痛苦都沒有什麼用了。

從警局的拘留室移押到法院的看守所，阿財收到一封由光復寫來的家信，另外又寄來一包衣物。信是照著大刀管阿牛的口氣寫的，說是他不該濫交朋友，沾染上現時一些邪惡習氣，結果害了自己，等到定了案，要阿財寫信回家，家裏好來探監，信裏又提到彭議員把案研究過，認爲不會判得太重，要他在移付感化的時刻，好好的學著做人。

阿財從信裏又知道一些旁的事情，最重要的是，光復考取了大學的醫科，很快就要離開家，到北部去唸書去了；這使他想到那幢古老的紅磚屋，冷冷清清的院子，一棵孤獨的皂莢木，陰黝的店堂，以及常常悶坐在店舖一隅的爹那張呆滯的臉，——總像在耐心的等待著什麼？他猜到他等待的是眼看兩個孩子長大成人，保住他大刀號的招牌和誠實無欺的門風，不用說，自己這樣一來，使爹的等待落空了一頭。

爲這個，他的眼整整潮濕了一天。……那倒不是亂夢，他明明白白的感覺得出來，他親手殺死的不是小郭，而是他自己。他必須要在這樣陰暗的獄房裏重新茁長，在一長串歲月的環鎖之後，當他能再走入陽光的時辰，那紅磚老屋會變得怎樣？爹又會變得怎樣了呢？那彷彿是太遙遠了。

九

十幾年前質樸寧靜的小鎮，終於發展成人潮洶湧的新都市，在巨大的漩流激盪中，往昔那小鎮的餘影，也已逐漸變淡，幾乎不爲人所注意了，新的高樓在每條街道上矗立，齒形的窗戶潑出許多嘈嘈雜雜的喧譁，入夜時，雪亮的文化路燈映白了流動的人臉，滿眼的彩色霓虹追逐無休，誰是這城裏的老居民？誰是新闖入的住戶？已經沒有誰再有那麼大的耐心去分辨了！

對於像大刀號那樣寒傖破落的老藥舖兒，更少有人去關心它的成長、衰落和變遷了，光復離家去讀醫科，大刀管阿牛的徒弟阿虎也因結婚離開藥舖，阿財被判了七年，移付感化，偌大的舖子裏，只有阿牛叔這個逐漸老去的人，成天悶坐著，用呆滯的眼望著街前流來湧去的人群的潮水。

對於阿財突然發生的那種案子，他始終弄不明白，阿財爲什麼會交上姓郭的那種爛朋友，結果把他自己陷進監獄裏去。管阿牛的脾氣是改不了的，心裏有牢騷就會當人發出來，小郭那種不是玩意的玩意，在他感覺裏是死有餘辜的貨色，假如是旁人殺了他，這話管阿牛早就說出口了，正因爲殺他的是自己不爭氣的兒子，使他只好把一口悶氣噎在心裏，他不願被人看成袒護兒子。

事實上，這種眼前都市繁榮使他深深的厭倦了，儘管那種浮泛的閃光裏，有太多太多

他所不懂的事物，但人心怎樣他自信還能懂得，人像一窩忙碌的螞蟻，螞蟻還單純些，牠們只要食物，人貪著要著的東西太多了，貪慾是一隻藏匿人心穴裏的老餓狼，經常露出白森森的尖牙，時間可以改變很多東西，但是人心卻是很難改變的。

光憑一時氣憤，阿財就能殺得了人嗎？他並不太擔心阿財坐監牢，卻怕他心裏也裝進一隻那樣的老餓狼，那會使人永遠混沌，永遠瘋狂。報紙上報不完的那許多喧騰一時的事情，兇殺、毆鬥、竊盜、詐騙，說來也只是周而復始的循環；從自己所出的阿財，按理說是不該跳到那片滔天的慾浪裏去的，因爲自己行醫賣藥，只要單單純純的過一份安靜日子，從來也沒貪求過旁的東西，光復在體格上很像他媽，性子卻有些像自己，阿財體格像自己，性子卻不像家裏的父母，扼不死心裏的那隻老餓狼，到頭來反被貪婪的狼牙把前途撕碎了。

這些言語跟誰去說呢？

黑黑的店鋪像豎在海岸邊的岩石，人聲的浪沫在它四周嘩嘯著，大刀管阿牛總有這樣的幻覺，覺得整個集鎭都變了，只有大刀號本舖還是原封不動的老樣子，就像他自己一樣。安心並無不安心之處，多少總有些兒輕微的抑鬱和淡淡的蒼涼，或許是人逐漸變老了，或許是單獨一個人生活，寂寞太深的緣故。

再沒有誰真有那份餘閒，到店舖裏搬車走馬下象棋了，平素熟悉的幾個半老頭兒，也難得碰面過來聊一陣子天了，偶爾有風偷溜進店堂，吹動那一串由洋鐵片兒漆成的膏藥樣兒，叮鈴叮鈴的，像是孩子們結紮的鐵馬，那種輕微閒雅的音韻，常使他回想起早年這鎮市安靜的景象來，胳膊上環抱著孩子，在公園漫步著，那時的春天真像是春天，秋天也像是秋天，如今連日子也鬧哄哄的失去原有的味道了。

他不能不佩服壁上張掛的達摩老祖，只有他才有那種定性，掄一根葦草在波濤上，不沉不溺，這可不是常人能具有的功夫。

柯大嬸兒來過兩回，說玉枝去紡織廠做工去了，正因為玉枝在東部出了那回事，才害得阿財殺人進獄，柯家母女倆在大刀管阿牛面前，總是懷有很深的疚歉，玉枝受過小郭的害，污了身，柯大嬸兒沒法子再提早先提過的婚事，甭說是進大學的光復，就連把女兒許給在監裏的阿財，也很難說得出口。

「阿財那孩子，心肝不壞啦！」她總把阿財殺掉壞人小郭那回事看成天意如此，因而沒口的誇讚他，說是菩薩會保佑阿財刑滿回家，「玉枝總說要找時間，帶些東西去看望他。」

「無論小郭怎樣壞，殺人總是不該的。」大刀管阿牛說：「阿財濫交朋友在先，才會有這樣的結果，……人要不濫交結，哪會有這種牽扯？幸好阿財把這點想通了，只能等他出獄再說罷，不栽觔斗，不懂得學做人，像阿財那種野猴性子，有了這番教訓，夠他反省的了。」

「您近時沒去看他？」

大刀管阿牛搖搖頭，笑得有些淒苦：

「我只去看過他一回，還是光復帶著我去的。」

「光復跟彭家的小姐……戀愛了，聽說他們很要好。」柯大嬸兒實在說不慣這種新名詞兒，說起來總覺有幾分拗口似的。

雖說光復進大學了，大刀管阿牛總覺得自己的兒子真要跟彭家做親，實在有些過分的高攀，有些很不自然，不過對於光復的事情，自己從來沒曾問過，知道的，也不過是一星半點，因此，只好說：

「我不知道啦，年輕人的事情，一切由他們自己，不過，兩個都在讀書，談婚事，那還太早罷。」

那個嘆口氣，說不出是欣慕？是關心？還是其他什麼？她雖沒埋怨過，總認定不祥的命運是把柯家罩定了！碾米廠倒閉，接著死了丈夫，唯一的指望寄在女兒玉枝的身上，她不能怨阿財慫恿她女兒參加藥班子賣藥，只能怨小郭那個天殺的，把她女兒給坑害了，同時也連累了阿財，使阿財和玉枝這一對，再也無法結合在一起了。……大刀號雖也暗沉沉的，可多了光復這麼個有出息的孩子，轉眼就有新的巴望，柯家若想再回到當年，那可比登天還難，這不是命運是什麼？

爲了阿財坐監獄的事，大刀管阿牛也曾煩惱過，除了在探監時責過阿財做事糊塗，旁的話全沒說過，他想起阿財他媽，那個瘦小溫存的婦人，心裏便有說不出的疚歉，自打她死後，確曾有好長一段日子他過得很頹廢，實有沒把孩子放在心上，阿財打他阿四叔那兒回來後，自己多少也有些太放任他了，……過分高估一個年輕孩子的能力，讓他帶著藥班子單獨出門，可說是一著臭棋，要不然，阿財怎會輕易掉進陷阱？不過，這種煩惱被光復考進大學的欣慰沖淡了，旁處不用說罷，單就這市場前後幾百戶人家的孩子，真說去唸大學的，並沒有幾個，唸醫科的，只有光復一個，這可是自己做夢也沒想得到的。拿自己的處境跟柯大嬸兒相比，反而要拿話安慰她了。

「玉枝做工還好麼？」他說。

「像整個變成另外一個人似的。」柯大嬸兒說：「成天冷著臉，鎖著眉，難得開口說上三句話，她心裏老是記罣著阿財，……」底下還有話，她覺得不便說，便停住嘴，不再朝下講了。

大刀管阿牛恍然領悟到對方難以啓齒的緣故，但他確也夠為難的，阿財還得有好幾年才能開釋出來，經過這回變故，他對玉枝怎樣也沒人問過他，做爹的人，當然不便替他做這個主，玉枝受人強暴是身不由主的事，她仍是個文文靜靜的好女孩，管阿牛對那點倒是不甚介意，主要的是看阿財跟玉枝他們自己。

「玉枝要是得空，多去看看阿財也好！」他說：「她跟阿財自小就在一起長大的。我這兒，打阿虎走後，只我一個人看著舖子，想走也走不了！」

柯大嬸兒走了，乾女兒黃花又來了，黃豆這一家子人，真是憨樸熱絡得很，黃花每來一回，不是拎雞就是拎鴨，阿爸阿爸的叫得大刀管阿牛直瞇兩眼，黃花硬把大刀號本舖當成自己的家，一來就進房下灶，忙裏忙外做個沒完，有時白天去上工，夜晚回來宿在光復的那間空屋裏，管阿牛對這個意外獲得的好女兒沒法子解釋，只能說是前生前世有機緣。

對她沒碰過面的弟弟阿財，黃花一家子都很關心，管阿牛說兒子阿財不長進，黃花就不以爲然。

「您的意思是說阿財殺人坐監？」她說：「那天我教那幫流氓欺負，您出面管事，要是一腳踢出人命來，那您也是不長進嘍？……小郭那種惡性人，做出那種沒良心的事，阿財究竟是年輕孩子，又在火頭上，一時失手出了人命，不能全怪他啦！」

大刀管阿牛再次去探監，還是黃花催他去的，黃花買車票陪他一道兒，她手裏挽著一隻花布小包裹，包裹裏包著她替阿財準備的毛巾、牙刷、牙膏、換身衣物和一些食品。

他們到了輔育院裏，傍午的陽光映照著那一列高高長長的紅牆，大刀管阿牛辦妥了會見的手續，過不久，阿財的臉孔就出現壁上對門的那邊；他比出門那時要黝黑得多，也更健壯得多，黑黑的臉教太陽烤得紅紅的，額上掛著很多汗顆子。

「我正在做工。」他說：「沒想到爹您會親自跑的來，這麼遠的路，日頭又這樣大。」

「阿財，這是你黃花姐姐，上回我跟你提過的。」

阿財朝黃花笑一笑，露出一口整齊的白牙齒。

「阿財弟，你要用的東西，都交給這裏的人了。」黃花說：「他們會轉給你。」

「其實這兒也不缺什麼。」

「玉枝有來看過你？」管阿牛說。

「她最近來過好幾趟。」阿財忽然認真的放低聲音說：「關於小郭的事，我認罪，爹，我對不起你，……這是我自找的。」

「過去的事情，就甭提了。」管阿牛說：「知道就好。」

阿財點點頭，兩眼濕濕的咬著嘴唇。

「有宗事想先跟您說，……出獄後，我想娶玉枝，她答允等著我，我是認真想過才敢跟您提的。她這回受坑害，跟我有關，我不交小郭那種人，她怎會……」

「我答允。」管阿牛說：「玉枝是個好媳婦，只要日後你對得起她就好。無論對光復、對你，我都一樣，——這是你們自己的事，你們不都是長大了麼？」

阿財說不出話來，一雙眼有些泛紅，深深的凝視著做父親的臉。那張有稜有角的蟹形的大臉，雖比早年白了些，反而使日漸增多的皺紋看上去更為明顯，彷彿在不久之前，當他小小的身體仍吊在那粗實的手臂間的時刻，這張臉曾經被那樣的接近過，他曾經用觸覺極敏銳的小手掌，細心摸觸那剛硬繁密的鬍渣兒，那特殊的笑容和洪洪的笑聲，常會從他厚實的唇間迸瀉出來，他的手臂悠漾，整個透明的、艷麗的黃昏，都跟著旋轉起來，……爹是他童年心目裏的神。

如今，隔著小小的會見的窗洞，他多麼想再像當初那樣的親近他，嗅聞他臉上那股特殊熟悉的氣味，再摸觸他已經變白了的鬍鬚，他心裏充滿了一股子辛酸顫慄的親情，……你們不都是長大了麼？這是一種多麼摯切、多麼沉重的期待?!但一道冷冷的牆壁把人阻隔著，短短的時間在一陣欲訴還休的黯然中流盡了。

「我們得走了，」大刀管阿牛望一眼黃花，轉朝阿財說：「等光復放寒假回來，再來看你罷，——阿虎離店後，店舖裏沒人照應。」

走出監獄裏的那道長牆，眼裏是一片白白的陽光，大刀管阿牛忽然聽見遠處有一陣響亮的鑼鼓聲，那邊接近鎮梢的道路上，走過一大群迎神的人，他們穿著黃色的衫子，挑著旗旛，敲打著鑼和鼓。

行列長得很壯觀，一隊精壯的漢子掮著纓槍、長矛、單刀、鐵叉之類的原始武器，後面跟著幾抬神兜，再後面是一些手捧的菩薩，最後才是被人簇擁的神轎。

「今天是拜拜的日子。」黃花說：「廟裏出會了。」

「什麼都在改變了。」大刀管阿牛意味深長的說：「就是這個沒改變，還是當年的老樣子。」

黃花笑起來說：

「跟阿爸您那大刀號藥舖一樣。」

大刀管阿牛沒有答話，他出神的望著那原始意味很濃的行列，激動而瘋狂的擂打著鑼鼓，一直迤邐的走入若干高樓夾峙的街道裏去了，彷彿極不調和，但那原始的鑼鼓聲，確仍在一座新興的城市的心臟裏敲響著，給他一種從來沒曾有過的新與舊混雜的感覺。

總有一天，它們會揉合在一起的，他想。

而自己這一輩子，算是豎立在巨漩當中的一塊硬石頭，任時光的浪沫沖激著，剝蝕著，除了皺紋滿臉，再也改不到哪兒去的了，雖說現實世界當中，那許多豐繁的，奇怪的，順眼或是不順眼的現象，使他疑惑，難解，氣憤或暈眩，但他明白，那總會過去的，就像人這一輩子也總會過去一樣，一代人有一代人要做的事情，他不能替光復做什麼，也不能替阿財做什麼，但他是那樣的，那樣的關愛著他們。

「幹娘，一代強過一代就好了！」他獨自喃喃的說，聲音低微得連傍著他走的黃花都沒聽到。做一個沒有讀過書進過學在平凡瑣碎中老去的父親，他唯一能持有的態度，也就是這個樣了！

巨漩這樣的激轉著，做龍做蛇，全在乎年輕人自己，光復固然是頭角崢嶸有了龍相，阿財雖說一時有了過錯，也只能說是：不經一事，不長一智罷。

後記

當《巨漩》這部作品連載結束的時候，有幾位一向關心我作品的朋友，很驚異的對我表示說：

「聽《巨漩》這部書的題名，我們全以爲是一部大書，誰知它竟這樣匆匆的結束了，無論如何，我們總覺得意猶未盡，像書裏的兩個年輕人，光復和阿財，你並沒能寫出他們未來的前途……。」

是的，在我初初營建《巨漩》這部作品時，我確曾嚴肅的思考過這問題，我只能說，我寫這部書寫得非常吃力，主要的是我心情過於沉重的關係。在當前的社會上，我們可以接觸到許許多多有著不同心性的青年人，在同一大環境中生長著，他們的心性使他們在社會繁複的面貌中，有了極爲微妙的、不同的汲取，有形的教育和啓導固然重要，而無形的感染對於他們更有很複雜的影響，總之，一個人在他的成長過程中，他的思想、意識和行爲，時時會產生難以捉摸的流變，生命就是這樣難以剖解，當然更難以給它情節化的安排……

大體上說，每一個年輕的生命都是淳樸可愛的，社會的染缸將用什麼樣的顏彩去塗染他們呢？我所要表露的概念僅僅是這些，我不願爲我筆下的人物去安排他們遙遠的未來了，青年的未來，應該掌握在他們自己的手裏，社會儘可以塗染他們，但沒有誰是真正甘心被塗染的，他們會從繁複中追尋他們自己的真實的面貌。

我們生活的大環境給予青年人一些什麼樣的影響呢？這個，社會的成人都應該明白的，我們似乎不需要光在口頭上大聲疾呼著什麼，給他們一些真正的屬於心靈的感動罷，即使像目不識丁的大刀管阿牛式的感動也好，至少他仍是一個並不太失敗的父親！

我敢說，沒有哪個青年的心靈是麻木不仁的，他們也許會有淺見，但都能夠辨識真正由人格所放射出的形象來的，那比喊啞喉嚨有效得多，這世界上，誰沒經歷過成長的階段呢？

這也許就是《巨漩》這樣子結束的理由了。

司馬中原

守歲圖

雪在外面落著，風聲猛得像狼嚎，這種大風雪要是早來幾天，那可夠瞧的了，坐在灶屋一角黃泥火盆邊，趙若愚不斷捶捏他發了風濕的後腰。送灶前，他趕著毛驢到鎮上去趕年市，備辦年貨；掛廊紙、紅門聯、方貼兒、香和蠟，幾張年畫，兩串炮竹，這些東西都少不了的，新門神，新財神和灶神，再窮的人家也得買，餘下的錢，替老伴兒買了一條包頭巾，替孫子小扣兒買了開蒙的三字經，以及一柄花刀，一隻泥製的撲滿——笑瞇瞇的大肚彌勒佛，當然，他總盼孫子日後長大成人，能比上一輩的人強，能文能武，也知道積蓄錢財。

莊稼人過日子，刻刻板板的，按照黃曆本兒行事，一年一年的，忙碌著，也朝前巴望著，過年嘛，節省歸節省，但也得圖個新氣，落個熱鬧，一向省儉慣了的趙若愚，便也略略放寬了自己啦；按理說，灶屋裏不升火盆，也暖和洋洋的，爲了年夜的緣故，他決意不省那幾根柴火了，升它一盆明火，和灶口跳動的火光相映，一屋子紅紅亮亮的，一家人看著都覺心裏舒坦快活，算起來不是蠻合算的嘛？人說：瑞雪兆豐年，年卅趕上這場大風雪，正顯得年味十足，想到明年會有好收成，人便精神起來啦。

除了備辦年貨，自己趕驢上了一趟街，把孫子小扣兒抱在驢背上騎著，自己揹著雙馬兒，執著趕驢棍跟著驢走，來回著實累了一點兒，餘下來忙年的事，全由老伴兒領著兒子媳婦裏裏外外的去張羅去啦，兒子務實過年卅一歲的人了，跟自己一樣沒唸過書進過塾，叫他貼付對聯，他連上下聯都弄不清楚，全家沒有個識字的，可真不方便，看個黃曆本兒，也得捧到村頭去請教老塾師，所以一開了年，拚著花費一季二斗糧，也非得把孩子送進塾裏去學認字不可，不要他日後封侯拜相，至少能畫畫碼子，記記賬目，看看黃曆，提筆能寫個三句半什麼的，這可是一宗大心願，早在送灶那天晚上，就跟灶王爺面對面的禱告過了，上天言好事的灶王爺，總會一心成全的罷？

「我說務實，天快落黑啦，把燈給掌上。」老伴兒在灶邊忙得團團轉，連舉手擦汗的空子都抽不出來，但還交代著：「小扣兒娘，火燒旺點兒，這一籠包子下鍋，就該把年夜飯擺上桌啦！小扣兒，甭坐在那兒纏著你爺爺，把酒壺抬到火盆上溫著。」

「不要我幫忙？」趙若愚說。

「算啦，男人家下灶，算不是郭呆子幫忙，——越幫越忙，你那鬧風濕的腰桿，只要替我安穩的坐著就好了！」

燈火在灶壁間閃亮起來，蒸籠間噴出的熱霧在屋裏瀰漫著，平素黯沉沉的灶屋，被火光、燈亮、新貼的年畫和掛廊紙裝點得光鮮起來，自有一股子安樂和祥的氣氛，這氣氛，要比土釀的老酒還醉人。

務實戴著竹斗篷，出門去抱柴火，柴火沒抱，卻把一窩乳豬抱進屋來了，連老黃狗也跟進來了。

「外頭的雪朵子鵝毛大，」務實說：「地上積雪業已過了膝蓋，我怕這窩奶豬凍壞了，只好先用破麻袋把牠們兜進屋，讓牠們睡在灶道的草上。」

趙若愚拔出小菸袋，裝了一袋菸，吸著說：

「這可好，一窩雞蹲在桌肚下面，老黃蹲在腳邊，乳豬睏在灶道麥草上，人畜都團在一堆守歲，真夠熱鬧，你該再到草棚去，把毛驢也牽進屋，拴在那邊角落上，——長耳公在咱們家當牛使用，夠辛苦的，怎能見外於牠？塞給牠幾根胡蘿蔔，也讓牠嚐嚐年夜飯的味道。」

他說著，抬頭望望新貼沒幾天的灶王爺，那張臉也彷彿笑瞇瞇的，好像跟著人樂的樣子。這使他心有所感，不自覺的，彷彿自言自語似的迸出話來說：

「真箇兒的，地上的官兒，要是都能像您這樣，保人平安，與人同樂，那，咱們老民百姓朝後的日子，不就無憂無慮，更好過了嗎？」

往年的年夜飯，都在堂屋裏開，由於大風雪的緣故，就拉開桌面，改在灶屋裏吃了，但趙若愚仍然領著一家人，到堂屋祖宗神龕面前，點蠟上香，叩頭祭拜，甭看祖先們沒爲他留下大產大業，單只這幢古老破舊的茅屋，和屋後的七畝三分田地，那是整整苦掙了三代才換來的，曾祖當初是外鄉逃荒來的年輕光棍，下無立錐之地，上無片瓦存身，俗說：兩隻肩膀兩條腿，上面扛著一張嘴，只能憑力氣，替人打零工幹雜活過日子，積賺半輩子，只賺著曾祖奶奶和一間丁頭屋，祖父接著苦掙，掙得這棟較大點兒的宅院，爹又添置上那七畝三分田地，輪到自己，就該把「苦」字給扔掉了，——上一輩人，總要比下一代人多吃不少的苦，創業真是那麼容易的麼?!……一家是這樣，一族是這樣，擴而大之，一國何嘗不是這樣呢?歲月催人，總是前人種樹，後人乘涼，直到上完香，叩完頭，回至飯桌上，這思緒還在趙若愚的心裏盤旋著，歡樂裏，有一種沉沉的感覺壓著人，那是一家之主該挑的擔子，至於一族之長，一國之君怎樣想?老百姓就不想那麼多啦。

追終慎遠的道理，沒攻書入塾的人，一樣懂得的。

在此起彼落的爆竹聲裏吃罷年夜飯，趙若愚已有三分酒意了，小扣兒在門口雪地裏放了一回爆竹，弄得一臉煙硝印兒，回來嚷著要做爺爺的說故事。

趙若愚打起精神哄孫子，故事是千百代人輾不歇的老故事，大都印在年畫紙上，從盤古起始，三黃五帝一路更迭輾傳，都是煙煙雲雲，忠孝節義的事跡，講也講不完的，不過，他明白像小扣兒這種年歲的孩子，正是一腦門子的幻想和夢，無論講什麼，對他都是邈遠而神奇的，尤獨是關於年的諸種傳說!等著南天門開放那一刻，見神許願啊，年是怎麼樣噬人的怪獸啊，門神的來歷啊……太多太多當年自己完全相信過的，小扣兒一樣會相信的，當然，他日後也會經歷更多橫在他眼前的日子，並從那裏走出來，人到上了年歲，自然會辨明哪些是真?哪些是假?上一輩的人，就不必再為兒孫操這些閒心啦!憑由他們自己去溫故知新去罷，至少，輾傳不歇的故事，還是該輾傳下去的。

添了濕柴的盆火，燄舌更明亮了，不斷發出啪啪啦啦的迸裂聲，松根裏的大頭蟲被燒迸出來。趙若愚伸手捏了當花生米兒吃，一株松枝插在飯上做成的長青樹，上面綴著染紅的帶殼花生果兒，圓大的玉米花兒，供在灶君面前的灶臺上，他不用抬頭也能從孫子的黑眼裏看得見，孩子的眼，是一面反光的鏡子，把這份年景全映在裏面，不管哪家哪戶人，窮有窮過法，富有富過法，對孩子來說，總會留在記憶裏，就像黑瞳攝映下的景致一樣，而那些記憶很要緊，人若是一株樹，那就該是根鬚子。

「爹，風雪太大了也沒味道，」做兒子的說：「要不然，前面莊子上幾個老爹，準會過來陪您聊天，我也該去擲幾把骰子碰碰運氣去的。」

「你怕閒著不是？」趙若愚說：「新年初一到初五，咱們不做事，你們年輕人，儘管玩去，但如今離年到還有一個時辰，我倒想起一宗活兒來了。」

「卅晚上，還有什麼活兒要幹的？您說說看。」

「水缸啊，——院心那口水缸。」

「水缸怎麼樣？」

「那口缸還是你爺爺買的，昨天我看外面加的草箍太稀了點兒。」趙若愚說：「照這場大風雪看來，雪一停，天就會變得極冷，缸裏要結一尺多深的冰，會把缸給撐裂的，你既然閒著，就替我搓幾條草箍，替它重新圍一圍罷，不單凍壞驢和豬要操心，一口缸也是家裏的物件呢！」

「嗨呀！」務實跳起身來叫說：「爹，您要是不提，我真還沒想得到呢！如今，那樣一口缸，要值好幾斗糧，讓它凍裂掉，真太可惜了。我這就去編草箍，紮紮實實替它重新圍過。」

「你這傻子，」惹得若愚嬸在一邊發話說：「你爹的意思，並不是著眼一口缸值多少錢，當家才知柴米貴，只不過是句比方的話，你爹是要你在遇上新春熱鬧的時刻，不要樂得過火，頭昏腦脹的把該辦的正經事都忘到一邊去了！新年再樂，轉眼就會過去，平常日子裏的那份平常心，無論什麼時刻，都不能擱在一邊啊！」

「我替你取這個名字，是求教過有學問的先生的。」趙若愚微笑著：「凡事務實，也就會苦得心甘，樂得本分啦。」

務實夫妻兩人聽了做爹的話，不約而同的互望了一眼，會心的微笑起來，而嚷著要守歲的小扣兒，對於箍水缸毫無興趣，兩眼眨著眨著，就像被漿糊黏住似的，越眨越細，最後倒在爺爺的懷裏睡著了。

「爹，要我抱他進去睡好了！」媳婦說。

「不要了。」趙若愚輕撫著小扣兒一頭柔密的頭髮說：「不要打斷他過新年的好夢，也許他如今正跟南天門的神將討求寶貝呢。」

這時刻，桌肚下面的大公雞，像預言什麼吉兆似的，跑出來，彎著頸子，喔喔的啼叫了。一聲啼叫之後，便已舉世皆春啦。